d'Aurevilly

Teufelskinder

Verone

d'Aurevilly

Teufelskinder

1st Edition | ISBN: 978-9-92500-163-7

Place of Publication: Nikosia, Cyprus

Erscheinungsjahr: 2016

TP Verone Publishing House Ltd.

Reproduktion des Originals in Großdruckschrift.

Teufelskinder

Übersetzt von Arthur Schurig

An den Leser

Wie schon der Titel dieses Buches »Teufelskinder« besagt, erhebt es nicht den Anspruch, ein Andachtsbuch, eine Nachfolge Christi, zu sein. Gleichwohl ist es von einem christlichen Sittenprediger geschrieben, allerdings von einem, der seine Ehre dareinsetzt, ein ehrlicher, wenn auch sehr kühner Beobachter des Lebens zu sein. Es ist sein Glaube, dass kräftige Künstler alles darstellen dürfen und dass ihre Werke genug sittlich sind, wenn sie die Gemüter erschüttern. Unsittlich sind nur die Unempfänglichen und die ungläubigen Spötter. Der Verfasser dieser Geschichten, der an den Teufel und seine Macht in der Welt glaubt, meint es durchaus ernst. Er erzählt den reinen Seelen, um sie mit Schrecken und Abscheu zu erfüllen. Wer diese Teufelskinder gelesen hat – des bin ich überzeugt –, der wird keine Lust verspüren, es ihnen nachzutun. Und darin liegt ja der sittliche Einfluss eines Buches.

Nachdem dies zur Ehre der Sache gesagt ist, eine andere Frage. Warum hat der Verfasser diesen kleinen Tragödien, die sich im Leben alle Tage abspielen, den vielleicht allzu vollklingenden Namen »Teufelskinder« gegeben? Gilt er den Geschichten oder den Frauengestalten darin?

Die Geschichten sind leider wahr. Es ist nichts daran erfunden. Nur tragen die dargestellten Menschen nicht ihre wirklichen Namen. Sie haben Masken bekommen. Man hat ihnen sozusagen die Namenszeichen aus der Wäsche getrennt. Das Alphabet gehört mir! War Casanovas Rechtfertigung, als man ihm den Vorwurf machte, er führe nicht seinen richtigen Namen. Das Alphabet eines Romandichters ist das Dasein aller derer, die Leidenschaften und Erlebnisse haben, und es handelt sich für ihn lediglich darum, die Buchstaben dieses Alphabets mit Kunst und persönlicher Rücksicht zu ordnen.

Übrigens wird es Hitzköpfe geben, die, vom Titel des Buches in Spannung gebracht, meine Teufelskinder gar nicht so teuflisch finden werden, wie sie sich den Anschein geben. Diese Geschichten sind schlichte Abbilder des wirklichen Lebens. Es gibt aber Leute, die Erfindungen, Verwicklungen, Klügeleien und Übertriebenheiten, kurzum den ganzen Zauber der modernen Opernmusik sogar in der erzählenden Kunst erheischen. Diese lieben Leute werden arg enttäuscht. Die Teufelskinder sind kein Teufelsmachwerk. Es sind eben Teufelskinder: Spiegelbilder des leibhaftigen Lebens aus unserer Zeit des Fortschrittes und der Kultur, die so erhaben und köstlich ist, dass ihr Konterfei, wenn man es wahrhaftig malt, immer aussieht, als habe uns der Teufel den Pinsel geführt.

Der Teufel ist ein Ebenbild Gottes. Die Lehre der Manichäer, jene Quelle der großen Ketzereien des Mittelalters, ist gar nicht dumm. Malebranche behauptet, Gott sei daran zu erkennen, dass er sich der einfachsten Mittel bediene. Ebenso macht es der Teufel.

Was nun die Frauengestalten in diesen Geschichten anbelangt: Warum sollen sie keine Teufelskinder sein? Lebt und webt in ihnen nicht genug Teuflisches? Verdienen sie den holden Namen nicht?

Teufelskinder! Es ist keine einzige unter ihnen, die nicht irgendwie teuflisch wäre. Es ist keine darunter, zu der man mit Fug und Recht »Mein Engel« sagen könnte. Aber wie der Teufel, der doch auch ein Engel ist, wenngleich ein gefallener, so sind auch sie im Grunde Engel nach seinem Muster. Keine ist rein, tugendhaft, und unschuldig. Selbst abgesehen vom Ungeheuerlichen an ihnen, sind sie wirklich arm an Sittsamkeit und braven Gefühlen. Man kann also kaum den Vorwurf machen, sie trügen ihren Namen mit Unrecht.

Es ist vorläufig eine Auslese von solchen Damen. Ich hoffe, es treten mir im Leben nun auch Gegenstücke entgegen. Denn jedes Ding in der Welt hat zwei Seiten. Die Natur gleicht jenen Frauen, die ein blaues und ein schwarzes Auge besitzen. Hier ist das schwarze, abgemalt mit schwarzen Farben. Vielleicht kommt das blaue später einmal: nach den Teufelskindern die Himmelskinder! Ob sich die dazu nötigen himmelblauen Farben finden? Und gibt es denn Himmelskinder?

Paris, am 1. Mai 1874

Jules Amadée Barbey d'Aurevilly

Das Fenster mit den roten Vorhängen

Es ist schrecklich lange her, als ich mich eines Tages zur Jagd auf Wasserwild nach den Sümpfen des Westens aufmachte. In der Gegend, nach der ich wollte, gab es damals noch keine Eisenbahn. Ich setzte mich also in die Post, die am Wegkreuz bei dem Schloss Rueil vorbeifuhr.

Ein einziger Reisender saß im Abteil erster Klasse, und zwar ein in jeder Hinsicht ganz besonderer Mensch. Ich kannte ihn, wie man sich so kennt. Er war mir in der Gesellschaft öfters begegnet. Sagen wir, er hieß Graf von Brassard.

Es war nachmittags gegen fünf Uhr. Die Sonne warf nur noch matte Strahlen auf den Staub der Landstraße, hinter deren Pappelreihen sich die weiten Wiesen dehnten. Unsere vier starkkruppigen Gäule trabten flott vorwärts, vom Peitschenknall des Postillions getrieben.

Brassard, der, nebenbei bemerkt, in England erzogen war, stand damals längst auf der Höhe des Lebens, aber er gehörte zu jener Sorte von Menschen, die, schon dem Tode verfallen, sich dies nicht anmerken lassen und bis zum letzten Augenblick behaupten, sie dächten nicht an das Sterben. Im gewöhnlichen Leben und auch in der Literatur spottet man über Leute, die jung zu sein vermeinen, obgleich sie über die glückliche Zeit der Torheiten beträchtlich hinaus sind. Der Spott ist am Platze, wenn solches Jung-bleiben-Wollen in lächerlicher Form zutage tritt. Zuweilen jedoch wirkt dieses Nichtlassen von der Jugend geradezu großartig. Stolze Naturen lassen sich nicht werfen. Im Grunde freilich ist auch das sinnlos, denn es ist vergebliches Bemühen. Aber es ist schön, wie so vieles Sinnlose. Wer so dem Alter trotzt, in dem lebt der nämliche Heldengeist wie in der Alten Garde bei Waterloo, die eher starb, als dass sie sich ergab. Und für

ein Soldatenherz ist das Nie-und-nimmer-sich-Ergeben
doch die Losung in allen Dingen des Lebens.

Der sich nie ergebende Brassard – er lebt übrigens
noch; wie er lebt, das geht aus dem Folgenden hervor –
war damals, als ich zu ihm in die Postkutsche stieg, im
Lästermunde der Welt ein sogenannter »alter Schwerenöter«. Wem hingegen Zahlen und Urkunden über das
Alter eines Menschen nicht viel bedeuten, weil jedermann just so alt ist, wie er aussieht, dem war und blieb
der Graf einfach »ein Schwerenöter«, oder besser ausgedrückt – denn diese Bezeichnung klingt zu kleinbürger-
lich – ein Prachtmensch. Entschieden war er das zum
Beispiel in den Augen der Marquise von V***, einer
Kennerin in punkto Mannestugend, einer echten Dalila,
die so manchen Simson unter ihrer Schere gehabt hatte.
Alte Schwerenöter sind zumeist lüsterne, magere, dürf-
tige, gezierte Erscheinungen. So darf man sich aber den
Grafen von Brassard ja nicht vorstellen. Da bekäme man
ein grundfalsches Bild. Leib, Geist, Haltung, Bewegung,
alles an ihm war stattlich, verschwenderisch, vornehm,
herrenhaft-gelassen. Mit einem Wort, er war ein echter
Dandy wie Georg Brummell in seiner besten Zeit. Wäre
er weniger ein Dandy gewesen, so hätte er es zweifellos
bis zum Marschall von Frankreich gebracht. Er war einer
der glänzendsten Offiziere des ersten Kaiserreichs. Regimentskameraden von ihm haben mir des Öfteren seine
Tapferkeit gerühmt. Sie sei so groß gewesen, wie die von
Murat und Marmont zusammengenommen. Dazu hatte
er viel Witz und viel Kaltblütigkeit. Somit hätte er als
Soldat rasch sehr hoch kommen können, wenn er nicht
ebenso sehr Dandy gewesen wäre. Einem Offizier müs-

sen Gehorsam, Pünktlichkeit und allerlei andere Dienst-
tugenden in Fleisch und Blut übergegangen sein. Das ist
aber mit dem Dandytum unvereinbar. Man kann nicht
Berufssoldat und zugleich Dandy sein. Offiziere wie
Brassard sind in einem fort nahe daran, um die Ecke zu
gehen. Und Brassard wäre während seiner Soldatenzeit
zwanzigmal um die Ecke gegangen, wenn er nicht wie
alle Lebenskünstler Glück gehabt hätte. Mazarin hätte
ihn brauchen können; seine Nichten auch, freilich aus
anderen Gründen. Brassard war wirklich ein Prachtmensch.

Er war mit jener Schönheit begnadet, die ein Soldat nö-
tiger hat, denn jeder andere. Ohne Schönheit hat man
auch keine Jugend. Eine Armee muss sich jung fühlen;
dann ist das ganze Land jung und schön. Übrigens war
Brassards Schönheit, mit der er sich nicht nur die Frau-
en, sondern auch die guten Gelegenheiten – diese alten
Vetteln – zu eigen machte, nicht sein einziger Schutzen-
gel. Soviel ich weiß, war er normannischer Abkunft, ein
Nachkomme Wilhelms des Eroberers. Auch er war ein
Eroberer. Nach dem Sturz Napoleons hielt er es natürli-
cherweise mit den Bourbonen, und während der hundert Tage bewahrte er ihnen schier übernatürliche
Treue. Als die Bourbonen dann abermals auf den Thron
kamen, machte ihn Karl der Zehnte eigenhändig zum
Ritter des Ludwig-Ordens. Während der ganzen Zeit der
Restauration zog »der schöne Brassard« kein einziges
Mal auf Wache in den Tuilerien, ohne im Vorbeimarsch
ein paar huldvolle Worte von der Herzogin von An-
goule'me einzuheimsen. Für ihn fand sie die Liebens-
würdigkeit wieder, die ihr das Unglück geraubt hatte.

Dem Kriegsminister waren diese Beweise allerhöchster Gnade nicht unbekannt. Er hätte wer weiß was für die Beförderung eines Offiziers getan, den Madame derart auszeichnete, aber es ging beim besten Willen nicht. Der Tollkopf warf bei einer Besichtigung vor der Front seines Regiments dem Kommandierenden General, der ihm eine dienstliche Ausstellung machte, den Degen vor die Füße, und der Minister vermochte den Grafen gerade noch mit knapper Not vor dem Kriegsgericht zu bewahren. Derlei Achtungslosigkeit machte Brassard im Heer unmöglich. Nur im Felde, wo er mit Leib und Seele Offizier war, fügte er sich höherem Befehl. Im Frieden kümmerte er sich den Teufel um Dienstvorschriften. Unzählige Male entfernte er sich unversehens aus seinem Standort und vergnügte sich wer weiß wo, ungeachtet der Gefahr, sich endlosen Stubenarrest zuzuziehen. War Parade oder besonderer Dienst, so tauchte er wieder in der Kaserne auf, von seinem ihm treu ergebenen Feldwebel benachrichtigt. Brassards Vorgesetzte hatten natürlich verdammt wenig für einen so zuchtlosen Offizier übrig, dessen Natur nun einmal keinerlei Zwang und Regel vertrug. Seine Grenadiere aber gingen für ihn allesamt durch das Feuer. Er war ihr Abgott. Von ihnen verlangte er nichts weiter, als dass sie durch und durch schneidig, ehrliebend und fesch waren. Mit einem Wort, er wollte Soldaten vom alten Schlag unter sich haben, Soldaten, wie man sie so meisterlich in gewissen alten Soldaten- und Volksliedern gezeichnet findet. Vielleicht verleitete er seine Untergebenen zur Rauferei untereinander, indem er behauptete, dies sei das beste Mittel, echte Soldaten zu erziehen. Tapferes Verhalten dabei belohnte er mit neuen Handschuhen, gutem Lederzeug und ähnlichen kleinen Geschenken, die er aus eigener Tasche bestritt. Er war ja steinreich. Hierzu pflegte er zu sagen: »Orden vermag ich den Kerlen nicht zu verleihen. Ich bin kein Fürst. Also kann ich sie nur damit dekorieren!« Die Kompanie, die er führte, stach infolgedessen durch ihr schmuckes Aussehen alle anderen Kompanien des an und für sich schon glänzenden Garderegiments aus. Er züchtete die Eitelkeit in seinen Leuten geradezu planmäßig. Bekanntlich neigt der französische Soldat sowieso zu Selbstgefälligkeit und Stutzertum, zwei Eigenschaften, die immer etwas Herausforderndes an sich haben: die eine durch den Ton, in dem sie zutage tritt; die andere durch den Neid, den sie erweckt. Und so war es nicht zu verwundern, dass alle anderen Kompanien im Regiment eifersüchtig auf die Brassardsche waren. Man schlug sich, um in sie hineinzukommen, und man schlug sich immer wieder, um nicht hinauszumüssen.

Derart war Brassards sonderbarer Stand zur Zeit der Restauration. Dass er über kurz oder lang erledigt sein musste, war jedermann klar. Man lebte ja nicht mehr unter dem Kaiserreich, wo jeder Tag Gelegenheit zu neuen Heldentaten bot, die alles andere vergeben und vergessen ließen. Seine Kameraden fanden kaum noch Worte über sein Benehmen. Er spielte geradezu mit seinen Vorgesetzten, so wie er ehedem im Felde mit seinem Leben gespielt hatte. Da kam das Jahr 1830 und mit ihm der Umsturz des Staates. Er enthob den Regimentskommandeur des Einschreitens und den tollen Hauptmann der Schande eines schlichten Abschiedes, der mit jedem Tage bedrohlicher über seinem Haupt geschwebt hatte. Als die Julirevolution die Orleans zu Herren des Landes machte, hütete der Hauptmann Brassard gerade das Bett. Er hatte sich auf dem letzten Ball der Herzogin von Berry beim Tanzen den Fuß verstaucht. Aber das hinderte ihn nicht, beim ersten Trommelwirbel zu seiner Kompanie zu eilen. Da er noch keine hohen Stiefel anziehen konnte, erschien er im Hofballanzug, in seidenen Strümpfen und Lackschuhen, an der Spitze seiner Grenadiere, auf dem Bastilleplatz. Er bekam den Befehl, die Boulevards in ihrer ganzen Länge zu säubern. Barrikaden waren dort keine. Paris sah düster und drohend aus. Es war verödet. Die Sonne brannte wie Feuer. Bald sollte ein anderes Feuer blitzen; denn hinter all den geschlossenen Fensterläden harrten Tod und Verderben auf ihr Losungswort.

Der Hauptmann von Brassard teilte seine Leute in zwei Rotten, die zu beiden Seiten der Straße dicht an den Häusern entlang gingen, sodass sie nur den Schüssen von gegenüber ausgesetzt waren. Er selbst, mehr Dandy denn je, lief mitten auf dem Boulevard dahin. Tausend Flinten, Pistolen und Revolver richteten sich gegen ihn. Er kam bis zur Richelieustraße, ohne getroffen zu werden. Da, vor Frascati, an der Ecke der Richelieustraße, versperrte ihm die erste Barrikade den Weg. Er gab den Befehl, seine Leute sollten sich um ihn sammeln. Er wollte die Barrikade stürmen. Im selben Augenblick traf ihn eine Kugel in die Brust, die den Feind doppelt herausgefordert hatte, einmal durch ihre Breite und dann durch den Schmuck der Orden und Gardeabzeichen. Und ein Steinwurf zerschmetterte ihm den einen Arm. Gleichwohl nahm er die Barrikade und stürmte an der

Spitze seiner begeisterten Leute bis zur Madeleine, die damals noch im Bau war. Auf einem Steinhaufen brach er blutend zusammen. Zwei Damen, die in einem Wagen aus dem Aufruhr der Stadt flüchten wollten, sahen ihn liegen und nahmen ihn mit. Er ließ sich von ihnen zum Gros-Caillou bringen, wo sich der Marschall von Ragusa aufhielt. Ihm meldete er im Dienstton: »Herr Marschall, ich habe vielleicht noch zwei Stunden zu leben. So lange bitte ich mich irgendwo zu verwenden!« Es kam anders. Er blieb am Leben. Fünfzehn Jahre später hat er mir erzählt: »Was verstehen die Ärzte von ihrer Kunst? Damals hat mir der Stabsarzt auf das Strengste verboten, während des Wundfiebers Wein zu trinken. Ich habe mir trotzdem täglich eine Flasche Bordeaux genehmigt. Und nur der hat mich vor dem sicheren Tode gerettet!«

Er trank wie ein Landsknecht. Aber auch im Trinken war er Dandy. Er besaß einen prachtvollen Pokal aus böhmischem Kristall, in den eine ganze Flasche Wein hineinging. Den konnte er mit einem Zug leeren, so wahr ich hier stehe! Er hat mir übrigens gestanden, dass er alles in diesem Unmaße tat. Ich glaube es ihm. Er war ein zweiter Marschall Bassompierre und ein Zecher wie er. Auch nach dem tollsten Gelage habe ich ihn kaum mehr denn angeheitert gesehen. In seiner leichtfertigen Soldatenart nannte er das: ein bisschen angeschossen sein. Und noch eines. Wozu sollte ich es verheimlichen? Meine Geschichte will ja nichts als ein Bildnis des Hauptmanns von Brassard in möglichster Treue geben. Also Brassard, dieser Ritter Blaubart des neunzehnten Jahrhunderts, hatte einstmals zu gleicher Zeit sieben

Herzensdamen. Er nannte sie romantisch: die sieben Saiten seiner Leier. Ich billige diese leichtfertige musikalische Art, von seinen Sünden zu sprechen, durchaus nicht. Aber was soll man sagen? Wäre der Hauptmann nicht in allem so gewesen, wie ich Ihnen erzählt habe, dann wäre meine Geschichte eben auch weniger merkwürdig. Oder vielmehr, Sie bekämen dann gar keine zu hören.

Selbstverständlich dachte ich an alles andere denn daran, den Grafen in der Postkutsche vorzufinden, als ich damals in Rueil einstieg. Wir hatten einander seit Langem nicht gesehen, und ich war sehr vergnügt über unser Zusammentreffen, wurden mir doch ein paar Plauderstunden mit einem Menschen geschenkt, der zwar ein Zeitgenosse von mir war, aber doch im Grunde einer vergangenen Welt angehörte. Wenn er die Rüstung Franz des Ersten angelegt hätte, wären seine Bewegungen darin ebenso ungezwungen gewesen wie in seinem flotten blauen Waffenrock. Er war in Haltung und Gestalt elegant wie keiner unserer Kavaliere von heute. Neben ihm verloren die neumodischen kleinen Helden ihr bisschen Glanz wie blasse kleine Sterne, die sich am Abendhimmel hervorwagen, während die flammende Sonne eines strahlenden Tages noch nicht untergegangen ist. Sein Gesicht war nicht klassisch geschnitten, aber von ganz eigenartiger Schönheit. Sein Haar war immer schwarz. Natur oder Kunst? Ich weiß es nicht. In jedem Falle war es ein Geheimnis. Den ebenso schwarzen Bart trug er kurz geschnitten. Seine Gesichtsfarbe war männlich und frisch; seine Stirn hoch, edel, glatt und weiß wie ein Frauenarm. Durch die schwere Grenadiermütze war ihm das Haar über der Stirn reichlich dünn geworden, wodurch sie noch breiter und vornehmer aussah. Unter geschwungenen Brauen leuchteten ein Paar tiefdunkelblaue Augen hervor, wie funkelnde Saphire. Diese Augen fragten nicht viel; sie durchdrangen.

Wir begrüßten einander und gaben uns die Hand. Dann begannen wir, uns zu erzählen. Der Hauptmann redete langsam mit kräftiger Stimme, der man es anhörte, dass sie gewohnt war, über dem Exerzierplatz zu ertönen. Seine Gemessenheit war durchaus kein Zeichen von Unbeholfenheit, aber sie verlieh allem, was er sagte, ein eigentümliches Gepräge, selbst seinen Scherzworten. Und solche liebte er sehr, sogar recht gewagte. Er hatte sozusagen eine lose Zunge. Die schöne Gräfin F***, die sich seit dem Tode ihres Mannes nur noch in Schwarz, Veilchenblau und Weiß kleidet, behauptet, der Hauptmann von Brassard wäre immer zu weit gegangen. Seine Art hätte man manchmal für unerhört erklären können, wenn sie nicht dabei so unsagbar weltmännisch gewesen wäre. Und wie das so ist: Einem Grafen und Gardeoffizier verzeiht man schließlich manches.

Ein Vorteil der Plauderei auf Reisen ist es, dass man aufhören darf, wenn man nichts mehr zu sagen weiß. Niemand fühlt sich gekränkt. Brassard und ich, wir tauschten zunächst ein paar Bemerkungen aus über Vorgänge während der Fahrt, etliche Beobachtungen über die Landschaft um uns und einige Erinnerungen an gemeinsame frühere Erlebnisse, alles im Flusse des Geratewohls. Der Tag ging zur Neige. Die Dämmerung brach an. Alles ringsum versank in tiefe Stille. Im Herbst vollzieht sich der Wandel vom Tag zur Nacht so rasch, dass es einem vorkommt, als falle die Dunkelheit geradezu vom Himmel auf die Erde. Die Nacht war frisch. Wir krochen in unsere Mäntel und sanken in unsere Ecken zurück. Ich weiß nicht, ob mein Reisekamerad in seinem Winkel einschlummerte. Ich blieb wach. Da ich die nämliche Fahrt schon oft gemacht hatte, war mir die allzu bekannte Gegend völlig gleichgültig. Ich kümmerte mich nicht um die Dinge draußen, die in der Dunkelheit an uns vorüberhuschten, als kämen sie aus entgegengesetzter Richtung an uns vorbei. Wir fuhren durch ein paar kleine Landstädte, wie sie hier und da an jeder Heeresstraße liegen. Die Nacht war schwarz wie ein ausgebrannter Herd. In dieser Finsternis hatten die unbekannten kleinen Orte seltsame Gesichter. In den meisten Städtchen, durch die wir kamen, waren die Laternen rar. So konnte man weniger erkennen als vorher auf der Landstraße. Dort erzeugten der Himmel und der weite Raum ein gewisses Helldunkel. In den Städten indes drängten sich die Häuser, und ihre schwarzen Schatten füllten die Straßen. Man sah kaum den Himmel und nur ein paar Sterne zwischen den langen Dächerreihen. Sie hatten etwas Geheimnisvolles, diese schlafenden kleinen Städte. Der einzige wachende Mensch war immer der Stallknecht mit seiner Laterne, der die frischen Pferde herbeiführte und sie anschirrte, wobei er pfiff oder über die störrischen oder ihm zu unruhigen Gäule fluchte. Abgesehen davon und außer der immer gleichen Frage eines schlaftrunkenen Reisenden, der das Fenster herunterließ und in das tiefe nächtliche Schweigen hinausrief: »Wo sind wir denn, Kutscher?«, war nichts Lebendes zu hören oder zu sehen, weder draußen noch drinnen in unserem Postwagen, in dem vielleicht noch ein anderer Grübler, gleichwie ich, durch die Glasscheibe nach den Häusern starrte, die uns die Nacht kaum erkennen ließ.

Das einsame Wachen eines menschlichen Wesens, und sei es eines Wachtpostens, während alle anderen in den todähnlichen Zustand versunken sind, der das Ausruhen der erschöpften Natur ist, hat immer etwas Sonderbares an sich. Irgendwo ist Licht hinter einem verhängten Fenster, aber wir wissen nicht, was dahinter vorgeht. Wir grübeln darüber nach und machen uns Vorstellungen. Mir wenigstens geht es so. Wenn ich nächtlicherweile durch ein stilles Städtchen fuhr und ein Fenster erleuchtet sah, da habe ich den hellen Raum dahinter mit einer Welt von Geschehnissen erfüllt, wenn ich auch gerade keine Tragödien darin vermutete. Noch heute, nach so vielen Jahren, trage ich in meinem Gedächtnis eine Reihe von geheimnisvoll schimmernden Fenstern. Eines aber ist mir ganz besonders deutlich in der Erinnerung verblieben.

Es war in einer kleinen Stadt, durch die wir – Brassard und ich – in jener Nacht fuhren, das Fenster eines Hauses, drei Häuser über den Gasthof hinaus, vor dem wir die Pferde wechseln sollten. Meine Erinnerung an alle Nebenumstände ist geradezu handgreiflich. Ich konnte die Fenster in aller Muße betrachten. Ein Rad an unserer Postkutsche hatte unterwegs einen Schaden bekommen. Man holte den Stellmacher. Der schlief. Es ist nun keine Kleinigkeit, in einer schlafenden Kleinstadt einen Stellmacher zu wecken und zu nächtlicher Arbeit heranzuholen. In der Tat währte es sehr lange, ehe er kam. Von unserem Sonderabteil hörte ich durch die Wand hindurch die Reisenden im Wagen schnarchen. Vom Verdeck war keiner herabgestiegen. Bekanntlich haben doch die Inhaber der Oberplätze geradezu eine Leidenschaft, jedes Mal, wenn die Post hält, herunterzukommen. Offenbar wollen sie ihre Gewandtheit im Auf- und Abklettern zeigen. Die liebe Eitelkeit der Franzosen betätigt sich selbst in derlei Dingen. Der Gasthof, vor dem wir haltgemacht hatten, war geschlossen. Wir hatten in der Haltestelle vorher zu Abend gegessen. Das Haus lag im Schlaf. Nirgends Leben. Kein Geräusch in all der Stille. Nur im großen Hof, dessen Tor wohl nachts offenzubleiben pflegte, machte sich das einförmige Hin und Her eines Besens hörbar. Ob ein Mann oder eine Frau diese Arbeit betrieb, war in der Dunkelheit nicht zu erkennen. Die Hauptseite des Gasthofes war so dunkel wie die ganze Straße. Nur hinter einem einzigen Fenster war Licht, eben jenem Fenster, das mir unvergesslich geblieben ist. Noch jetzt schimmert es in meinem Gedächtnis. Es war nicht hell. Es schimmerte nur. Denn das Licht drinnen ward gedämpft durch ein paar rote Vorhänge. Geheimnisvoll sickerte es durch den dichten Stoff. Das Haus war groß, hatte aber nur ein einziges, allerdings hohes Stockwerk. »Das ist doch sonderbar!«, sagte der Graf von Brassard, als rede er mit sich selbst. »Man sollte meinen, es sei noch immer derselbe Vorhang!«

Ich wandte mich ihm zu; aber ich konnte ihn in der Dunkelheit nicht recht sehen, denn im nämlichen Augenblick erlosch die Laterne unter dem Kutscherbock, die den Weg und die Pferde beleuchten sollte. Ich hatte geglaubt, Brassard schliefe. Das war also nicht so gewesen. Und das seltsame Fenster beschäftigte ihn genauso stark wie mich. Eines jedoch hatte er vor mir voraus: Er wusste, warum ihn das Fenster anzog. Die paar Worte, so nichtssagend sie an und für sich waren, hatte er in einem Tone gesagt, der mir an ihm dermaßen ungewohnt war, dass mich die lebhafteste Neugier befiel. Ich musste sein Gesicht sehen! Rasch entzündete ich ein Streichholz, als wollte ich mir eine Zigarre in Brand setzen. Der bläuliche Lichtschein durchzuckte die Finsternis. Der Graf sah totenbleich aus. Was machte ihn so blass, ihn, den Vollblüter, der sich sonst nie entfärbte, dem im Gegenteil jedwede Erregung einen roten Kopf verursachte? Hinter jenem Fenster, hinter jener Bemerkung, in dem Erbleichen dieses Mannes und in der Erregung, die seinen Körper durchflutete, was ich in der Enge des dunklen Wagens verspürte, in all dem war ein Geheimnis verborgen. Vielleicht gelang es mir altem Geschichtenjäger, dahinterzukommen, wenn ich es geschickt anfing.

»Verehrter Hauptmann«, begann ich mit erheuchelter Gleichgültigkeit, »Sie betrachten das Fenster da! Und es ist Ihnen gut bekannt!«

»Gut bekannt! Beim Teufel ja!« gab er zur Antwort mit seiner gewohnten kräftigen und jede Silbe betonenden Stimme.

Die Ruhe herrschte bereits wieder in diesem seiner selbst sicheren, überlegenen Weltmann, der, wie alle Herrenmenschen, jedwede Erregung für unter seiner Würde hielt, ganz im Gegensatz zu Goethe, dem ewigen Toren, der vom Nil admirari! Nichts wissen wollte.

»Ich komme selten durch diesen Ort«, fuhr Brassard gelassen fort. »Ich vermeide es sogar nach Möglichkeit. Wissen Sie: Es gibt Dinge, die man nie vergisst. Wenige. Aber es gibt welche. Ich kenne ihrer drei: Den ersten Waffenrock, das erste Gefecht, die erste Frau! Und das Fenster, das Sie dort sehen, das ist für mich das vierte, was mir nicht aus dem Sinn will.« Er schwieg und ließ die Glasscheibe vor sich herunter. Wollte er das geheimnisvolle Fenster drüben besser sehen? Der Postkutscher war nach der Schmiede gegangen. Die neuen Pferde ließen noch immer auf sich warten. Die uns bisher gezogen, standen müde da, noch nicht ausgespannt, mit hängenden Köpfen. Keines scharrte auf dem stillen Pflaster. Geduldig träumten sie von ihrem Stall. Unser verschlafener Postwagen sah aus wie verwunschen, als habe ihn eine Fee an einem Kreuzweg in Dornröschens Nähe mit ihrem Zauberstab berührt.

»In der Tat«, meinte ich, »für einen Fantasiemenschen hat das Fenster da etwas ganz Merkwürdiges ...«

»Ich weiß nicht, was es in Ihnen erweckt«, unterbrach mich der Graf. »Ich weiß nur, an was es mich erinnert. Es ist das Fenster meiner ersten Leutnantswohnung. Donnerwetter, das ist jetzt fünfunddreißig Jahre her! Dort hinter den Vorhängen ... Die Dinger sehen aus, als wären sie noch die gleichen! Genau so schimmerte damals das Licht durch, damals, als ...« – »Sie Ihre kriegswissenschaftlichen Studien beim Lampenlicht dort oben betrieben, als eifriger junger Offizier«, fiel ich ein, weil es mir vorkam, als wolle er Erinnerungen niederdrücken, auf die ich nun einmal erpicht war. »Da überschätzen Sie mich sehr!« entgegnete er mir. »Ein junger Offizier war ich, und die Lampe brannte in die Nacht hinein, bis zu ganz ungebührlicher Zeit, wie der Spießbürger so sagt. Gewiss. Aber im ›Marschall von Sachsen‹ las ich nicht.« »Na, na!«, scherzte ich. »Aber nachgeeifert haben Sie ihm doch!« Wie eine Leuchtkugel zischte meine Bemerkung zu ihm hinüber. Solch Spiel gefiel ihm. Er ging darauf ein.

»Nein, nein! Damals war ich durchaus nicht ein Schüler des Marschalls, so wie Sie dies meinen. Das ist erst viel, viel später gekommen. Zu jener Zeit war ich ein kindlicher Leutnant, bildsauber in seinem bunten Rock, aber im Umgang mit den Frauen linkisch und schüchtern, obgleich das keine wahrhaben wollte, wegen meiner Teufelsaugen. Man kann mit Schüchternheit viel erreichen. Ich hab' es nie versucht. Übrigens war ich damals siebzehn Jahr alt, eben aus der Kriegsschule heraus. Heutzutage ist man älter, wenn man hineinkommt. Aber der Kaiser, der unersättliche Menschenverbraucher, hätte am Ende Zwölfjährige ins Feuer geführt, wenn er weiter der Herr geblieben wäre, wie die Fürsten des Morgenlandes Neunjährige in ihrem Harem haben.«

Du lieber Gott, dachte ich bei mir. Wenn Brassard vom Kaiser und den Weibern des Morgenlandes zu erzählen beginnt, dann kommen wir weitab von dem, was ich hören wollte. Rasch lenkte ich auf den alten Gegenstand zurück: »Bei alledem, Graf, möchte ich doch wetten, dass hinter den roten Vorhängen in Ihrer nur darum so getreuen Erinnerung ein Frauenbild lebt.«

»Sie gewännen Ihre Wette«, erwiderte er ernst.

»Also doch!«, rief ich aus. »Und weiter! Einem Mann wie Ihnen kann ein im Dunkeln herschimmerndes Fenster in einem Spießernest, durch das Sie alle Jubeljahre wieder einmal durchfahren wie heute, doch nur dann von Bedeutung bleiben, wenn es Sie an eine langwierige Belagerung oder an die Eroberung einer Frau im Sturm erinnert.«

»Von einer Belagerung kann nicht die Rede sein, wenigstens nicht im militärischen Sinn«, fuhr er ernst fort. Sein Ernst war indes oft die Maske, hinter der er seinen Scherz trieb. »Und erst recht nicht von einem Sturm. Ich habe Ihnen bereits gesagt, dass ich dazumal kein Eroberer war. Überhaupt, es war keine Frau, die hier genommen ward, sondern ich war es!«

Ich verbeugte mich. Gewahrte er es in der Dunkelheit? »Auch Berg-op-Zoom ist gefallen«, sagte ich.

»Und ein siebzehnjähriger Leutnant ist für gewöhnlich kein Berg-op-Zoom an Standhaftigkeit und Uneinnehmbarkeit«, fügte er hinzu.

»Also eine Frau Potiphar!«, bemerkte ich lachend.

»Vielmehr ein Fräulein Potiphar«, verbesserte er in drolliger Einfalt. »Das Nonplusultra, verehrter Hauptmann. Andrerseits: ein Josef im bunten Rock, mithin einer, der nicht ausreißen darf.«

»Im Gegenteil, einer der auskniff, als wäre der Teufel hinter ihm her!« belehrte er mich, kalt wie ein Frosch. »Allerdings zu spät. Großer Gott, wie trieb mich die Angst! Ich kann das Wort des Marschalls Ney verstehen, das ich selbst von ihm gehört habe und mich einigermaßen tröstet: Ein Erzschwindler, wer von sich sagt, er habe sein Lebtag keine Angst gehabt!«

»Alle Wetter, Graf, eine Geschichte, in der Sie diese Empfindung verspürt haben, die muss verflucht kitzlig sein!«

»Bei Gott ja!« bekräftigte er wortkarg. Dann aber fuhr er fort: »Übrigens kann ich Ihnen die Sache erzählen, wenn Sie es wollen. Wie Säure den blanken Stahl, so hat dies Erlebnis alle meine späteren Liebschaften angefressen. Man ist nicht immer ungestraft ein Sünder.«

Die Wehmut, die seine letzten Worte durchklang, überraschte mich an diesem Lebenskünstler, den ich gegen derlei für gefeit gehalten hatte. Er zog das Wagenfenster wieder hoch. Befürchtete er, draußen gehört zu werden, wo sich doch kein Mensch um unser einsames und unbewegliches Gefährt kümmerte? Oder störte ihn das gleichförmige Geräusch des Besens, der übers Pflaster des Hofes hin und her strich, in seiner Erzählung? Es war mir in der Dunkelheit unmöglich, Brassards Gesicht zu sehen. Umso aufmerksamer lauschte ich auf jeden leisen Wandel in seiner Stimme, während meine Augen unverwandt hinüber nach dem seltsamen Lichtschimmer hinter den roten Vorhängen starrten, von denen er jetzt zu erzählen begann.

»Ich war also siebzehn Jahre alt. Unlängst von der Kriegsschule gekommen, eben zum Leutnant unter Versetzung in ein einfaches Infanterieregiment befördert, harrte ich mit der üblichen Ungeduld des Marschbefehls nach Deutschland, wo der Kaiser den Feldzug von 1813, wie die Geschichte ihn nennt, führte. Von meinem alten

Herrn im Hinterland hatte ich bereits Abschied genommen. Das Bataillon, zu dem ich gehörte, hatte seinen Standort in dieser kleinen Stadt. Der Ort hatte keine dreitausend Einwohner, und so lagen hier nur die beiden ersten Bataillone meines Regiments. Die zwei anderen waren in ein paar Nachbarorten untergebracht. Wenn man wie Sie nur hin und wieder durchkommt, so kann man sich keinen Begriff machen, was es heißt oder vielmehr hieß, vor dreißig Jahren, in diesem Saunest dauernd leben zu sollen. Es war die übelste Garnison, in die einen der Zufall beordern konnte, der Zufall, der zumeist der Teufel, hier einmal aber der Kriegsminister war. Und das zu Beginn meiner militärischen Laufbahn! Ich fluchte nicht schlecht, als ich herkam. Mehr Stumpfsinn, Rückständigkeit und Langeweile als hier konnte es nirgends beieinander geben. Zu meinem Glück litt ich damals noch an einer Krankheit, die Sie nicht kennen, die aber alle einmal durchmachen, die je einen Leutnantsrock tragen: an der Verliebtheit in die Uniform. Diesem Umstand hatte ich es zu verdanken, dass mir die öde Welt dieser kleinen Spießerstadt, die ich ein paar Jahre später keine volle Woche ertragen hätte, eigentlich gar nicht zum Bewusstsein kam. Ich wohnte weniger in ihr als vielmehr in meinem Waffenkleid, das mich jungen Dachs namenlos glücklich machte. Vernarrt in meinen Beruf, der mir die ganze Welt verwandelte und vergoldete, was ging mich da diese traurige Garnison an? Wenn mich die Langeweile dieses geistlosen und gottvergessenen Ortes plagte, zog ich meine Paradeuniform an, gefertigt von den besten Pariser Uniformschneidern, Thomassin & Pied – und weg war aller Stumpfsinn! Es ging mir wie manchen Frauen, die ihren schönsten Schmuck anlegen, obgleich sie einsam und allein sind und sie niemanden erwarten. So warf ich mich in Gala nur für mich. Ich berauschte mich an meinen Epauletts, an meiner Paradeschärpe, an meinem Galadegen, der im Sonnenlicht gleißte und glänzte. Und wenn ich dann einer wie alle Tage am Nachmittag gegen vier Uhr auf der öden Hauptstraße hinschlenderte, war ich bei aller Verlassenheit doch seelenvergnügt. Ein ähnliches Gefühl hob mir das Herz wie in späteren Tagen, wenn ich, einer schönen Frau zur Seite, auf dem Korso irgendwelcher Weltstadt promenierte und hinter mir uns bewundernde Worte hörte.

Die Einwohnerschaft war arm. Verkehr und Geselligkeit gab es nicht. Die vorhandenen alteingesessenen, nicht wieder in die Höhe gekommenen Familien grollten dem Kaiser, weil er, wie sie vermeinten, den Revolutionsmännern allen Raub gelassen habe. Infolgedessen ließ man auch seine Offiziere links liegen. Einladungen, Empfangstage, Gesellschaften, Bälle, Maskeraden, alles das waren Dinge, die man hier nicht kannte. Allerhöchstens gab es sonntags, wenn schönes Wetter war, ein armseliges bisschen Korso, nach der Zwölf-Uhr-Messe, wo die Mütter mit ihren Töchtern auftauchten und sie ausführten, bis sie um zwei Uhr beim ersten Vespergebimmel röckeraschelnd wieder in der Kirchtür verschwanden. Dann war auch das wieder vorbei. Damals gingen wir Offiziere in keine Messe. Das begann erst nach der Restauration. Von da an war es großer Regimentsdienst. Das ganze Offizierskorps musste erscheinen. In kleinen Garnisonen war das übrigens die einzigste Abwechslung eines gleichförmigen Daseins. Aber unter dem Kaiser gab es das noch nicht, damit auch nicht die geringste Aussicht, sich an die besseren Mädchen der Stadt heranzupirschen. Traumgestalten gleich schwebten sie an uns vorüber. Verbotene Früchte, sorgsam eingezäunt! Wenn es wenigstens eine Entschädigung dafür gegeben hätte! Aber die Paradiese, von denen man in der guten Gesellschaft nicht spricht, waren ungenießbar, und die Kaffeehäuser so armselig, dass wir unsere schöne Uniform geschändet hätten, wenn wir in eines davon gegangen wären. Damals gab es in diesem Städtchen, in das heute wie überall ein gewisser Prunk eingezogen ist, nicht einmal einen halbwegs anständigen Gasthof, in dem wir eine Offizierstafel hätten gründen können. Die vorhandenen Kneipwirte beutelten uns nur aus, sodass wir auf eine gemeinsame Mahlzeit verzichteten und uns bei minderbemittelten Bürgerfamilien Wohnung und Verpflegung suchten. Das kostete immer noch genug, denn die lieben Leutchen nutzten diese Gelegenheit aus, ihren kärglichen Mittagstisch oder ihre mäßigen Einkünfte durch uns möglichst zu verbessern. Ich machte es wie die anderen. Ein Kamerad von mir wohnte in dieser Gasse hier, in der Post. Sehen Sie, dort, ein paar Häuser weiter, da war sie früher. Bei Tage sieht man die altertümliche vergoldete Sonne über der Einfahrt. Mein Freund mietete mir eine Stube in dem Hause da drüben, mit dem Fenster dort, das mir vorkommt, als wäre es noch immer das Fenster meiner Wohnung. Ich ließ mich von meinem Kameraden dorthin einquartieren. Er war älter als ich, schon länger im Regiment, und er gefiel sich darin, mich in meiner Unerfahrenheit, die mehr Gleichgültigkeit war, zu bemuttern. Ich habe bereits erwähnt, dass mir alles einerlei war. Ich lebte in der einzigen Hoffnung, recht bald die Kanonen donnern zu hören und im ersten Gefecht meine militärische Jungfernschaft zu verlieren. Verzeihen Sie mir diesen Landsknechtsausdruck! Sie in unserer schlappen Zeit der Friedenskongresse und Humanitätsduselei, Sie können dergleichen kaum noch verstehen. Ich indes stand ganz im Bann jener kriegerischen Tage. Ich lebte in meinen Träumen. Lebt doch der Mensch überhaupt mehr in seinem eingebildeten denn im wirklichen Dasein. Dabei lebte ich wie eine fromme Seele für ein Jenseits wie ein Mönch. Der Soldat hat ja manches gemein mit dem Mönch. So war ich beides. Außer den Mahlzeiten, die ich mit meinen Wirtsleuten einnahm, und den Stunden, die der Dienst beanspruchte, lag ich die meiste Zeit in meiner Stube auf einem riesigen blauen Ledersofa, das mich besonders, wenn ich vom Exerzieren heimkam, wie ein kaltes Bad berührte. Zuweilen ging ich zu meinem Kameraden in die Post, um mit ihm zu fechten oder Ecarté zu spielen. Ludwig von Meung – so hieß er – war nicht solch ein Träumer wie ich. Er hatte unter den Grisetten der Stadt eine nette kleine Maus aufgegabelt, die ihm die Zeit totschlagen half. Was ich bis dahin mit Weibern erlebt hatte, in den paar freien Stunden auf der Kriegsschule, das war zu wenig verlockend, als dass ich mir ein Beispiel an ihm hätte nehmen wollen. Zudem gibt es Naturen, deren wahre Sinnlichkeit erst spät erwacht.

Nun aber zu meinen Wirtsleuten! Ein biederes Spießbürgerpaar. Mann wie Frau schon bejahrt. Beide nicht ohne Lebensart. Besonders mir gegenüber waren sie von einer Artigkeit, wie man sie heutzutage unter solchen Leuten vergebens sucht und die einen wie altmodischer Lavendelduft anmutet. Übrigens war ich damals noch nicht in den Jahren, wo man Menschenbeobachter ist. Die beiden Alten waren mir viel zu gleichgültig, als dass es mir eingefallen wäre, in ihre Vergangenheit eindringen zu wollen. In der oberflächlichsten Weise verbrachte ich täglich zwei Stunden mit ihnen, mittags und abends bei Tisch. Unsere Unterhaltung bildete gewöhnlich der Stadtklatsch, den sie mir beibrachten, wobei der Mann sein Vergnügen daran hatte, alle Welt ein bisschen zu verlästern, während seine überaus fromme Ehehälfte mehr Zurückhaltung, aber doch das gleiche Behagen am Gerede bewies. Von sich selbst sprachen sie nicht. Indes vermeinte ich aus allerlei herausgehört zu haben, dass der Mann in jungen Jahren, ich weiß nicht in welchem Auftrag und zu welchem Zweck, in die weite Welt gegangen und nach langen Jahren zurückgekommen war, um die Frau zu heiraten, die auf ihn gewartet hatte. Wie gesagt, es waren zwei anständige höfliche alte Leute, die ein geruhsames Dasein führten. Die Frau strickte den lieben langen Tag Strümpfe für ihren Mann; und er, ein Musiknarr, fiedelte in einem Dachstübchen, grade über meinem Zimmer, auf seiner Geige altmodische Stücke. Vermutlich hatten sie bessere Zeiten gesehen, und um irgendeinen Geldverlust wettzumachen, waren sie Vermieter geworden. Aber abgesehen davon, machte sich dies in keiner Weise bemerkbar. Denn alles im Hause deutete auf altmodischen Wohlstand, der Überfluss an duftender Wäsche, das schwere Silberzeug und die großen Möbelstücke. Ich fühlte mich wie zu Haus. Auch die Küche war gut. Bei Tisch bediente uns eine alte Dienerin namens Olivia. Ich nahm mir die Freiheit, sofort nach der Mahlzeit aufzustehen.

Ich wohnte ungefähr ein halbes Jahr in dieser Einsiedelei, als ich eines Mittags beim Eintritt in das Esszimmer ein hochgewachsenes junges Mädchen erblickte. Obgleich mir meine Wirtsleute nie ein Wort von dem Vorhandensein dieses Wesens berichtet hatten, sah ich doch sofort an ihrem Benehmen, dass sie in das Haus gehörte. Offenbar war sie eben von einem Spaziergang heimgekommen. Sie stand auf den Fußspitzen und hing ihren Bänderhut an einen Haken in der Ecke auf. Der Haken war in beträchtlicher Höhe eingeschlagen, und so musste sie sich sehr recken. Dabei verriet sich ihr ganzer herrlicher Wuchs. Sie stand da wie die Mänade des Skopas. Ein grünseidenes Mieder umschloss ihre Taille; seine Fransen hingen über ihren weißen Rock, der nach der damaligen Mode um die Hüften eng zusammengezogen war. Man scheute sich damals nicht zu zeigen, was man hatte. Als sie mich wahrnahm, wandte sie den Kopf halb um, sodass ich ihr Gesicht sehen konnte. Die Arme aber behielt sie weiterhin hoch. Ohne sich im geringsten durch mich stören zu lassen, ordnete sie die Bänder, damit sie nicht gedrückt würden. Das tat sie langsam, bedächtig, beinahe, als ob sie mich ärgern wollte. Denn ich stand doch wartend da, um mich ihr vorzustellen. Endlich tat sie mir die Ehre an, mich richtig anzusehen, mit einem Paar schwarzen kühlen Augen, unter den Locken ihres über die Stirn fallenden kurz geschnittenen Titushaares. Wer ist dies junge Mädchen? Fragte ich mich erstaunt. Noch niemals hatten wir einen Tischgast gehabt. Und sie war doch gewiss zum Essen gekommen, denn der Tisch war für vier gedeckt.

Da kamen die beiden Alten herein und stellten sie mir als ihre Tochter vor, die aus dem Internat zurückgekehrt sei, um fortan unser Stillleben zu teilen. Ich war sprachlos. Ihre Tochter! Diese Leute hatten solch eine Tochter! Selbstverständlich meine ich das nicht im physiologischen Sinn. Denn ich weiß und Sie gewiss auch, dass die hübschesten Mädels der Welt von wer weiß was für Eltern stammen können. Es kommt vor, dass der grundhässlichste Mensch das bildschönste Geschöpf in die Welt setzt. Aber hier! Das war ein Rassenunterschied, der die Junge von den Alten sonderte. Physiologisch betrachtet – um mich nochmals dieses stolzierenden Schulmeisterausdruckes zu bedienen, den Ihre Zeit geprägt hat, nicht die meine! –, also physiologisch betrachtet, erkannte man den Unterschied schon in ihrer Haltung. Über ihrem ganzen Wesen lag eine bei solcher Jugend äußerst seltene Gemessenheit, um diese schwer in Worte zu fassende eigene Art so zu nennen. Unter die sogenannten schönen Weiber, die man gern sieht und gleich wieder vergisst, gehörte sie nicht. Es war etwas so Besonderes an ihr, dass sie auf den ersten Blick nicht bloß völlig anders erschien als ihre Eltern, sondern überhaupt völlig anders als alle Menschen. Sie musste anders sein in ihren Gefühlen und Empfindungen, in ihrem Leben und ihren Leidenschaften. Man stand vor ihr wie vom Mond gefallen. Kennen Sie von Velasquez die Infantin mit dem Wachtelhund? Ungefähr so sah sie aus. Nicht hochmütig, nicht verächtlich öder geringschätzig.

Nein, nur gründlich gleichgültig. Menschen, die sich hochmütig oder geringschätzig benehmen, geben sich doch immer noch die Mühe, sich mit uns in Vergleich zu setzen. Aber solche Gleichgültigkeit leugnet einfach unsere Gegenwart. Das war der Ausdruck ihres ganzen Wesens. Noch heutigentags stehe ich vor der unbeantwortbaren Frage, die sich mir von der ersten Stunde an aufdrängte: Wie ist dieses feine schlanke Geschöpf zu diesem Vater gekommen, zu diesem behäbigen, redseligen, geschmacklos gekleideten Spießbürger mit Doppelkinn, Speckbuckel und Fettwanst? Und wenn man vom Mann absah – denn auf den Ehegatten kommt es ja in solchen Fragen schließlich nicht an –, so sah die Frau ebenso wenig aus, als könne sie die Erzeugerin Albertinens gewesen sein. Albertine, so hieß die rassige Herzogin, die wie zu Spott und Hohn vom Himmel herabgefallen sein musste, in die Mitte dieses ehrsamen, blöden, ihr wesensfremden Philisterehepaares.

Alberte, wie sie der Kürze halber genannt wurde, erschien mir von Anfang an als eine wohlerzogene, für gewöhnlich schweigsame junge Dame. Wenn sie zuweilen etwas zu sagen hatte, sprach sie dies in gut gewählten, aber sehr knappen Worten aus. Dann schwieg sie wieder. Überdies hätte sie noch so geistvoll sein können – ich weiß nicht, wes Geistes Kind sie war –, es wäre bei unseren Tischgesprächen verborgen geblieben, denn wir redeten lediglich über das Wetter. Mit dem Stadtklatsch war es seit ihrer Ankunft aus.

Allmählich verlor die junge Dame, die mich zuerst so sehr in Verwunderung gesetzt hatte, ihre Anziehungskraft mir gegenüber, da sie aus ihrer Teilnahmslosigkeit nicht herausging. Wäre sie mir in meinem Gesellschafts-kreise begegnet, so hätte mich ihre Gleichgültigkeit un-bedingt aus dem Gleichgewicht gebracht. So aber war sie mir ein Wesen, das man nicht begehrt, weder im Ernst noch im Spiel. Ich war Mietsgast im Hause ihrer Angehörigen und demgemäß ihr gegenüber in einer heiklen Lage, die durch eine Geringfügigkeit unmöglich werden konnte. Sie stand mir weder nah noch fern ge-nug, um mir etwas sein zu können. Und so kam es ganz ungezwungen und unwillkürlich, dass ich ihrer Unper-sönlichkeit mit vollkommenem Gleichmut begegnete.

Und so blieb es zwischen uns beiden. Wir verkehrten miteinander in förmlicher oberflächlicher Höflichkeit. Sie war für mich ein Bild. Ich sah es kaum noch. Und was war ich ihr? Wir kamen nur bei Tisch zusammen, und da galt ihre Aufmerksamkeit jedwedem kleinen Ge-rät mehr als meiner Person. Was sie sagte, war gewählt und gewandt, aber ganz farblos. Es gab mir keinen Auf-schluss über ihr inneres Wesen. Was ging mich das auch an? Mir wäre es nie eingefallen, dieses unnahbare Ge-schöpf mit der so unangebrachten Prinzessinnenmiene näher kennenlernen zu wollen, wenn sich nicht etwas ereignet hätte, das mich wie ein Blitz traf, wie ein Blitz aus heiterem Himmel.

Eines Abends, etwa vier Wochen, nachdem sie heimge-kehrt war, hatten wir uns zu Tisch gesetzt, Albertine ne-ben mir. So wenig Aufmerksamkeit schenkte ich ihr, dass es mir nicht einmal auffiel, sie ausnahmsweise an meiner Seite zu haben, während sie sonst zwischen ih-ren Eltern zu sitzen pflegte. Wie ich nun an jenem Abend gerade mein Mundtuch über meine Knie breitete, da – wie soll ich Ihnen meine Verwunderung, meine Empfindungen schildern? – da umschlang eine fremde Hand die meine, unter dem Tisch, fest und dreist. Ich vermeinte, zu träumen. Oder vielmehr ich hatte überhaupt keinen Gedanken, nur das unfassbare Bewusstsein, dass eine verwegene Hand die meine unter dem Mundtuch festhielt. Das war mir ebenso unerhört wie unerwartet. Entflammt von diesem Griff, getrieben von einer starken Kraft, jagte mir das Blut vom Herzen bis an diese Hand, und von ihr wieder zurück in mein Herz. Es flimmerte mir vor den Augen. Es sauste mir in den Ohren. Ich glaube, ich war schrecklich blass geworden. Es war mir, als verlöre ich mein Bewusstsein, als versänke ich in die unsagbare Wollust, die dem Fleisch dieser schlanken, beinahe männlich-kräftigen Hand entströmte, in der die meine gebannt war. Wenn man jung ist – erinnern Sie sich? – erschreckt einen die Sinnlichkeit geradezu. Ich versuchte deshalb, meine Hand der tollen Umfassung zu entziehen. Aber diese andere Hand, der wachsenden Lust bewusst, die sie mir mitteilte, hielt sie sieghaft gefangen, in heißem, verhaltenem Begehren. Fünfunddreißig Jahre ist das her! Und Sie erweisen mir wohl die Ehre zu glauben, dass meine Hand in all dieser Zeit manchen Druck von zarter Hand erfahren hat und dass sie dies längst sehr gelassen erträgt. Glauben Sie mir auch: noch jetzt, jedes Mal wenn ich daran zurückdenke, dann verspüre ich deutlich, wie sich jene herrische Hand mit der meinen in sinnenwirrer Leidenschaft vermählt. Tausend Schauer durchzitterten mich vom. Scheitel bis zur Sohle, und zugleich die Furcht, den beiden Alten zu verraten, was mir von ihrer Tochter, dicht vor ihren Augen angetan ward. Dann aber warf ich mir vor, weniger Fassung zu besitzen als das kühne Mädchen, das seine Ehre auf das Spiel setzte und eine Schamlosigkeit mit unerhörter Kaltblütigkeit beging. Um das Beben meiner Begierde vor den ahnungslosen Eltern zu verbergen, biss ich mir heldenhaft die Lippe blutig. Da sahen meine Augen die andere der beiden Hände, die ich bisher nicht beachtet hatte. In dieser gefahrvollen Minute drehte sie in kühler Gelassenheit an der Schraube der Lampe, die man inzwischen auf den Tisch gestellt hatte, da es zu dunkeln begann. Ich sah nach ihr hin, nach der Zwillingsschwester von jener, deren Glut mir Feuer durch die Adern trieb. Diese andere Hand, ziemlich derb, aber wohlgepflegt, schimmerte vor dem vollen Licht der Lampe im Rosenrot ihres Blutes. Ich sah deutlich, dass die Finger nicht im geringsten zitterten, sondern sicher und gemächlich die kleine Arbeit an der Lampe verrichteten, in lässiger, köstlich anmutiger Bewegung.

So Hand in Hand konnten wir natürlich nicht ewig verweilen, da wir unsere Hände zum Essen brauchten. Darum gab Albertine meine Hand frei. Aber im nämlichen Augenblick setzte sie mir ihren einen Fuß mit der gleichen Kraft, Leidenschaft und Überlegenheit auf den meinen und ließ ihn während der ganzen, mich kurz dünkenden Mahlzeit darauf ruhen. Ich fühlte mich wie in einem überheißen Bade, an dessen erst unerträgliche Hitze man sich nach und nach gewöhnt, bis es einem am Ende so behaglich vorkommt, dass man glauben möchte, die Sünder in der Hölle müssen in der Glut der ewigen Verdammnis dermaleinst schließlich auch frisch und munter werden wie der Fisch im Wasser.

Ich brauche Ihnen wohl nicht zu sagen, dass ich kaum etwas aß und noch weniger redete. Die beiden Alten plauderten in ihrer gewohnten Beschaulichkeit. Sie hatten keine Ahnung von dem rätselhaften Vorgang unter ihrem Tisch. Sie merkten nichts. Aber sie hätten etwas wahrnehmen können. Das war das Schreckliche dabei. Ihretwegen machte ich mir Gedanken; weniger um Albertine und um mich. Mit siebzehn Jahren ist man so gewissenhaft und rührselig. Ich fragte mich: Ist das Mädel frech oder toll? Ich sah sie von der Seite an. Während der ganzen Mahlzeit verlor sie nicht einen Augenblick ihre hoheitsvolle Haltung. Ihr Gesicht war wie aus Marmor – und doch ruhte ihr Fuß auf dem meinen, und ihr Bein schmiegte sich an das meine! Ihre Ruhe verwirrte mich mehr denn ihre Tollheit. Ich hatte manchen leichten Roman gelesen, in dem die Frauen keine Heiligen waren. In der Kriegsschule hatte man mir auch keinen hohen Glauben an die Weiblichkeit beigebracht. Als hübscher Junge, der ich war, hatte ich auf der Treppe und hinter der Tür die kleine Kammerkatze meiner Mutter öfters abgeküsst. Ich hielt mich mindestens für einen Lovelace. Aber was ich jetzt erlebte, das übertraf meine kühnsten Erlebnisse. Das erschien mir toller als alles Gelesene, als alles, was ich über die dem Weibe angeborene Verstellungskunst gehört hatte, über ihre Fähigkeit, ihre heißesten und innigsten Gefühle hinter einer Maske zu verbergen. Dabei war sie achtzehnjährig, wenn nicht noch jünger! Eben aus dem Internat zurück, das man gewiss nicht verdächtigen konnte, denn die Mutter, eine anständige fromme Frau, hatte es ausgesucht. Was mir unfassbar war und mir, trotz des maßlosen Aufruhrs meiner Sinne, klar vor Augen stand, das war der völlige Mangel an Schamgefühl, die Dreistigkeit und die gelassene Selbstbeherrschung, die dieses junge Mädchen zur Schau trug, während es so unvorsichtige und gefährliche Dinge beging. Obendrein hatte sie den Mann, dem sie sich mit so ungeheuerlicher Keckheit auslieferte, durch keinen Blick, keine Gebärde je vorbereitet. Das waren wohl meine Gedanken, indessen hielt ich mich weder im Augenblick noch später lange dabei auf. Ich war weit davon entfernt, mir einen unnatürlichen Abscheu vor solch erschreckender früher Verdorbenheit einzureden. Übrigens: wann jemals halten wir Männer eine Frau für verdorben, die sich uns auf den ersten Blick an den Hals wirft? Je jünger wir sind, umso mehr halten wir das für ganz selbstverständlich. Und wenn wir hinterher: »Die Ärmste!« sagen, so liegt in diesem Mitleid schon recht viel Bescheidenheit! Und schließlich, wenn ich auch schüchtern war, so wollte ich deswegen noch lange kein Tor sein! Das ist ja immer die Ausrede, mit der wir Franzosen alle unsere Sünden bemänteln. Dass es nicht Liebe war, die das Mädel zu mir trieb, daran zweifelte ich keineswegs. So unverhüllt und dreist geht Liebe nicht vor. Ebenso war es mir klar, dass ich keine Liebe für sie empfand. Gleichviel, ob Liebe oder nicht, es war mir willkommen, was sich mir bot. Als wir vom Tisch aufstanden, war mein Entschluss gefasst. Bis dahin hatte ich keine Minute an Albertine gedacht. Jetzt aber hat diese Hand das Begehren in mir erweckt, das ganze Geschöpf so zu umschlingen, wie ihre Hand die meine umschlungen hatte. Wie ein Narr kam ich in mein Zimmer. Sobald ich mich ein wenig abgekühlt hatte, überlegte ich mir, auf welche Weise ich mit diesem Teufelsmädel regelrecht anbändeln könne. Aus beiläufigen Beobachtungen wusste ich, dass sie immer bei ihrer Mutter war. Wenn sie arbeitete, saß sie neben ihr im Esszimmer, das zugleich die Wohnstube war. Sie hatte keine Freundin, mit der sie sich besuchte. Sie ging eigentlich nur sonntags aus, in die Messe und zur Vesper, auch immer mit ihren Eltern. Da war also nichts zu machen! Ich bereute beinahe, dass ich mich nicht mehr an die Alten herangemacht hatte. Ich war keineswegs hochmütig zu ihnen gewesen, aber doch unpersönlich. Nachzuholen war da nichts. Es hätte ihren Verdacht erregen können und ihnen gerade das offenbaren, was ich vor ihnen geheim halten wollte. Es blieb mir keine andere Gelegenheit, heimlich mit Albertine zu sprechen, als die Begegnung auf der Treppe, wenn ich in mein Zimmer ging oder von da herabkam. Aber auf der Treppe konnte man uns sehen und hören. Es stand mir also in diesem wohlgeordneten engen Haushalt nichts offen als der briefliche Weg. Die Hand, die unter dem Tisch so verwegen die meine gesucht und festgehalten hatte, die konnte doch keine Umstände machen, wenn es galt, ein Briefchen in Empfang zu nehmen. So schrieb ich, was der Augenblick mir eingab. Ich bat, gebieterisch und flehentlich zugleich wie eben ein Mann, der einen Tropfen Lust gekostet hat und den es nach dem zweiten dürstet. Mit der Abgabe des Briefes musste ich bis zum Mittagsmahl des nächsten Tages warten. Die Zeit schlich wie eine Schnecke dahin. Endlich war die ersehnte

Stunde da. Wiederum griff die Glut ausströmende Hand, deren Druck ich seit vierundzwanzig Stunden verspürte, unter dem Tisch nach der meinen. Sie fühlte das Briefchen, nahm es gewandt und steckte es unbefangen mit einer leichten raschen Bewegung in den spitzenbesetzten Ausschnitt ihrer Bluse, ohne auch nur einen Augenblick ihre kühle fürstinnenhafte Überlegenheit zu verlieren. Weder ihre Mutter, die gerade die Suppe austeilte, noch ihr Vater, der wie immer seine Fiedelei im Kopfe hatte, bemerkten auch nur das Geringste.«

»Wir sind in solchen Fällen alle miteinander wie mit Blindheit geschlagen, Graf!«, unterbrach ich die Erzählung des Hauptmanns. Es kam mir vor, als wolle er in den allzu flotten Kasinoplauderton übergehen. Aber da täuschte ich mich.

»Ich gestehe«, fuhr er fort, »dass ich mir nach meinem Erlebnis mit dem Mädchen nicht einen Augenblick über das Schicksal meiner Zeilen im Ungewissen war. Sie würde trotz aller Aufsicht und Bevormundung schon Mittel und Wege zum Lesen und Beantworten finden! Ja, ich machte mich bereits auf einen schier endlosen Briefaustausch unter dem Tisch gefasst. Wie ich nun am Abend in das Esszimmer komme, mit der behaglichen Gewissheit, eine rasche Antwort auf meine Worte zu bekommen, da seh ich Albertinens Gedeck zwischen denen ihrer Eltern aufgelegt. Ich traute meinen Augen nicht. Was hatte sich da ereignet, wovon ich nichts wusste? Hatten die beiden Alten doch etwas gemerkt? Kurz und gut, Albertine saß mir gegenüber. Ich sah sie durchdringend an, wie einer, der unbedingt Bescheid

erheischt. Ich starrte sie an wie ein lebendiges Fragezeichen. Aber ihre Augen blieben ruhig, stumm und
gleichgültig wie immer. Sie sahen mich an, ohne mich zu
sehen. Ich war empört über diese langen nichtssagenden
Blicke, die über die Menschen wie über die Dinge teil-
nahmslos hinwegglitten. Es kochte in mir vor Neugier,
Ärger, Ungeduld, Besorgnis, von einem Schwalle erwar-
tungsvoller und enttäuschter Empfindungen. Es war mir
unbegreiflich, wie dieses seiner selbst so sichere Weib,
das unter ihrer Haut keine Nerven zu haben schien, es
offenbar nicht wagte, mir ein Zeichen des Einverständ-
nisses zu geben, um mir zu versichern, dass wir ein Geheimnis miteinander teilten, dass wir Liebe oder auch
nicht Liebe gemeinsam hegten. Es war mir ein Rätsel,
dass es ein und dieselbe sein sollte, der jene Hand, jener
Fuß und die Gelassenheit beim Empfang des Briefes zu
eigen war, und die sich jetzt so zaghaft benahm. Nach
allem, was sie sich geleistet hatte, musste doch ein ver-
ständnisvoller Blick zu mir herüber das Geringste sein,
was mir zuteilward. Nichts dergleichen! Die Mahlzeit
verging, und der Blick, auf den ich lauerte, den ich ersehnte, den ich mit meinen Augen hervorzuzaubern
suchte, er blieb aus. Ich lief in mein Zimmer hinauf, in
der Zuversicht, irgendeine Antwort vorzufinden. Ich
kam gar nicht auf den Gedanken, dass sie zurückgehen
könne, nachdem sie in so unglaublicher Weise vorge-
gangen war. Ein Mensch wie sie – dachte ich – fürchte
weder Tod noch Teufel, wenn es gilt, eine Laune zu befriedigen. Und dass sie zum Mindesten eine Schwäche
für mich haben musste, das war mir doch außer Zweifel.

Zunächst bildete ich mir ein, die neue Tischordnung sei reiner Zufall, aber das war sie nicht. Es blieb fortan dabei, und Albertine zeigte wie ehedem ihr Sphinxgesicht und redete wie zuvor in gleichgültiger Weise von unbedeutenden Dingen. Sie können sich denken, dass ich sie von jenem Tage an genau beobachtete. Ich war begierig, sie zu durchschauen.

Aber ich vermochte nicht den leisesten Unmut an ihr zu entdecken, während ich qualvoll unwillig und aufgeregt war. Eine Wut zum Ersticken war in mir. Obendrein musste ich sie verbergen. Albertinens erhabene Miene, die sie nicht einen Augenblick ablegte, machte mich toll. Ich war derart überreizt, dass es mir völlig einerlei war, ob ich sie bloßstellte oder nicht. Ich starrte ihr in einem fort drohend und begehrlich in ihre großen kühlen unerforschlichen Augen. Sie blieben unerforschbar. Was bedeutete dieses Verhalten? Spiel? Koketterie? Neue Laune? Oder ganz einfach Blödheit? Ich habe später Frauen gekannt, die erst herrliche Bacchantinnen und dann dumme Gänse waren. ›Wenn man immer den richtigen Augenblick wüsste!‹ hat die Ninon einmal gesagt. War dieser Augenblick hier bereits vorüber?

Trotz alledem wartete ich weiter, auf ein Wort, eine Gebärde, eine leise Bemerkung beim Verrücken der Stühle. Nichts. Ich verfiel in die törichtsten Hoffnungen. Vielleicht wollte sie mir wegen der Hindernisse im Hause durch die Post schreiben. Dreimal täglich, eine Stunde, bevor der Postbote kam, war ich in Aufruhr. Zehnmal am Tage fragte ich die alte Olivia mit halbzugeschnürter Kehle, ob Briefe für mich abgegeben worden seien. ›Nein, Herr Leutnant!‹ lautete immer wieder die

Antwort. Diese Qualen wurden mir unerträglich. Meine betrogene Sehnsucht wanderte sich in Hass. Ich suchte mir Albertinens Benehmen mit allerlei niedrigen Gründen zu erklären. Ich nannte sie ein feiges Ding. Ich beschimpfte sie in Gedanken und glaubte, ich hätte ein Recht dazu. Ich gab mir Mühe, nicht mehr an sie zu denken. Ja, ich erzählte sogar meinem Freunde Ludwig von ihr und scheute mich dabei nicht vor den üblichen soldatischen Kraftausdrücken. Ludwig erfuhr die ganze Geschichte von Anfang bis zu Ende. In meiner Maßlosigkeit ging die Ritterlichkeit zum Teufel. Mein Kamerad schüttelte den Kopf und riet mir, es zu machen wie er: ›Such dir ein kleines Mädel und vergiss die alberne Hexe!‹

Ich befolgte seinen Rat nicht. Mich reizte das Spiel zu sehr. Wenn sie es hätte erfahren können, dass ich mir eine Liebste angeschafft, ja, dann hätte ich es vielleicht getan, um ihre Eifersucht oder ihre Eitelkeit zu erregen. Aber wie sollte sie davon erfahren? Hätte ich ein Mädchen mit in das Haus gebracht – wie Ludwig in seine Post –, so hätten mir meine Wirtsleute sogleich gekündigt. Fort von ihnen aber wollte ich um keinen Preis, denn nur dort war es möglich, dass sich mir eines Tages Hand oder Fuß wieder ergaben. Mehr erhoffte ich gar nicht. Jedoch dies Teufelskind, das so viel gewagt hatte, war und blieb fortan die unnahbare Dame.

So verstrichen abermals vier Wochen. Umsonst mühte ich mich, gefasst und gleichgültig wie Albertine zu sein, Marmor gegen Marmor zu setzen, Kälte gegen Kälte. Ich lag gespannt auf der Lauer. Das war mir schon auf der Jagd grässlich. Hier wiederholte es sich Tag um Tag. Oft ging ich zeitig in das Esszimmer, in der Hoffnung, sie allein dort vorzufinden wie am ersten Tag. Bei Tisch wandte ich keinen Blick von ihr. Sie wich dem weder aus, noch ging sie darauf ein. Sie sah mich leer und ruhig an. Nach der Mahlzeit verweilte ich jetzt regelmäßig noch ein wenig bei den beiden Frauen, die sich mit ihrer Handarbeit an ihren gemeinsamen Fensterplatz setzten. Vielleicht ließ Albertine einmal ihren Fingerhut oder ihre Schere fallen. Ich hätte das geschwind aufgehoben und ihr beim Überreichen die Hand berührt, jene Hand, die mir nicht mehr aus den Sinnen wollte. Wenn ich dann wieder in meiner Stube war, lauschte ich, ob nicht der Tritt jenes Fußes vernehmbar sei, der so herrisch den meinen gedrückt hatte. Manchmal auch schlich ich auf den Gang hinaus, in der Hoffnung, ihr zu begegnen.

Dabei erwischte mich eines Tages Olivia, wie ich so auf Posten stand! Ich war unsagbar verlegen.

Und dann spähte ich aus meinem Fenster – aus dem da oben! –, wenn das Mädel mit der Mutter ausging. Ich wich und wankte nicht von meinem Auslug, bis sich die Haustür wieder hinter ihr geschlossen hatte. Alles war umsonst. Denn kein einziges Mal wandte sie sich um, in ihrem mir unvergesslichen rotweiß gestreiften jungferlichen Schal mit seinem Muster von schwarzen und gelben kleinen Blumen. Kein einziges Mal hob sie den Kopf oder die Augen zu meinem Fenster. Auf so elende Art verzettelte ich meine Zeit. Ich weiß, alle Frauen lassen uns mehr oder weniger zappeln. Diese Unnahbarkeit aber war doch zu toll! Der Geck, der in mir längst gestorben sein sollte, ärgert sich noch heute darüber.

Auch mein Soldatenglück von ehedem war dahin. Nach erledigtem Dienst eilte ich nach Haus. Ich las weder Denkwürdigkeiten noch Geschichten mehr. Auch meinen Freund Ludwig vernachlässigte ich. Meine Floretts hatten Ruhe vor mir. Das Betäubungsmittel der Jugend, die Zigarette, gab es dazumal noch nicht.

Ich ging spät zu Bett, schlief aber schlecht. Das Teufelsweib, das die Hölle in mir angefacht hatte und dann geflohen war wie ein gemeiner Brandstifter, hielt mich wach. Die roten Vorhänge dort vor den Fenstern schloss ich fest zusammen ...«

Bei diesen Worten putzte der Graf mit seiner behandschuhten Rechten das angelaufene Wagenfenster wieder blank.

»Ich wollte nicht, dass mir das fabelhaft neugierige Spießervolk bis in die Winkel meiner Stube schaute. Es war ein Zimmer im Empirestil, ohne Teppich, mit feingemustertem Parkett; an den Kirschholzmöbeln Messingbeschläge. Das Bett hatte an den vier Ecken Sphinxköpfe, die Füße Löwenklauen aus Bronze. An den Schreibtisch- und Kommodenkästen prangten Löwenköpfe, in deren Grünspanmäulern Messingringe hingen, die Handhaben beim Öffnen. Dem Bett gegenüber stand an der Wand, zwischen dem Fenster und der Tür zu einem geräumigen Ankleidezimmer, ein viereckiger Tisch aus rötlicherem Kirschholz. Er hatte eine graue Marmorplatte mit etwas Kupferzierrat. Und dem Kamin gegenüber, da stand das große blaue Ledersofa, das Sie bereits kennen. In allen vier Ecken des weiten und hohen Gemaches waren Eckbretter angebracht. Auf einem schimmerte geheimnisvoll aus dem Dunkel der weiße

Marmor eines Niobekopfes. Ein altes Stück, nach einer Antike. Merkwürdig seltsam in so kleinbürgerlicher Umgebung! Indessen, war die rätselhafte Albertine in derselben Umgebung nicht noch viel seltsamer? An den getäfelten und mit elfenbeingelber Ölfarbe gestrichenen Wänden hingen keine Bilder, keine Stiche. Nur meine Waffen. Beim Mieten dieser ›Riesenbude‹ – wie Ludwig, der kein Romantiker war, sich in seiner derben Art ausdrückte – hatte ich mir in die Mitte einen großen runden Tisch stellen lassen, auf den ich dann meine Generalstabskarten, Reglements und Bücher ausbreitete. Er diente mir zugleich als Schreibtisch, wenn ich mitunter etwas zu schreiben hatte.

Eines Abends, oder richtiger einmal nachts, hätte ich mir das Sofa an diesen Tisch herangerückt und zeichnete bei der Lampe: Albertine, ihren Kopf, das Gesicht der Sphinx, von der ich seit vier Wochen besessen – nach dem Glauben der Frommen –, wie vom Teufel besessen war. Ich weiß wohl, diese Beschäftigung mit diesem Wesen war ungefähr das Unsinnigste, was ich tun konnte, um mich von der Hexe zu befreien. Ich geriet dadurch nur tiefer in ihren Bann.

Es war spät. Die Straße, durch die wie noch heute zweimal die Post in einander entgegengesetzter Richtung um dreiviertel eins und um einhalb drei Uhr früh durchkam und hier die Pferde wechselte, war totenstill. Man hätte eine Fliege summen gehört. Nur flog keine herum. Wenn eine da war, schlief sie gewiss in den steifen Falten der Vorhänge aus schwerer roter Seide, die ich von den Haltern losgemacht hatte, sodass sie zum Boden herabfielen. Das einzige Geräusch, das die tiefe

Stille durchbrach, kam von meinem Bleistift, mit dem ich eifrig zeichnete. Auf einmal tat sich mit ganz leisem Geräusch die Tür auf und blieb ein wenig geöffnet stehen. Ich sah hin. Ich wähnte, die Tür sei mangelhaft geschlossen gewesen und habe sich von selbst geöffnet. Ich wollte aufstehen, um sie wieder zu schließen. Da gewahrte ich, wie sie sich sacht immer weiter öffnete, wobei das leise Geräusch abermals begann, das wie ein leises Klagelied im schweigenden Hause widerhallte. Wie sie ganz offen war, erblickte ich – Albertine.

Es gibt Leute, die an Geistererscheinungen glauben. Beim Teufel, mich hätte der tollste Geisterspuk nicht so durchschauert wie diese Erscheinung aus Fleisch und Blut! Das Herz schlug mir wie im Fieber. Albertine tat einen Schritt auf mich zu, offenbar ungnädig über das Knarren der Tür, das sich beim Schließen wiederholen musste. Ich war zu Tode erschrocken. War ich doch erst achtzehn Jahre alt. Offenbar sah sie mir meine Erregung sofort an. Mit einer befehlerischen Gebärde gebot sie mir Fassung. Dann schloss sie rasch die Tür, die noch einmal knarrte, kurz, laut, scharf. Atemlos lehnte Albertine dagegen und lauschte, ob etwa von draußen ein anderes Geräusch hörbar werde. Mir war, als schwanke sie. Und schon war ich bei ihr und hielt sie in meinen Armen.«

»Donnerwetter! Ihre Albertine ist eine Draufgängerin!« rief ich aus.

»Sie denken nun vielleicht«, fuhr Brassard fort und tat, als habe er meine Zwischenbemerkung gar nicht gehört, »dass sie mir in die Arme fiel, halb tot vor Angst, Leidenschaft und Verwirrung, wie eine, der die Verfolger auf den Fersen sind und die nicht mehr weiß, was sie tut, wenn sie sich jenem Dämon überlässt, der, wie es heißt, in allen Frauen dämmert und sie ewiglich verführte, wenn ihm nicht zwei andere Geister, die Feigheit und die Scham, die Herrschaft streitig machten. So war es mit Albertine aber nicht! In ihr lebte nichts von jener gemeinen Angst. Vielleicht sogar war sie es mehr, die mich in ihre Arme nahm, als ich sie in die meinen. Im ersten Augenblick hatte sie ihren Kopf an meine Brust gedrückt. Aber sie hob ihn gleich wieder und starrte mich mit weit geöffneten übergroßen Augen an, ob ich es auch wäre, den sie in ihren Armen hielt. Sie war ganz blass, so blass, wie ich sie noch nie gesehen hatte. Nur ihre Prinzessinnenmiene war geblieben, klar und fest wie der Kopf aus einer antiken Münze. Nur um ihre leicht gewölbten Lippen zitterte – ich weiß nicht was. Liebesseligkeit war es kaum. Ein irrer Schatten, der mich in jenem Augenblick so unsagbar traurig dünkte, dass ich ihn nicht ertrug und auf diese prächtigen steifen roten Lippen den flammenden Kuss sieghaften Verlangens presste. Der Mund öffnete sich ein wenig, aber die nachtdunklen Augen mit den langen Wimpern, die die meinen fast berührten, schlossen sich nicht. Sie bebten nicht einmal. Und ich sah in ihrer Tiefe dasselbe wie auf den Lippen – den Irrsinn flackern. Im Kuss, eins mit ihr, trug ich sie auf das Sofa, auf dem ich vier Wochen lang die Qualen eines Eremiten ausgestanden hatte, entflammt von ihr. Das Leder knisterte unter dem bloßen Körper, denn sie war halb nackt. Sie kam aus ihrem Bett. Und sie hatte durch das Schlafzimmer ihrer Eltern gehen müssen. Mit ausgestreckten Händen hatte sie sich hindurchgetastet!«

»Das war Heldenmut!«, meinte ich. »Ihre Albertine war würdig, die Geliebte eines Soldaten zu sein!«

»Ja, sie war meine Geliebte von jener Nacht an«, erzählte Brassard weiter. »Sie war genauso maßlos wie ich. Und das war ich, wahrhaftig. Dies nebenbei. Aber es war Gift im Becher der Lust. Auch in der höchsten Seligkeit vergaßen wir nicht, in welcher Gefahr wir schwebten. Im Glücksrausch, den sie mir schenkte und bei mir suchte, war sie selbst starr vor ihrem Tun, bei all ihrem starken Willen und ihrer wilden Leidenschaft. Mich verwunderte dies nicht, bebte mein Herz doch in so qualvoller Angst, während mich Albertine an sich drückte, dass ich den Atem fast verlor. Unter all ihren Seufzern und Küssen lauschte ich in die Stille des arglos schlummernden Hauses. Wenn die Mutter erwachte! Wenn der Vater aufstand! Über die nackten Schultern der Geliebten hinweg spähte ich nach der Tür, die sie aus Furcht vor dem Geräusch nicht abgeschlossen hatte. Wäre es nicht grässlich gewesen, wenn die Tür sich geöffnet und plötzlich in ihrem Rahmen mitten in der Nacht die beiden Alten erschienen wären, entsetzt und entrüstet über uns, die wir sie so frech und feig hintergingen! Mein Puls pochte gegen Albertinens Puls; er gab mir jeden Schlag zurück. Dies Spiel war wunderschön und grauenhaft zugleich. Mit der Zeit aber gewöhnte ich mich an diesen Zustand. Da wir unsere namenlose Torheit immer wieder ungestraft begingen, stellte sich ein gewisser Gleichmut bei mir ein. Da wir beständig in der Gefahr schwebten, überrascht zu werden, spottete ich dieser Gefahr. Ich vergaß sie. Ich war nur darauf bedacht, mich meinem Glück voll hinzugeben. In der ersten ungeheuerlichen Nacht, die Albertine für immer hätte abschrecken müssen, hatten wir verabredet, dass sie alle zwei Nächte zu mir käme. Ich konnte nicht zu ihr gehen, weil ihr Schlafzimmer keinen anderen Ausgang als durch das ihrer Eltern hatte. Sie kam regelmäßig, aber immer wieder versteinert wie beim ersten Male. Auf sie wirkte die Zeit nicht wie auf mich. Die in jeder Nacht uns neu drohende Gefahr ward ihr nicht zur stählenden Gewohnheit. Schweigsam kam sie und blieb sie. Selbst in meinen Armen. Als ich später, wie die Gelassenheit über mich gekommen war, zu ihr redete, wie man eben zu seiner Geliebten redet: Von der mir unbegreiflichen Kälte nach ihrer ersten Kühnheit, die sie nun selbst Lügen strafte, da sie doch in meinen Armen lag, und als ich jene unersättlichen tausend Fragen der Liebe, die im Grunde vielleicht nur Neugier sind, an sie richtete, da antwortete sie mir nie anders, als dass sie mich innig an sich zog. Ihr schmerzlicher Mund blieb stumm. Er küsste nur.

Es gibt Frauen, die zu einem sagen: ›Ich richte mich deinetwegen zugrunde!‹, während andere stammeln: ›Du musst mich ja verachten!‹ So oder so spricht sich das Verhängnis der Liebe aus. Albertine indes: kein Wort! Seltsames Verhalten, seltsames Wesen! Sie kam mir vor wie eine Sphinx aus Marmor ...«

»Aber schließlich«, fiel ich ein, »findet doch jedes Geheimnis eine Lösung. Sphinxe gibt es nur in der Fabel, nicht im Leben. Einmal muss ein kluger Mann wie Sie doch hinter das Rätsel eines kleinen Mädchens kommen. Die Geschichte hat doch irgendwie ein Ende gehabt.«

»Ein Ende? Gewiss hat sie ein Ende gehabt«, sagte der Graf, wobei er das Wagenfenster herunterließ, als müsse er erst frische Luft atmen, ehe er weitererzählen könne. »Aber ich ward darum nicht klüger als zuvor. Unsere Liebe, unser Verhältnis, unser Spiel – nennen Sie es, wie Sie wollen! – Verlieh uns, vielmehr mir, Empfindungen, wie ich sie seither niemals wieder gekostet habe im Verkehr mit Frauen, die ich weit mehr geliebt habe als Albertine. Vielleicht liebte sie mich gar nicht und ich nicht sie. Es ist mir nie klar geworden, was ich eigentlich ihr war und was sie mir. Dabei hat die Geschichte ein halbes Jahr gewährt. Eines nur wusste ich: Ich erlebte ein Glück, von dem ein junger Mensch wie ich keine Ahnung gehabt hatte. Das Glück der Heimlichkeit. Das Glück gemeinsamer Sünde. Ich begriff, wie man ein unverbesserlicher Verschwörer werden kann, selbst in ganz aussichtslosen Dingen.

Bei Tisch und sonst am Tage war Albertine unnahbar wie ehedem. Ihre unbefangene Stirn verriet nicht das Mindeste von der Schuld der Nacht. Es kam und ging kein Erröten. Ich bemühte mich, die nämliche Undurchdringlichkeit zu erringen. Aber ich weiß, dass ich mich vor scharfen Beobachtern zehnmal verraten hätte. In wollüstigem Stolz genoss ich den Triumph, dass diese Trägerin der hochmütigsten Unnahbarkeit insgeheim ganz mein eigen war, dass sie für mich alle Demut der Leidenschaft hatte.

Keine Menschenseele wusste um unser Geheimnis. Ein köstliches Bewusstsein. Nicht einmal mein Freund Ludwig; denn seitdem ich glücklich war, war ich auch zu ihm schweigsam wie ein Grab. Zweifellos erriet er alles, aber er ging genauso stillschweigend darüber hinweg wie ich. Er tat keine einzige Frage. So setzten wir unseren alten vertrauten Verkehr ungestört fort. Wir bummelten zusammen in Uniform oder in Zivil auf dem Korso, spielten Karten, fochten und zechten.

Ja, wenn man weiß, dass einen regelmäßig, eine Nacht um die andere, das Glück in der Gestalt eines schönen jungen Weibes mit heißem Herzen und durstigen Lippen besucht, dann ist das Leben verflucht einfach!«

»Aber, Graf, schliefen denn die Alten wie die Murmeltiere?«, unterbrach ich spöttisch die an einem Dandy mir merkwürdige Betrachtung. Ich spottete, weil ich mir ihm gegenüber nicht anmerken lassen wollte, dass mich seine Erzählung ergriff. Vor Menschen von seinem Schlage vergibt man sich als Spötter immer am wenigsten.

»Sie glauben hoffentlich nicht«, begann er von Neuem, »dass ich auf Wirkung hin erzähle. Der Teufel behüte mich davor! Ich bin kein Romandichter. Zuweilen kam Albertine nicht. Die Tür war zwar längst auf das Trefflichste in ihren Angeln geölt. Aber manchmal hatte ihre Mutter sie gehört und sie verschlafen gefragt, oder ihr Vater hatte wahrgenommen, wie sie tastend nach der Tür schlich. Dann fand meine Geliebte rasch eine Ausrede. Es sei ihr nicht wohl, sie hole etwas in der Küche, wolle aber kein Licht anstecken, um niemanden aufzuwecken.

Trotzdem erschien Albertine in der nächsten Nacht, die auf solch Erschrecknis folgte, wieder bei mir und setzte sich von Neuem der Gefahr aus. Ich war Leutnant und durchaus kein Held in der Mathematik. So viel aber verstand ich doch von der Wahrscheinlichkeitsrechnung, dass der Tag oder die Nacht kommen musste, die das Ende bedeutete ...« »Ganz recht«, sagte ich, und indem mir seine Worte im Anfang wieder in den Sinn kamen, fügte ich hinzu: »Das Ende, das Sie gelehrt hat, was Angst ist.«

»So ist es!« Er sagte dies sehr ernst, sichtlich um den scherzhaften Ton abzulehnen. »Gewiss ist Ihnen an meiner Erzählung klar, dass mein Erlebnis mit Albertine von jenem Tage des Handdrucks ab meine Nerven wenig geschont hat. Das war sozusagen das Vorbeipfeifen der Kugeln und das Vorübersausen der Granaten. Man zuckt zusammen, aber man marschiert weiter. Was schließlich kam, war mehr. Ich habe, wie gesagt, die Furcht längst kennengelernt, die echte Furcht, die wahrhaftige Angst. Nicht um Albertine, sondern um mich selber, um mich ganz allein. Das ist ein Zustand, wo einem das Herz genauso blutlos wird wie das Gesicht. Es gibt Paniken, die es zuwege bringen, dass die besten Regimenter kehrtmachen und davonlaufen. Ich habe das im Krieg mit eigenen Augen gesehen. Aber damals war ich noch nicht im Feld gewesen. Und da erlebte ich etwas; was ich mir nie hätte ausdenken können.

Hören Sie weiter! Es war nachts. Bei dem Leben, wie wir es führten, konnte es ja nur nachts sein. Eine lange Winternacht, eine ruhige Nacht. Alle unsere Nächte waren ruhig, weil wir glücklich waren. Wir schliefen angesichts der Gefahr. Albertine war früher als sonst gekommen, um länger bleiben zu können. Wenn sie so hereinkam, galt meine erste Liebkosung, meine erste Zärtlichkeit ihren Füßen, die nicht mehr ihre meergrünen oder fliederfarbenen Pantöffelchen trugen, -- Albertines Koketterie und mein Entzücken! -, sondern nackt waren, um keinen Lärm zu machen, eiskalt von den Steinfliesen des Ganges, den sie von dem einen Ende bis zum anderen zu durchschreiten hatte. Ich wärmte diese Füße, die meinetwillen froren, und, aus dem warmen Bett gekommen, vielleicht um meinetwillen den ganzen Körper krank machten. Es wollte mir diesmal nicht so recht gelingen, sie warm zu küssen.

Albertine war in dieser Nacht eine schweigsamere Geliebte denn je. Wie immer aber umschlang sie mich mit der ihr eigenen schmiegsamen Kraftfülle, die für mich ihre Sprache war. Eine ausdrucksvolle Sprache. Ich redete in einem fort, Überschwängliches, Tolles, Trunkenes. Ich verlangte längst von ihr keine Antwort mehr. Ich nahm ihre Hingabe dafür.

Aber mit einem Male schwieg diese Sprache der Sinnlichkeit. Ihre Arme ließen kraftlos von mir ab. Ich glaubte, Albertine sei ohnmächtig geworden. Das war sie schon manchmal gewesen; aber dabei hatte sie mich weiter im Krampf umschlungen. Und ich war an ihrem Herzen geblieben, wartend, bis ihre Sinne an den meinen wiedererwachten.

Diesmal wartete ich vergebens. Ihre schwarzen Samtaugen flammten nicht unter den langen Wimpern auf. Ihre Lippen wurden schauerlich kalt. Ich richtete mich halb auf, betrachtete die Geliebte genauer und entriss mich ihrer Umarmung. Einer ihrer Arme fiel ihr auf den Leib; der andere sank am Sofa hinab, bis die Hand den Teppich berührte.

Erschüttert, aber noch gedankenklar, fühlte ich mit meiner Hand nach ihrem Herzen. Es war still. Dann nach dem Puls, nirgends Leben. Kalt die Schläfen. Die Schlagader erstarrt. Überall das Zeichen des Todes. Ich erkannte mit Gewissheit: Das ist der Tod. Aber ich wollte es nicht glauben. Das Menschenhirn hat zuweilen die törichte Anwandlung, der unleugbaren und unabwendbaren Tatsache trotzen zu wollen.

Albertine war gestorben. Woran? Ich wusste es nicht. Ich bin kein Arzt. Ich wusste nur, sie war tot. Und obgleich es klar war wie die Sonne am Mittag, dass alle Mühe nutzlos sein müsse, so tat ich doch alles, was mich so verzweifelt umsonst dünkte. Jedweder Kenntnisse, Werkzeuge und Hilfsmittel bar, goss ich ihr den Inhalt einer ganzen Flasche Kölner Wasser über die Stirn. Ich rieb ihr die Hände, schlug sie laut gegeneinander, trotz der Gefahr, im selben stillen Haus Lärm zu verursachen, in dem mir vor Kurzem beim leisesten Geräusch das Herz beinah stillgestanden hatte. Es fiel mir ein, dass ein Onkel von mir, Eskadronchef bei den vierten Dragonern, mir eines Tages erzählt hatte, er habe einmal einem Kameraden, den der Schlag getroffen, das Leben gerettet, indem er ihm mit einem Schröpfer, den man bei Pferden anwendet, zur Ader ließ. An Waffen war in meinem Zimmer kein Mangel. Ich nahm einen Dolch und misshandelte damit Albertinens wundervollen Arm. Ein paar Tropfen rannen trag heraus. Kein lebensvoller Strahl. Nichts vermochte den erstarrten Körper wieder zu beleben, der an meinem Herzen zum Leichnam geworden war. Und jetzt mit einem Male gebar der Anblick der Toten etwas Grauenvolles: die Angst. Eine Angst, eine wahnsinnige Angst. Albertine war bei mir gestorben. Ihr Tod verriet alles. Was sollte nun geschehen? Was konnte ich tun? Es war mir, als packte mich die körperliche Hand dieser grässlichen Angst am Haar. Wie von tausend Nadelspitzen gestochen, schmerzte mir der Kopf. Und über den Rücken lief es mir siedeheiß und grabeskalt. Vergebens versuchte ich, gegen diese unwürdige Angst anzukämpfen. Ich hielt mir vor, dass ich kaltes Blut bewahren müsse, dass ich ein Mann sei und gar Soldat. Ich fasste mein Haupt mit beiden Händen an! Ich zwang mich, über meine furchtbare Lage nachzugrübeln. Ich gab mir die größte Mühe, die rasenden Gedanken festzuhalten, die mein Hirn wie einen Kreisel peitschten. Sie sprangen alle über den Leichnam. Keiner führte die tote Geliebte hinaus, die nicht mehr von selbst in ihr Schlafzimmer zurückschleichen konnte. Am Morgen musste ihre Mutter sie finden: tot und geschändet auf dem Sofa des Leutnants!

Der Gedanke an die Mutter, der ich das vielleicht einzige Kind getötet hatte, auf dem Lager der Wollust, dieser Gedanke legte sich mir viel schwerer auf das Herz als Albertines Tod an und für sich. Der war nicht zu verheimlichen. Gab es denn aber kein Mittel, die Schande zu verdecken, die durch das Auffinden der Leiche in meinem Zimmer zutage kommen musste. Um diese Frage drehten sich alsbald all meine Überlegungen. Und je mehr ich hierüber nachdachte, umso schwieriger schien mir die Antwort darauf. Es gab keinen Ausweg! Dazu kam eine entsetzliche Zwangsvorstellung. Bisweilen war es mir, als fülle der tote Körper das ganze Zimmer aus; als sei es unmöglich, ihn jemals hinauszubringen.

Welch unglücklicher Umstand, dass Albertines Stube hinter dem Schlafzimmer ihrer Eltern lag! Ich hätte sie sonst trotz aller Gefahr in ihr Bett hinübergetragen! Aber wie konnte ich mit ihr im Tod das wagen, was für sie im Leben so gefahrvoll gewesen war! Und doch war es gerade der verrückt verwegene Gedanke, die Tote hinüberzutragen, der sich in meiner Angst vor dem Morgen und dem Auffinden der Toten in meinem Zimmer im Wirrwarr meines Hirns festsetzte. Das schien mir der einzige Weg zu Albertines Ehrenrettung und zugleich die einzige Möglichkeit zu sein, mich aus meiner grässlichen Lage zu befreien, ohne den Fluch der beiden alten Leute auf mich zu laden. Und wahrhaftig, ich hatte die Kraft, die Tote auf meine Schultern zu heben. Die grauenhafte Last auf dem Rücken, öffnete ich meine Tür und trat in den Gang hinaus, mit bloßen Füßen wie ehedem Albertine, um weniger Geräusch zu verursachen. Die Tür befand sich am anderen Ende des Ganges. Meine Knie wankten, und ich musste bei jedem Schritt innehalten. Ich horchte, in die Stille des nächtlichen Hauses hinein. Ich hörte nichts; so wild klopfte mein Herz. Der Weg schien mir endlos, aber es rührte sich nichts. Schritt um Schritt kam ich vorwärts. Endlich langte ich vor der schrecklichen Tür an. Sie war angelehnt, und ich hörte die langen friedlichen Atemzüge der beiden Alten, die da drinnen ahnungslos schlummerten. Da war es aus mit meinem Mut. Ich wagte, die dunkle Schwelle nicht zu überschreiten. Ich wankte und floh mit meiner Bürde zurück. Halb sinnlos kam ich wieder in mein Zimmer. Ich legte den toten Körper wieder auf das Sofa, sank daneben in meine Knie und stöhnte in einem fort: Was nun?

Ich war in meiner Seele zusammengebrochen. Der törichte hässliche Gedanke schoss mir durch den Kopf, die schöne Tote, die ein halbes Jahr meine Geliebte gewesen war, zum Fenster hinauszuwerfen. Ich öffnete es, schlug die roten Vorhänge zur Seite und sah in die schwarze Tiefe hinab. Es war so stockfinster, dass ich nicht einmal das Pflaster erkannte. Ich wollte den Selbstmord der Toten vortäuschen. Wiederum nahm ich Albertine und hob sie vom Sofa auf. Da zerriss ein Blitz meinen Wahn. Wenn Albertine da unten gefunden wurde, musste sie sich ja von meinem Zimmer aus hinuntergestürzt haben! Also auch das war aussichtslos. Es war mir, als bekäme ich einen Faustschlag ins Gesicht. Ich schloss das Fenster, zog den Vorhang wieder vor, mehr tot als lebendig von dem Geräusch, das ich dabei verursachte. Es war alles umsonst. Ich litt unerträglich. Da glitt mein Blick auf die Waffen, die im Zimmer aufgehängt waren, und der Gedanke kam mir nahe, mit einem Schuss auch meinem Leben ein Ende zu bereiten. Ich war demoralisiert. Damals kannte ich dieses Wort des Kaisers noch nicht. Aber ich kam wieder zu mir. Ich war siebzehn Jahre alt und liebte meinen Degen. Aus Neigung und vererbtem Soldatensinn war ich Soldat geworden. Und noch war ich nicht einmal im Feuer gewesen. Ich war ehrgeizig. Die Romangestalt Werthers kam mir in das Gedächtnis. Wie hatten wir Offiziere uns über den Werther lustig gemacht! Er war uns ein kläglicher Waschlappen! Und ein anderer Gedanke tauchte in mir auf, der mir in meiner Bedrängnis Heil verhieß: Wie war es, wenn ich zu meinem Obersten ginge? Er ist der Vater des Regiments.

Rasch, als sei Alarm geblasen, warf ich mich in meine Uniform. Ich nahm meine Pistolen. Wer weiß, was alles geschehen konnte! Zum letzten Mal küsste ich Albertines stummen Mund – so jung ist man immer gefühlvoll! –, den Mund, der nie viel geredet hatte, der mich aber ein halbes Jahr lang betört und berauscht. Dann schlich ich auf den Fußspitzen die Stiege hinunter, den Tod hinter mir im Haus lassend. Ich atmete schwer und brauchte eine Ewigkeit – wenigstens schien mir's so – bis ich die Haustür aufgeriegelt und den großen Schlüssel umgedreht hatte. Vorsichtig wie ein Dieb schloss ich wieder zu. Dann raste ich, wie von den Furien verfolgt, zu meinem Obersten. Ich riss an der Klingel. Ich läutete Sturm, als habe der Feind die Fahne des Regiments entführt. Den Burschen, der mich zu dieser Stunde bei seinem Herrn nicht eindringen lassen wollte, rannte ich einfach über den Haufen. Der Oberst war durch den Höllenlärm, den ich verursachte, erwacht. Ich gestand ihm die ganze Geschichte, alles, haarklein, vom Anfang bis zum Ende, in toller Hast. Jede Minute war kostbar. Zum Schluss bat ich ihn um alles in der Welt, mich zu retten.

Er war ein Prachtmensch, unser Oberst. Im Augenblick hatte er meine grauenvolle Lage erkannt. Sein jüngster Sohn, wie er mich nannte, tat ihm leid. Und ich glaube, mein damaliger Zustand erheischte allerdings Mitleid. Erst wetterte er in ein paar echt französischen Flüchen. Dann aber befahl er mir, mich unverzüglich aus dem Staub zu machen. Alles Weitere werde er auf sich nehmen. Sobald ich weg wäre, wolle er die Eltern aufsuchen. Aber zunächst müsse ich weg, und zwar augenblicklich, mit der nächsten Post, die in einer Viertelstunde ankomme und am Posthaus frische Pferde nähme. Er nannte mir eine Stadt, in der ich vorläufig bleiben solle. Dorthin werde er mir dann schreiben. Er gab mir auch Geld, denn ich hatte vergessen, mir welches einzustecken. Schließlich drückte er mir kameradschaftlich seinen grauen Schnurrbart auf die Wange. Eine Viertelstunde später kletterte ich auf den Obersitz der Postkutsche. Es war kein anderer Platz mehr frei. Und fort ging es. An dem Fenster da vorbei. Mein Gott, mit was für Augen schaute ich hinauf. Das Licht schimmerte dahinter genau wie heute Abend. Und drinnen lag die tote Albertine, verlassen.«

Der Graf hielt inne. Seine kräftige Stimme klang heiser. Mir war die Lust zum Scherzen vergangen. Aber das Schweigen zwischen uns beiden währte nicht lange.

»Und dann?«, fragte ich.

»Dann?« wiederholte Brassard. »Ja, sehen Sie, das ist es, was meine neugierige Seele noch lange gequält hat. Damit war die ganze Geschichte für mich zu Ende. Ich gehorchte peinlichst dem Befehl meines Obersten. Voller Ungeduld wartete ich auf einen Brief von ihm, aus dem ich ersähe, was er unternommen und was sich nach meiner Flucht ereignet hatte. So vergingen vier Wochen. Es kam kein Brief vom Obersten. Er war einer von denen, die nur mit dem Degen schreiben. Es kam nichts als ein Schriftstück, das mir meine Versetzung mitteilte. Ich hatte mich binnen vierundzwanzig Stunden beim 32. Regiment zu melden, das ins Feld rückte. Und dann war ich im Krieg, der mir eine Fülle von ungeheuerlichen Erlebnissen brachte. War es doch mein erster Feldzug. Ich machte verschiedene Schlachten mit. Anstrengungen und Abenteuer vergönnten mir nicht die Zeit, an den Obersten zu schreiben. Unter tausend neuen Eindrücken verblasste die grausige Erinnerung an Albertine, ohne sie freilich auszulöschen. Ich trug sie weiter mit mir, wie man eine Kugel im Leib behält, die sich nicht entfernen lässt. Ich tröstete mich damit, dass ich dem Obersten eines Tages irgendwo einmal wieder begegnen müsse, um von ihm zu erfahren, was ich zu wissen so begierig war. Indes fiel er an der Spitze seines Regiments bei Leipzig. Vier Wochen vorher war auch Ludwig von Meung auf dem Feld der Ehre geblieben.

So jämmerlich es ist: Auch in den starken Seelen schläft das Erlebte ein, und vielleicht gerade zuerst in den starken Seelen. Und so verlor ich das qualvolle Begehren, zu erfahren, was nach meiner Abreise geschehen war. Ich hätte mich nach Jahren in das Städtchen begeben, mich erkundigen und somit hören können, was von meinem schmerzlichen Erlebnis bekannt geworden war. Kein Mensch hätte mich erkannt, da mich die Zeit stark verändert hat. Irgendetwas hat mich daran gehindert, aber gewiss nicht die Scheu vor der Meinung der Leute, über die ich mein Leben lang erhaben gewesen bin; vielleicht der Nachhall jener entsetzlichen Angst, die ich damals erfahren habe. Ich möchte sie kein zweites Mal verspüren.«

Wieder schwieg der Graf. Er hatte mir sein Abenteuer in trübseliger Tatsächlichkeit ohne jede Zutat erzählt. Darüber nachsinnend, versank ich in Träumerei. Brassard, den alle Welt als Weltkind, Kriegsmann und Zecher kannte, war mir nun ein ganz anderer. Ich sah in die ungeahnte Tiefe seiner Seele. Die Bemerkung, die er im Anfang seiner Erzählung gemacht hatte, von der scharfen Säure, die alle seine späteren Liebschaften aufgefressen hätte, kam mir wieder in den Sinn. Gerade in diesem Augenblick packte er mich unvermittelt heftig am Arm und rief:

»Dort! Sehen Sie! Da hinter dem Vorhang!«

Erschrocken schaute ich hinauf. Der Schattenriss einer schlanken Frauengestalt zeichnete sich auf den roten Vorhängen ab.

»Albertines Schatten!«, flüsterte Brassard. Und mit leiser Bitternis fügte er hinzu: »Der Zufall ist heute Abend recht bösartig!«

Die Frau hinter dem Fenster war längst verschwunden. Das rote Licht schimmerte im vollen Viereck.

Der Schmied, der während der Erzählung des Grafen den Schaden am Rad ausgebessert hatte, war fertig. Der Kutscher, die Pelzmütze über den Ohren, das Postbuch zwischen den Zähnen, ergriff die Zügel und kletterte auf seinen hohen Sitz. Dann rief er in die Nacht hinaus: »Abfahrt!«

Und fort ging es. Bald waren wir weit weg von dem geheimnisvollen Fenster, dessen rote Vorhänge noch heute in meinen Träumen schimmern.

Don Juans schönste Liebschaft

*Unschuld ist des
Teufels Leckerbissen*

57

1

»Er lebt also noch immer, der alte Sünder?«

»Donnerwetter, ja! Und ausgiebig lebt er!« entfuhr es mir. »Der liebe Gott gönnt es ihm, gnädige Frau«, fügte ich rasch hinzu, weil mir einfiel, dass ich eine sehr fromme Dame vor mir hatte. *Le Roi est mort! Vive le Roi!* hieß es in der guten alten Zeit, ehe der Königsthron in tausend Stücke ging wie Sèvres-Porzellan. Ein einziger Fürst trotzt dem Demokratentum: Don Juan!«

»Natürlich! Der Teufel lässt nie locker!« bemerkte meine alte Freundin überzeugt.

»Vor drei Tagen hat er sogar ...«

»Wer? Der Teufel?«

»Nein, Don Juan ... Gottvergnügt hat er an einem stimmungsvollen abendlichen Festessen teilgenommen. Raten Sie: wo?«

»Natürlich in ihrer abscheulichen Maison d'or.«

»Aber nein, gnädige Frau! Dorthin kommt Don Juan nicht mehr. Dort findet Seine Durchlaucht keine Sättigung. Der hohe Herr war von jeher ein wenig vom Schlage des berühmten Mönches Arnold von Brescia, von dem die Sage geht, er habe sich nur von Seelenblut genährt. Seelenblut, das beliebt Don Juan in seinen Sekt zu träufeln. Und das gibt es längst nicht mehr in den Schenken, in die man mit kleinen Mädchen hingeht.«

»Am Ende kommt heraus«, meinte die fromme Dame spöttisch, »dass er im Kloster der Benediktinerinnen getafelt hat, mit den Damen –« »... von der ewigen Anbetung. Stimmt, gnädige Frau! Die Verehrung, die der Teufelskerl einmal entflammt, die erlischt nie und nimmer. So scheint es mir.«

»Ich finde, Sie sind ein recht lästerlicher Katholik«, bemerkte sie gedehnt und ein wenig verschnupft. »Ich bitte Sie, erlassen Sie mir die Einzelheiten eines Soupers mit Ihren Frauenzimmern! Mir heute Abend Neues von Don Juan erzählen zu wollen, das haben Sie mir nur so vorgegaukelt ...«

»Ich gaukele nie etwas vor, gnädige Frau!«, beteuerte ich. »Die Teilnehmerinnen an besagtem Festmahl, diese Frauenzimmer waren zunächst keine Frauenzimmer und insbesondere nicht meine – leider ...«

»Nun hören Sie aber auf!«

»Gestatten Sie mir, bescheiden zu sein! Es waren ...«

»Die *mille è trè?*«, fragte sie neugierig, wie gewandelt, beinahe liebenswürdig.

»Nicht alle zusammen, gnädige Frau. Nur ein Dutzend davon. Also in anständigen Grenzen.«

»Wie man es nimmt!«

»Schon deshalb, weil das Ihnen wohlbekannte Boudoir der Gräfin von Chiffrevas nicht gar vielen Gästen Platz bietet. Es mögen sich daselbst große Dinge abspielen. Der Raum selbst ist aber entschieden eng.«

»Was Sie sagen!«, rief sie überrascht. »Man hat in ihrem Boudoir gespeist?«

»Tatsächlich, gnädige Frau! Warum auch nicht? Auf dem Schlachtfeld schmeckt es einem immer vorzüglich. Man wollte dem Ritter Don Juan ein ganz besonderes Festmahl bereiten. Wo hätte dies für ihn ehrenvoller ge-

schehen können als auf dem Schauplatz seiner Ruhmes-
taten, dort, wo ihm tausend Erinnerungen duften – nach
Myrte statt nach Lorbeer. Das war ein reizender Gedanke, voll süßer Wehmut.«

»Und Don Juan?«, fragte sie im Ton wie Orgon in Mo-
lières Stück fragt: Und Tartüff?

»Don Juan ist kein Spielverderber. Das Mahl hat ihm
trefflich gemundet. Er war so recht der Hahn im Korbe.
Und von wem ist die Rede? Von keinem anderen als Ihrem guten lieben Grafen Amadee von Ravilès.«

»Der! Ja, das ist in der Tat der leibhafte Don Juan!« gab
sie zu.

Und obschon die alte Betschwester über die Jahre der
Schwärmerei längst hinweg war, verlor sie sich doch in
Träumereien an den Grafen Amadee, einen echten
Sprossen der Juans. Wenn Gott diesem uralten und un-
sterblichen Geschlecht die Welt nicht geschenkt hat, so
hat er zum Mindesten dem Teufel erlaubt, sie ihm er-
obern zu helfen.

2

Was ich der alten Marquise Guy de Ruy erzählt hatte,
war die reine Wahrheit. Keine drei Tage war es her, dass
zwölf Damen der sittsamen Vorstadt St. Germain – Sie
brauchen keine Angst zu haben; ich nenne keine Namen
–, also ein volles Dutzend, von dem die Klatschbasen der
guten Gesellschaft jeder nachsagen, sie habe mit dem
Grafen Amadee auf dem vertrautesten Fuße gestanden,
auf den köstlichen Einfall geraten waren, ihn als einzigen Herrn zu einem abendlichen Mahl einzuladen, zur

Feier von – ja, wovon? Das ward nicht gesagt. Eine gewagte Sache, so ein Festmahl? Aber die Frauen, als Einzelwesen so feig, sind im Trupp keck und kühn. Vielleicht hätte es nicht eine der Gastgeberinnen gewagt, den Grafen zu zweit bei sich zu einem Abendessen einzuladen; aber vereint, eine von der andern gedeckt, hatten sie alle miteinander keine Angst, einen munteren Reigen um den verführerischen, den guten Ruf jeder einzelnen gefährdenden Mann zu bilden ...

»Schon der Name!« warf die Marquise ein.

»Ein vielsagender Name! Ravilla de Ravilès (zu deutsch etwa: Nimm von Nimmen)!«

Der Graf, der – nebenbei bemerkt – dem Gebot dieses Raubritternamens immer gehorchte, war die Verkörperung aller Verführer, von denen uns Geschichte und Dichtung berichten, und sogar die Marquise Guy de Ruy, die alte Lästerzunge mit ihren blauen, kalten, scharfen Augen (das heißt: Herz und Hirn waren bei ihr noch kälter und schärfer!) behauptete: Wenn in unserer Zeit, wo die Frauen ihre Bedeutung von ehedem von Tag zu Tag mehr verlieren, überhaupt noch ein Mann an Don Juan erinnere, so sei es unbedingt Graf Amadee. Leider war er nur noch ein Don Juan im letzten Akte. Dem Fürsten von Ligne wollte es bekanntlich nicht in seinen geistvollen Kopf, dass auch Alkibiades einmal ein biederer Fünfziger geworden wäre, wenn ihn der Tod nicht schon zehn Jahre vordem abgerufen hätte. Ravila hatte also in dieser Hinsicht nicht das Glück des großen Atheners. Aber wie der Graf von Orsay, dieser lebendig gewordene Sieger des Michelangelo, schön blieb bis zu seinem letzten Stündlein, so besaß auch er jene Schönheit, die just ein Erbe des Geschlechts der Juans ist, jener geheimnisvollen Rasse, die sich nicht vom Vater auf den Sohn weitererhält, deren Abkömmlinge vielmehr einmal hier und einmal da, in Raum und Zeit voneinander entfernt, in der großen Familie der Menschheit auftauchen.

Graf Amadee war die leibhafte Schönheit, die zuversichtliche, heitere, herrenhafte, mit einem Wort die Don-Juan-Schönheit. Dies Wort schließt alles in sich ein und erübrigt jedwede weitere Schilderung. Hatte er einen Pakt mit dem Teufel geschlossen, dass ihm seine Schönheit immerdar treu blieb? Allerdings kam mit der Zeit auch der Himmel gewissermaßen zu seiner Rechnung. Die Tigerklauen des Lebens drückten auch ihm ihre Spuren nach und nach auf die göttliche Stirn, um die so viele Frauenlippen Rosenkränze gewunden, und an den Schläfen seines starkknochigen Spötterhauptes leuchteten die ersten silbernen Haare auf, die den Einbruch der Barbaren und den Untergang des Reiches ansagten. Er trug sie übrigens mit dem stolzen Gleichmut, den das Machtgefühl erzeugt. Nur die Frauen, die ihn geliebt hatten, betrachteten sie bisweilen mit Wehmut. Lasen sie auf seiner Stirn, dass auch ihnen die Stunde schlug? Ja, ihnen wie ihm kommt der Tag, an dem der steinerne Gast zum Nachtmahl einlädt, auf das nur noch die Hölle folgt, die Hölle des Alters als Vorläuferin der wirklichen. Und das war es vielleicht, was sie auf den Einfall gebracht hatte, ihm, ehe er sich zu jenem letzten grausigen Abendmahl hinsetzte, ein froheres Gastmahl zu bieten, das sie zu einem Meisterwerk zu machen gedachten, einem Meisterwerk des guten Geschmacks, erlesener Genüsse, aristokratischen Glanzes, heiterer Lebensfreude, reich an schönen Erinnerungen und hübschen Gedanken, kurzum: das reizendste, köstlichste, leckerste, berauschendste und vor allem das allerseltsamste abendliche Festmahl! Wohlverstanden: das allerseltsamste! Gewöhnlich vereint der Drang nach neuer Lust die Menschen zu einem Abendessen. Hier aber war es der Rückblick, die Wehmut, beinahe die Entsagung, die lächelnde oder lachende Entsagung, die noch einmal ein Fest, eine letzte hohe Feier begehrte, eine letzte Torheit, ein mutwilliges Zurück zur Jugend auf ein paar flüchtige Stunden, ein letzter Dionysoszug, mit dem es dann zu Ende war auf ewig.

Die Veranstalterinnen dieses Mahles, das arg verstieß gegen die ängstlichen Sitten ihres Lebenskreises, mochten Ähnliches empfinden wie Sardanapal auf seinem Scheiterhaufen, umgeben von seinen Frauen, seinen Pferden, seinen Sklaven, seinen Schätzen und all dem Prunk seines üppigen Daseins. Auch sie häuften alle Kostbarkeiten ihres Lebens um etwas, was flammend von ihnen scheiden sollte. Über was sie an Schönheit, an Witz, Vermögen, Schmuck und Macht geboten, sollte alles zugleich bei diesem Abschiedsfest mitwirken. Der Mann, für den sie diese Pracht entfalteten, war ihnen mehr wert als ganz Asien dem Sardanapal. Sie waren für ihn gefallsüchtiger denn je Frauen vor einem Mann, ja vor einem Salon von Männern. Ihre Liebäugelei entsprang der Eifersucht, die man sonst vor der Welt verbirgt, die diese Frauen aber nicht zu verheimlichen brauchten, denn jede wusste, dass ihr Held jeder anderen von ihnen einmal angehört hatte – und geteilte Schande ist keine Schande mehr. Jede hegte den

Wunsch, sich in seinem Herzen eine Grabschrift zu sichern.

Und er – er empfand an diesem Abend den satten, unumschränkten, zwanglosen, kennerischen Genuss eines morgenländischen Fürsten oder eines Beichtvaters in einem Nonnenkloster. Als Herr und Meister thronte er auf dem Ehrenplatz der Tafelrunde, gegenüber der Gräfin von Chiffrevas, inmitten des pfirsichblütenfarbenen Frauengemaches. Mit seinen hell-dunklen Augen, deren Höllenblau manch betörtes Frauenherz für das Blau des Himmels gehalten hatte, überschaute er den glänzenden Kranz der zwölf Damen, die in erlesener Ordnung um ihn zu Tisch saßen, in seiner Fülle von Blumen, Kristall und Kerzenlicht. Alle Stufen von Weibesreife boten sich seinem umfassenden Blick, von der Purpurglut der vollen Edelrose bis zum Bernsteingold der Muskatellertraube. Nirgends nur winkte das allzu zarte Resedagrün jener Jungfrauen, die Lord Byron nicht ausstehen konnte, weil sie nach neubackenem Kuchen röchen. Derlei kleine steifbeinige Küken waren hier nicht versammelt. Hier prangte der saftige, verschwenderische reiche Herbst in voller Entfaltung. Blendende stolze Busen wogten aus tief ausgeschnittenen Kleidern, und die in Brillanten glitzernden nackten kräftigen Arme wetteiferten mit denen der Sabinerinnen, als sie mit ihren römischen Räubern rangen, wohl imstande, die Räder eines Lebenswagens mit kurzem Griff aufzuhalten.

Von allerlei reizvollen Einfällen war bereits die Rede. Einem solchen zufolge bedienten bei Tisch nur Kammerjungfern, damit es nicht heißen konnte, etwas habe den Einklang eines Festes, dessen Königin das Weib war, doch gestört. So konnte Ritter Don Juan aus dem Hause Ravila seine Raubtieraugen von einem Meer von leuchtendem Fleisch ergötzen, an einem lebendig gewordenen Bild des üppigen Rubens, und seine stolze Seele baden in den mehr oder minder klaren Weihern so vieler Weiberherzen. Denn im Grunde, man mag es ihm abstreiten, soviel man will, ist Don Juan doch ein Anhänger jener Lehre, dass der Geist alles sei. Er gleicht darin dem Höllenfürsten selbst, dem es um die Seelen mehr zu tun ist als um die Leiber und der sich mit Vorliebe diese verschreiben lässt.

Geistreich, vornehm, ganz im Tone der Vorstadt St. Germain, aber an diesem Abend verwegen wie die Pagen des Königlichen Hofes, als es noch König und Pagen gab, waren sie voll sprühendem Witz, voll Schwung und Bewegung und voll unnachahmlichem Brio. Sie fühlten sich allem überlegen, was sie an ihren besten Abenden je gewesen, im Vollbesitz einer geheimen Kraft, die ihrem Innern entquoll und die sie bis dahin nur unbewusst besessen hatten.

Das Glück über diese Entdeckung, das dreifach gesteigerte Lebensgefühl, dazu die körperlichen geheimen Fluten, die für nervöse Geschöpfe so wesentlich sind, der reiche Lichterschwall, der berauschende Duft der Blumen, die sich in der Überwärme des dunstschweren Raumes verhauchten, der aufreizende Sekt, der ganze Sinn dieser Feier, die den prickelnden Beigeschmack des Sündhaften hatte, wie ihn die Neapolitanerinnen bei ihrem Sorbet lieben, der entzückende Gedanke, eine Mitschuldige an diesem frechen Gastabend zu sein, das trotzdem nichts gemein hatte mit den wüsten Gelagen der Régence, sondern eben ein fürstliches Festmahl des neunzehnten Jahrhunderts blieb, bei dem sich an den vor voller Lebenslust gespannten Miedern doch keine Stecknadel löste: alles das wirkte vereint, um die Saiten der Wunderharfen, die in allen diesen erlesenen Geschöpfen bebten, bis zum Zerreißen anzuschlagen und ihnen und ihm nie wieder hörbare Klänge und überirdische Tonfolgen zu entlocken.

Graf Amadee, der diesen seltsamen Abend am unvergleichlichsten schildern könnte, wird auch dieses Blatt seiner Denkwürdigkeiten ungeschrieben lassen. Wie ich der Marquise Guy de Ruy bereits gesagt, habe ich an diesem Fest nicht teilnehmen dürfen, aber wenn ich einige Einzelheiten davon berichte, insbesondere die Erzählung, die den Abschluss bildet, so verdanke ich dies dem Grafen selbst, der sich eines Abends die Mühe gegeben hat, mich einzuweihen, treu der im Geschlecht der Juans herkömmlichen Nichtverschwiegenheit.

3

Es war also spät, das heißt: früh. Der Morgen graute. An der Decke und an etlichen Stellen der dicht zusammengeschlossenen rosaseidenen Vorhänge des Boudoirs schimmerten hereingekrochene Tageslichter wie immer größere neugierige Augen, die gern wissen möchten, was in der Lichtfülle des Gemaches vor sich geht.

Die erst so starke Erregung der Ritterinnen der Tafelrunde war matt geworden. Der keinem Fest fehlende letzte Gast, die Müdigkeit, war leise eingetreten. Die gesteigerte Lebhaftigkeit sinkt vor ihm zusammen. Er wirft seine Schleier über alles, über das sich lösende Haar, über die entflammten oder erbleichten Wangen, über die bläulich-umschatteten Augen und die schwer gewordenen Lider, und sogar über die flackernden Flammen der Kerzen in all den vielen goldenen Armleuchtern und glitzernden Hängekronen.

Die allgemeine Plauderei, die so lange munter und eifrig war, dieses Ballspiel, bei dem jede im rechten Augenblick ihren Schlag getan, verfiel in Bruchstücke, in Splitter, in kleine Teile. Kein Leitmotiv herrschte mehr im klangreichen Gesumme dieser rassigen Stimmen, das auf und nieder tanzte wie das Gezwitscher der Vögel in der Morgendämmerung am Waldessaum, bis sich urplötzlich eine Kopfstimme erhob, herrisch und beinahe unverschämt, eine echte anspruchsvolle Herzoginnenstimme, über alle anderen hinweg, die dem Grafen von Ravila ein paar Worte zurief, offenbar die Fortsetzung und die Folge eines Gespräches, das sie bisher leise mit ihm geführt hatte und das keine, der sich miteinander unterhaltenden anderen gehört hatte:

»Graf, der Sie für den Don Juan unserer Zeit gelten, Sie sollten uns die Geschichte derjenigen Eroberung zum Besten geben, die Ihrer Eitelkeit als viel geliebter Mann am meisten geschmeichelt hat, und die Sie im Licht dieser Stunde für die schönste Liebschaft Ihres Lebens erklären!«

Sowohl die Stimme wie ihr Verlangen durchschnitt wie mit einem Schlage das Gewirr aller Kreuz- und Quergespräche und schaffte sofort Stille. Es war die Stimme der Herzogin von ***. Ihren Namen will ich hier nicht nennen. Ich begnüge mich zu sagen, dass sie die hellste Blondine mit den schwärzesten Augen der ganzen Vorstadt St. Germain ist. Sie saß, wie ein Gerechter zur Rechten Gottes, zur Rechten des Grafen, des Gottes dieses Festes, der an diesem Abend keinen seiner Feinde zum Schemel seiner Füße gemacht hätte. Sie war schlank und fein wie eine Arabeske, wie eine Fee, in ihrem grünen Samtkleid, das von der Seite wie Silber glänzte und dessen lange Schleppe, gewunden um ihren Stuhl, aussah wie der lange Schlangenschwanz, in dem der süße Leib der schönen Melusine endet.

»Ein glänzender Gedanke!«, jubelte die Gräfin von Chiffrevas, um in ihrer Eigenschaft als Dame des Hauses den Wunsch und die Anregung der Herzogin zu unterstützen. »Ja, Graf, die Geschichte derjenigen Liebe von allen, die Sie je gespendet oder geerntet, die Sie, wenn dies möglich wäre, noch einmal von Anfang bis Ende erleben möchten!«

»Oh! Ich möchte sie alle noch einmal erleben!« beteuerte Amadee mit der Unersättlichkeit eines römischen Cäsaren, die genussmüden Menschen zuweilen eigen ist. Dabei erhob er sein Sektglas. Es war dies keine der heute vielfach üblichen plumpen und bäuerischen Schalen, sondern das schlanke, hohe Spitzglas unserer Väter, das einzig-wahre Glas für den Champagner, das man »Flöte« genannt hat, vermutlich in Hinsicht auf die himmlischen Melodien, die uns aus solchem Glas zuweilen in das Herz fließen. Mit einem schweifenden Blick umfing er den ganzen Kreis der Damen, des Tisches köstlichsten Kranz.

»Und doch ...«, fügte er hinzu, indem er das Glas wieder vor sich hinstellte, mit einer Wehmut, die einem Nebukadnezar wie ihm, der noch kein anderes Gras als die

Salate im Café Anglais gegessen hatte, seltsam stand. »Und doch ist es die Wahrheit: Unter allen Herzenserlebnissen eines Lebens gibt es eines, das auf unserem weiteren Erdengang in der Erinnerung, alle anderen Eindrücke mächtig überstrahlt. Für die Wiederkehr dieses einen würden wir gern alle anderen nicht erlebt haben wollen, und wären sie noch so schön gewesen!«

»Die Perle im Gold!«, flüsterte die Gräfin von Chiffrevas verträumt vor sich hin und freute sich am weißen Schimmer der großen Perle ihres Lieblingsringes.

Und die Fürstin Isabel setzte hinzu:

»Der Diamant in dem schönen Märchen meiner Heimat, der erst rosenrot glüht, dann aber schwarz und schwärzer wird und immer feuriger funkelt!« Sie sagte das in der morgenländischen Anmut der kaukasischen Frauen, deren schönste sie war. Ein Polenfürst, einer der Flüchtlinge, hatte sie aus Liebe geheiratet, sie, die seitdem selber so aussah, als sei sie vom Stamm der Jagellonen.

Nun gab es einen wahren Sturm. »Ach ja!«, riefen alle in Begeisterung. »Erzählen Sie uns das, Graf!« Und die ganze Runde umbettelte ihn, im Vollgenusse der Schauer der Wissbegier, die ihnen die Nacken durchrieselten. Sie rückten zusammen; ihre Schultern berührten einander fast. Die eine stützte den Kopf mit der schlanken Hand; eine andere lehnte den vollen Arm gegen den Tisch; die dritte drückte den Fächer gegen die runde Lippe. Aber alle richteten ihre durstigen Blicke hochnotpeinlich auf den Grafen.

»Wenn Sie das durchaus wollen, meine Damen ...«, sagte Ravila, in der lässigen Art eines Mannes, der genau weiß, wie sehr die Erwartung das Verlangen steigert.

»Durchaus!«, erklärte die Herzogin, indem sie die goldene Schneide ihres Nachtischmessers betrachtete wie ein Türkensultan die Schneide seines Krummsäbels.

»So hören Sie also!«, fuhr er fort, noch immer in lässiger Weise. Seine Zuhörerinnen vergingen vor Spannung, indem sie auf ihn schauten. Sie verschlangen ihn mit ihren Augen und schlürften seine Worte. Jede Liebesgeschichte fesselt die Frauen, und – wer weiß das? – vielleicht war hier noch ein ganz besonderer Reiz im Spiele, denn jede einzelne in der Runde dachte wohl bei sich: Vielleicht erzählt er jetzt sein Erlebnis mit mir! Dass dieser Kavalier und Mann der großen Welt keine Namen nennen und verräterische, aber unumgängliche Einzelheiten verschleiern werde, des waren sie alle sicher. Und dieses Bewusstsein, diese Gewissheit stärkte das Begehren nach der eigenen Geschichte. Sie begehrten nicht allein danach. Sie erhofften es.

Aus Eitelkeit waren sie eifersüchtig auf eine Erinnerung, die ein Mann aus dem Schatz vieler und schöner Erinnerungen als die schönste seines Lebens aus dem Gedächtnisse wieder heraufbeschwor. Der alte Sultan sollte noch einmal das Taschentuch werfen. Keine hätte es aufnehmen wollen, aber jeder, der es zuflog, wäre es an das Herz gegangen.

4

Graf Ravila begann:

»Ich habe mir von einem großen Kenner des Lebens sagen lassen, unsere allerstärkste Liebe sei nicht die erste, nicht die letzte, wie so viele glauben, sondern die zweite. Nun, in Dingen der Liebe ist alles wahr und alles falsch, und überdies stimmt es nicht bei mir. Was ich Ihnen heute Abend erzählen will, meine Damen, liegt zurück in der schönsten Zeit meiner Jugend. Ich war schon nicht mehr ein sogenannter junger Mann, aber doch noch als Mann jung, wenn ich auch – wie ein älter Onkel von mir, ein Malteser, diese Zeit des Lebens nennt – meine ›Kreuzzüge‹ hinter mir hatte. Ich stand in der Blüte meiner Kraft und war der Herzensfreund einer Dame, die Sie alle kennen und die Sie alle bewundert haben ...«

Bei diesen Worten, die der alte Fuchs so hinwarf, tauschten seine lauschenden Zuhörerinnen einander Blicke aus, alle zu gleicher Zeit, jede jeder anderen. Es war ein Schauspiel, nicht in Worte fassbar.

Ravila fuhr fort:

»Diese Dame war das vornehmste Geschöpf, das es geben mag, im vollen Sinne des Wortes. Sie war jung, reich, hochgeboren, schön, geistreich, kunstsinnig und dabei so natürlich, wie ein Weltkind es eben sein kann. Sie hegte damals hienieden nur einen einzigen Ehrgeiz: mir zu gefallen, mir zu gehören, mir die zärtlichste Geliebte und die beste Freundin zu sein.

Vermutlich war ich nicht der erste Mann, den sie liebte. Sie hatte schon einmal geliebt. Nicht ihren Gatten. Aber diese Neigung war so tugendsam, überirdisch und himmlisch gewesen, dass sie ihr wohl einen Vorgeschmack gewährt, nicht aber die Liebe in ihrer Fülle geschenkt hatte. Die Kräfte ihres Herzens waren dabei geschult worden für die große Leidenschaft, die bald darauf kommen sollte. Es war ein Liebesversuch gewesen, vielleicht zu vergleichen mit der ›leeren Messe‹, wie angehende Priester sie lesen, um sich zu üben, damit sie dann keine Fehler machen bei der wirklichen, der heiligen Messe. Als ich in das Leben dieser Frau eintrat, befand sie sich noch auf der Vorstufe. Ich sollte ihre heilige Messe werden, und ich habe sie zelebriert mit Prunk und Pracht wie ein hoher Kirchenfürst ...«

Bei diesem Vergleich weitete sich molliges, leises Lächeln – vergänglich, aber köstlich – um die zwölf schweigenden Lippenpaare wie runde Wellenkreise auf dem stillen Spiegel eines Sees, wenn ein paar Tropfen vom Himmel fallen.

Der Graf erzählte indessen weiter:

»Sie war wirklich ein Wesen von eigener Art. Selten habe ich so wahre Güte, so warmes Mitleid, so erhabene Gefühle gesehen, selbst noch in der Leidenschaft, bei der, wie Sie wissen, die Menschen meist keine Engel sind. Und nie habe ich weniger Unnatur gefunden, weniger Ziererei und Zimperlichkeit, zwei Dinge, die manches Frauenherz so verwirren, dass es wie ein Garnknäuel ausschaut, mit dem Katzenpfoten gespielt haben ... Katzenhaft war überhaupt nichts an ihr. Sie war das, was die vertrackten Romanschreiber, die uns mit ihrem Zunftgeschwätz die Begriffe verdrehen, eine ›primitive Natur mit einem Hauch von Kultur‹ nennen. In der Tat, sie hatte davon nur den schimmernden Schmelz, keine einzige aber jener kleinen Verdorbenheiten, die manchem reizvoller dünken als die reine Schönheit ...«

»War sie brünett?«, unterbrach die Herzogin unvermittelt und ungeduldig die Erzählung, die sich ihr zu sehr vom Kernpunkt zu entfernen schien.

»Ah, ich bin nicht deutlich genug«, sagte Ravila verschmitzt. »Jawohl, sie war braun im Haar. Es war schwarzbraun, mit dem Glanz glatten Ebenholzes, just der rechte Schmuck eines fein geformten Frauenkopfes. Dem Teint nach war sie aber eine Blondine. Und der Teint, nicht die Haarfarbe ist es, was entscheidet, ob eine Frau brünett oder Blondine ist ...«

Hier sprach ein Kenner, der mit den Frauen mehr angestellt hatte als bloß Bildnisstudien.

»... Sie war eine Blondine mit schwarzem Haar ...« Durch alle Blondinen der Tafelrunde, die blondes Haar hatten, zitterte unmerkbar eine Bewegung. Es war klar, dass die Geschichte für sie nun weniger Reiz hatte.

Sie ging weiter:

»Sie hatte das Haar der Nacht, aber im Antlitz die Morgenröte. Aus ihrem Gesicht leuchtete eine seltene strahlende Frische, die dem Nachtleben von Paris getrotzt hatte, in dessen Lichtermeer so viele Rosen verblassen. Es war ihre Heimat schon jahrelang, aber ihre Wangen und ihre Lippen bewahrten noch immer die volle Farbe, Ihr Glanz stand im Einklang mit dem des Rubins auf der Mitte des Stirnreifens, den sie mit Vorliebe trug. Damals war die Haartracht der Belle Ferronière Mode. Und mit dem funkelnden Rubin wetteiferten ihre beiden glutvollen Augen. Ein Dreigestirn!

Schlank, aber kräftig, ja junonisch, wäre sie die passende Frau für einen Kürassier-Obersten gewesen. Ihr Mann war Eskadronchef nur in einem Husaren-Regiment. Eine große Dame mit der Gesundheit einer Bauersfrau, die mit der Haut die Sonne trinkt. Voll Sonnenglut, so war sie, und zwar im Blut wie in ihrer Seele, überall und immer bereit ... Aber hier gerade beginnt das Merkwürdige! Dieses kraftvolle und ursprüngliche Geschöpf, diese Purpurnatur, war – glauben Sie es? – eine Stümperin der Liebe ...«

Es senkten sich etliche Augen; aber sie öffneten sich rasch wieder, um spöttisch zu leuchten.

»Ja, eine Stümperin im Lieben wie im Leben«, wiederholte Ravila, ohne Bestimmtes hinzuzufügen. »Der Mann, den sie liebte, musste ihr immerfort zwei Dinge predigen, die sie, nebenbei bemerkt, niemals begriffen hat: sich zu verschließen vor der Welt, der ewig lauernden und unerbittlichen, und insgeheim die große Kunst der Liebe zu betätigen, ohne die jede Leidenschaft zum Tode verurteilt ist. Die Art ihrer Liebe entbehrte der Meisterschaft. Sie war das Gegenstück zu so vielen Frauen, die nichts als diese besitzen. Ja, um die Lehren des Fürstenspiegels zu verstehen und anzuwenden, muss man schon ein Borgia sein. Borgia war vor Machiavell da. Jener war der Meister und dieser der Darsteller.

Eine Borgia war meine Freundin nicht, sondern eine ehrliche, sinnliche, unerfahrene Frau trotz ihrer überwältigenden Schönheit. Ich habe irgendwo einmal ein Bild gesehen, auf dem ein kleines Mädchen am Quell den Durst löschen will, aber das geschöpfte Wasser rinnt ihm durch die Finger, weil es nicht versteht, sie fest zusammenzupressen. Verwirrt steht es da ...

Diese Mischung von Wollust und Unschuld hatte gewiss ihren Reiz. Aber bei aller Fähigkeit, Liebe zu geben und sogar Glück zu spenden, besaß sie doch nicht die Kraft, sich in ihrer Hingabe dem Gegenspieler anzupassen. Leider war ich damals noch nicht beschaulich genug, um mich an der Schönheit an sich zu erfreuen. Und so kam es, dass sie an gewissen Tagen Anlass bekam, ruhelos, eifersüchtig und heftig zu werden. Dies ist man ja, wenn man liebt. Und sie liebte wahrhaftig! Aber Eifersucht, Unruhe, Heftigkeit, alles das verlor sich in der unerschöpflichen Güte ihres Herzens beim ersten Leid, das sie einem zufügen wollte oder zugefügt zu haben glaubte. Ebenso ungeschickt im Grausam- wie im Zärtlichsein, war sie eine Löwin unbekannter Art, die sich einbildet, Tatzen zu haben, aber wenn sie damit zuschlägt, wundervolle Samtpatschen zeigt ...«

»Was soll das alles?«, fragte die Gräfin von Chiffrevas ihre Nachbarin. »Das kann doch wirklich nicht Don Juans schönste Liebschaft gewesen sein?«

Alle die Liebeskünstlerinnen um ihn zweifelten an der Möglichkeit solcher Einfalt.

Ravila entwickelte sein Erlebnis weiter:

»Wir lebten also in einer Intimität, die hin und wieder eines Unwetters nicht entbehrte, aber Zerwürfnisse nicht kannte. Unser Verhältnis war in der Spießbürgerstadt, Paris genannt, ein öffentliches Geheimnis. Die Marquise – sie war nämlich Marquise ...«

Es saßen ihrer drei Marquisen am Tisch, und alle drei waren brünett. Keine zuckte mit der Wimper. Sie wussten alle drei, dass er nicht von ihnen sprach. Von Samt war an ihnen nichts zu spüren, höchstens an der Oberlippe der einen von den dreien, einer lüstern aufgeworfenen Oberlippe, die in diesem Augenblick reichliche Geringschätzigkeit zum Ausdruck brachte.

»... ja, eine dreifache Marquise«, fuhr Ravila fort, der nach und nach in Schwung gekommen war, »wie man Pascha mit drei Rossschweifen sein kann. Die Marquise war eine von denen, die nichts zu verbergen verstehen; die es nicht können, auch wenn sie es wollen. Sogar ihre Tochter, damals ein Kind von dreizehn Jahren, merkte trotz ihrer Unschuld nur zu gut, welche Gefühle die Mutter für mich hegte. Ich weiß nicht, welcher Dichter die Frage getan hat, was die Töchter der Frauen, die wir lieben, wohl von uns denken. Eine schwere Frage, die ich mir oft vorgelegt habe, wenn ich die großen, dunklen, drohenden Späheraugen des kleinen Mädchens auf mir ruhen sah.

Dieses scheue Kind verließ den Salon zumeist, sooft ich eintrat; wenn es aber darin verbleiben musste, hielt es sich so weit wie möglich von mir fern. Offenbar empfand es eine geradezu leidenschaftliche Abneigung vor mir, die zu verbergen ihm bei aller Anstrengung nicht gelang. Die Marquise, die doch wahrlich keine scharfe Beobachterin war, mahnte mich immer wieder: ›Lieber Freund, wir müssen uns in acht nehmen. Ich glaube, die Kleine ist eifersüchtig auf dich.‹ Ich nahm mich viel mehr in acht als sie. Und wäre das kleine Ding ein leibhaftes Teufelchen gewesen, ich hätte mir nicht in meine

Karten blicken lassen. Bei der Mutter war das leicht möglich. Ihr rosiges Gesicht war wie ein Spiegel, aus dem man alles ersehen konnte. Jeder Hauch blieb darauf haften.

Aus dem unverkennbaren Hass der Kleinen musste ich schließen, dass sie das Geheimnis ihrer Mutter aus einer verräterischen Erregung, aus einem unbewusst allzu zärtlichen Blick erfahren hatte. Es war ein unscheinbares Geschöpf, kein bisschen das Abbild der Prachtformen, der es entstammte, geradezu hässlich, was selbst die Mutter eingestand, so zärtlich sie ihr Kind liebte. Neben einem Diamanten ein kleiner Rauchtopas. Mir fällt der treffende Vergleich nicht ein. Der Entwurf zu einer Bronze. Eine kleine Hexe mit großen Augen, die dann ...« Er hielt inne, als hätte er schon zu viel gesagt; wie eine Kerzenflamme, die mit einem Male kleiner wird.

Die Anteilnahme an seiner Geschichte war wieder allgemein geworden. Auf allen Gesichtern lag abermals Spannung und Neugier. Und durch die schönen Zähne der Gräfin zischelte ein »Endlich!« als Frohlocken der erlösten Ungeduld.

5

»Während der Anfänge meiner Beziehungen zu der Mutter«, begann Graf Ravila von Neuem, »war ich zu der Kleinen der aufmerksame gute Freund, der man so den Kindern ist. Ich brachte ihr Bonbons mit, nannte sie ›Figürchen!‹ und streichelte ihr, während ich mit der Marquise plauderte, hin und wieder das Haar über dem Scheitel, mattes schwarzes Haar mit hellen Lichtern. Aber die kleine Hexe, deren großer Mund sonst jedem freundlich zulachte, verbiss dieses Lächeln mir gegenüber, zog dabei die Brauen finster zusammen und ward kraft dieser Verzerrung zur steinernen Karyatide, die unter meiner Hand wie unter der Last des Gebälks den erstarrten Kopf neigte. Angesichts dieser sich immer wiederholenden Unfreundlichkeit, ja fast Feindseligkeit, gab ich die misslaunige kleine Empfindsame auf, die sich gegen die geringste Liebkosung sträubte, und redete kaum noch mit ihr. ›Sie fühlt gar wohl, dass du mich ihr raubst‹, meinte die Marquise. ›Sie ahnt, dass sie sich mit dir in die Liebe ihrer Mutter teilt.‹ Und zuweilen fügte sie in ihrer Aufrichtigkeit hinzu: ›Dies Kind ist mein Gewissen und seine Eifersucht mein böses Gewissen.‹

Eines Tages versuchte die Marquise ihr Töchterchen über den Grund auszufragen, warum sie mich nicht leiden mochte; aber sie erhielt mit Mühe und Not nichts als abgerissene, verstockte, törichte Antworten, wie eben bei einem Kind, das etwas nicht sagen will. ›Ich habe gar nichts gegen ihn ... Ich wüsste nicht ...‹ Vor solcher Dickköpfigkeit gab sie es auf, weiter in die Kleine zu dringen.

Ich muss hinzufügen, dass dieses launische Kind sehr fromm war; dumpf, abergläubisch, mittelalterlich, spanisch fromm. Es trug ein geweihtes Amulett und ähnliche lächerliche Heiligtümer um den mageren braunen Hals. ›Du bist leider ein Heide!‹, sagte die Marquise zu mir. ›Vielleicht hast du sie einmal durch eine gottlose Bemerkung verletzt. Ich bitte dich, sei vorsichtig in allem, was du in ihrer Gegenwart sagst! Vergrößere meine

Schuld nicht noch mehr im Herzen dieses Kindes, vor dem ich mich ohnehin schon so schuldig fühle!‹

Fortan behandelte ich das kleine Mädchen wie eine junge Dame, mit jener Höflichkeit, die wir denen zuteilwerden lassen, die wir nicht recht mögen. Ich betitelte sie in Förmlichkeit ›Gnädiges Fräulein!‹, und sie mich in eisiger Kälte: ›Graf Ravila!‹ In meiner Gegenwart tat sie nichts, was sie zur Geltung bringen konnte. Sie ging nicht im geringsten aus sich heraus. Die Mutter vermochte sie nicht zu bewegen, mir eine ihrer Zeichnungen zu zeigen oder mir auf dem Flügel ein Stück vorzuspielen. Traf ich sie zuweilen daran sitzend, beim andachtsvoll und eifrig betriebenen Üben, so brach sie sofort ab, fuhr vom Sessel auf und musizierte nicht weiter. Ein einziges Mal, als ihre Mutter darauf bestand, weil Besuch da war, setzte sie sich mit sehr wenig anmutiger Opfermiene vor die Tasten und begann mit abscheulich widerspenstigen Fingern, ich weiß nicht mehr was, zu klimpern. Ich stand am Kamin und schaute ihr von halbrückwärts zu. Da sie mir den Rücken zuwandte und kein Spiegel vor ihr hing, konnte sie nicht sehen, dass mein Blick auf ihr haftete. Mit einem Male machte sie den Rücken kerzengerade – für gewöhnlich hatte sie eine schlechte Haltung, sodass die Mutter ihr oft zurief: ›Wenn du dich nicht besser hältst, wirst du schließlich noch brustkrank werden!‹ –, als hätte mein Blick sie in das Rückgrat getroffen wie eine Flintenkugel. Heftig warf sie den Deckel zu, unter gräulichem Lärm, und lief aus dem Musikzimmer. Man wollte sie zurückholen, aber an diesem Abend brachte dies niemand zuwege.

Offenbar sind auch die selbstgefälligsten Männer es nicht genug, denn das Benehmen des schwermütigen kleinen Mädchens, für das ich so wenig übrig hatte, brachte mich nicht darauf, ihr Gefühl für mich zu erkennen. Ihre Mutter kam gleich gar nicht dahinter. So eifersüchtig sie auf alle Frauen war, die bei ihr ein- und ausgingen: dem Kind gegenüber war sie ebenso wenig eifersüchtig wie ich selbstgefällig, bis sich das Geheimnis schließlich durch einen Vorfall enthüllte, den mir die Marquise, die im vertrauten Umgang die leibhafte Mitteilsamkeit war, noch bleich vor ausgestandenem Schreck, aber laut lachend, dass sie die Sache nun wüsste, unvorsichtigerweise erzählt hat.«

Das Wort »unvorsichtigerweise« unterstrich er, indem er es gedehnt aussprach, als vielerfahrener Erzähler, der genau wusste, dass sich hieran die weitere Spannung seiner Geschichte knüpfte.

Dieses Unterstreichen genügte auch, denn die zwölf schönen Frauengesichter flammten vor starker Erregung auf wie die Engelsköpfe vor Gottes Thron. Ist das Gefühl der Neugier bei den Frauen nicht ebenso inbrünstig wie die Andacht bei den Engeln?

Ravila betrachtete sie alle, diese Köpfe von Engeln, die freilich unterhalb ihrer Schultern noch etwas hatten, und da er sie sichtlich in Stimmung sah, ihm weiter zuzuhören, fuhr er ohne Weiteres fort:

»Ja, als sie mir einige Tage darauf den Vorfall erzählte, lachte sie laut, ohne zu wissen warum. Aber zuerst hatte sie nicht gelacht. Ich will versuchen, ihre eigenen Worte zu wiederholen: ›Denke dir‹, berichtete sie, ›ich sitze hier, wo ich jetzt sitze, da meldet man mir den Pfarrer von Saint-Germain-des-Prés. Kennst du ihn? Natürlich nicht. Du gehst ja nie in die Messe, was sehr schlecht von dir ist. Es ist ein heiliger Mann, der das Reich einer Frau nur betritt in Angelegenheiten der Armen oder der Kirche. Anfangs glaubte ich auch, es handele sich darum. Meine Tochter hatte zurzeit das erste Abendmahl bei ihm empfangen und ihn weiterhin als Beichtvater behalten. Aus diesem Anlass hatte ich ihn wiederholt zu Tisch gebeten, aber immer umsonst. Als er bei mir eintrat, war er völlig verwirrt, und ich bemerkte in seinem sonst so ruhigen Gesicht eine große und schlecht verhohlene Verlegenheit, die mir mehr schien als bloß Schüchternheit, sodass ich unwillkürlich ausrief: »Gott, was haben Sie denn, Herr Pfarrer?«

»Was ich habe, gnädige Frau?« gab er zur Antwort. »Sie sehen mich in der größten Verlegenheit der Welt. Ich bin nun schon über fünfzig Jahre in meinem frommen Amte, aber noch nie bin ich mit einem so heiklen Auftrag, mit einer mir selbst so unverständlichen Angelegenheit zu jemandem gekommen wie jetzt zu Ihnen ...« Er setzte sich und bat mich, während unserer Unterredung niemanden vorzulassen. Sie können sich vorstellen, dass mich diese feierliche Einladung ein wenig bange machte. Er bemerkte es. »Erschrecken Sie nicht allzu sehr, gnädige Frau«, hob er wieder an. »Sie müssen mich mit voller Fassung anhören und mir das Unfassliche, um das es sich handelt, begreiflich machen. Ich finde mich darin nicht zurecht. Ihr Fräulein Tochter, in deren Auftrag ich hier bin, ist, wie Sie selbst wissen, ein Engel an Unschuld und Frömmigkeit. Ich kenne ihre Seele. Seit ihrem achten Jahr ist sie in meinen Händen, und ich bin überzeugt, dass sie sich irrt – vielleicht aus lauter Unschuld. Heute Morgen war sie bei mir in der Beichte, und da hat sie mir eingestanden – Sie werden es ebenso wenig glauben wie ich, gnädige Frau – aber ich muss es Ihnen sagen – sie sei in anderen Umständen ...«

Ich stieß einen Schrei aus.

»Ich habe heute früh in meinem Beichtstuhl einen ebensolchen Schrei ausgestoßen«, fuhr der Pfarrer fort, »als sie mir dieses Bekenntnis ablegte, grundehrlich und ganz verzweifelt. Ich kenne dies Kind bis in das Herz. Es hat keine Ahnung vom Leben und von der Sünde. Von allen jungen Mädchen, deren Beichtvater ich bin, ist sie die, für die ich vor Gott am festesten einstehe. Das ist alles, was ich Ihnen sagen kann! Wir Priester, wir sind Seelenärzte. Wir müssen tief in die Herzen greifen und die geheimsten Sünden entfernen, mit Händen, die nicht wehe tun und keine Narben hinterlassen. Darum habe ich sie mit sorglichster Vorsicht ausgefragt, erforscht, mit Fragen bedrängt, aber der fassungslose Mund, der die Sache gesagt, sein Vergehen eingestanden, den Fehltritt ein Verbrechen genannt und sich selbst auf ewig verdammt geheißen hatte, blieb fortan hartnäckig stumm und sprach nur noch die eine inständige Bitte aus, ich solle Sie, gnädige Frau, aufsuchen, denn sie selber werde nie den Mut finden, es Ihnen zu gestehen.«

Ich hörte dem Pfarrer zu, voll Entsetzen und Verwunderung. Wie er, und mehr noch wie er, war ich der Unschuld meiner Tochter gewiss. Aber Unschuldige kommen oft zu Fall, gerade durch ihre Unschuld. Was sie ihrem Beichtvater bekannt hatte, war nicht unmöglich, so wenig ich es glaubte. Nein, ich glaubte es nicht. Und doch. Sie war zwar erst dreizehn Jahre alt; aber sie war schon Weib. Diese frühe Reife hatte mich erschreckt. Fieberhafte leidenschaftliche Neugier erfasste mich.

»Ich will und werde alles erfahren!«, sagte ich zu dem braven Mann, der verwirrt vor mir stand und vor Verlegenheit die Krempe seines Hutes zerdrückte. »Gehen Sie jetzt, Herr Pfarrer! Vor Ihnen wird sie nicht sprechen. Aber ich bin sicher, dass sie mir alles sagen wird. Ich werde alles aus ihr herausbekommen, und dann werden wir beide verstehen, was uns jetzt unbegreiflich ist.«

Darauf ging der Priester, und ich begab mich sofort zu meiner Tochter. Sie zu mir zu bitten und sie zu erwarten, dazu war ich zu ungeduldig.

Ich fand sie vor dem Kruzifix an ihrem Bett. Sie kniete nicht, sondern lag auf dem Boden, bleich wie eine Tote, mit trockenen ganz roten verweinten Augen. Ich nahm sie in meine Arme, setzte sie neben mich und hob sie dann auf den Schoß. Ich sagte zu ihr, ich könne nicht glauben, was mir der Pfarrer soeben mitgeteilt habe.

Aber sie ließ mich nicht ausreden, um mir mit schluchzender Stimme und verstörter Miene zu beteuern, alles, was sie gesagt, wäre wahr. Und als ich, immer unruhiger und bestürzter, nach dem Namen dessen, fragte, der ...

Ich brachte die Frage nicht ganz heraus. Ach, das war das Allerschrecklichste! Die Kleine verbarg ihr Gesicht und den Kopf an meiner Schulter. Ich sah flammende Röte hinten auf ihrem Hals und fühlte ihr Zittern. Aber sie sagte kein Wort. Wie vor dem Priester blieb sie auch vor mir stumm wie Stein.

»Es muss wohl einer sein, der recht tief unter dir steht, dass du dich so sehr schämst«, sagte ich, um sie zum Widerspruch zu reizen, denn ich weiß, wie stolz sie ist. Aber sie blieb weiter schweigsam und ließ den Kopf nach wie vor an meiner Schulter vergraben. Das währte eine Zeit, die mir endlos vorkam. Dann plötzlich sagte sie, ohne sich aufzurichten: »Schwöre mir, Mutter, dass du mir verzeihen wirst!«

Ich leistete ihr den Schwur, den sie verlangte, auf die Gefahr hin, ihn hundertmal brechen zu müssen. Das machte mir die geringste Sorge. Ich war voller Ungeduld. Mich fieberte. Es war mir, als solle mir der Kopf zerspringen ...

»Es ist Herr von Ravila!«, flüsterte sie, ohne sich in meinen Armen zu regen.

Der Name zerschmetterte mich.

Amadee! Das war ein Schlag bis tief in mein Herz. Ich hatte die Strafe für die große Sünde meines Lebens. Du bist den Frauen gegenüber ein so schrecklicher Mensch. Ich war immer in der Furcht vor den anderen. Das Grässlichste einem geliebten Mann gegenüber ergriff mich: Zweifel und Verdacht. Aber ich musste die Kraft behalten, meine Empfindung vor diesem grausamen Kind zu verbergen, das vielleicht die Liebschaft ihrer Mutter ahnte.

»Herr von Ravila?«, rief ich mit einer Stimme, die mir klang, als verrate sie alles. »Aber du sprichst ja nie mit ihm? Du fliehst ihn ...« Der Zorn entbrannte in mir. Ich fühlte es. »So falsch seid ihr beide vor mir?«

Ich beherrschte mich. Ich musste die Einzelheiten dieser schändlichen Verführung erfahren, alle, alle nacheinander. Und so fragte ich danach, mit einer Sanftmut, an der ich zu ersticken vermeinte. Endlich befreite mich ihr naives Geständnis von der Marter, die mich zu Tode peinigte.

»Mutter, es war an einem Abend. Er saß in dem großen Lehnstuhl, am Kamin, dicht neben dem Sofa. Lange saß er da. Dann stand er auf. Und ich hatte das Unglück, mich nach ihm in seinen Lehnstuhl zu setzen. Ach, Mutter, es war mir, als hätte ich mich auf Feuer gesetzt. Ich wollte wieder aufstehen, aber ich vermochte es nicht. Das Herz blieb mir stehen. Und ich fühlte – ich fühlte in mir – ach Mutter – dass ich etwas bekam – ein Kind –«

Ravila hatte gesagt, die Marquise habe gelacht, als sie ihm dies berichtete. Aber keine der zwölf Frauen in der Runde um ihn dachte daran, zu lachen. Und er selber auch nicht.

»Und das, meine Damen«, sagte Ravila zum Schluss seiner Geschichte, »das war die schönste Liebe, die ich je erlebt.«

Er schwieg, und die Damen auch. Alle waren nachdenklich. Verstanden sie den Sinn seiner Worte?

Im Koran steht: Josef, wie er Sklave war bei Frau Potiphar, war so schön, dass die Frauen, die er bei Tisch bediente, sich mit dem Messer in die Finger schnitten, wenn sie ihn anschauten. Wir leben nicht zu Josefs Zeiten, und bei Tisch ist die Sache heutzutage nicht mehr so gefährlich.

Die Herzogin, das goldene Nachtischmesser in der Hand, mit dem sie sich aber nie geschnitten hätte, bemerkte, zynisch, wie sie gern war:

»Mag sie sonst noch so geistreich gewesen sein, Ihre Marquise, es war doch eine Riesendummheit von ihr; Ihnen diese Geschichte zu erzählen!«

Die Gräfin von Chiffrevas blickte träumerisch in den Grund ihres mit Rheinwein gefüllten smaragdgrünen Römers, als stecke da drin ein Rätsel wie in ihrem Herzen.

»Und das Figürchen?«, fragte sie.

»Als mir die Mutter die Geschichte erzählte, war sie schon tot, jungvermählt verstorben irgendwo in der Provinz«, erwiderte Ravila.

»Sonst ...«, meinte die Herzogin versonnen.

Die Rache eines Weibes

Fortiter!

Eines Abends gegen das Ende der Zeit Ludwig Philipps durchschritt ein junger Mann die Rue Basse-du-Rempart in Paris, die damals ihren Namen mit Recht führte, denn sie lag tiefer als der Boulevard und bildete einen stets schlecht beleuchteten finsteren Hohlweg, in den man vom Boulevard aus auf zwei Treppen hinabstieg, die einander sozusagen den Rücken zuwandten. Heutzutage besteht der Hohlweg nicht mehr, der sich ehedem von der Chaussee d'Antin bis zur Rue Cau-

Martin erstreckte, wo er die Höhe der Hauptstraße wieder gewann. Dieser Stadtgraben, wie man ihn hätte nennen können, in den man sich kaum bei Tage wagte, war nachts eine ganz üble Gegend. Im Dunkeln herrscht der Teufel. Er hatte dort eine seiner Standesherrschaften.

Ungefähr in der Mitte des Hohlweges, der auf der einen Seite von dem hoch sich hinziehenden Boulevard und auf der anderen von großen stummen Häusern mit verschlossenen Einfahrtstoren und etlichen Trödelläden umsäumt wurde, mündete ein enger ungedeckter Durchgang, wo der Wind, wenn er nur ein bisschen wehte, wie auf einer Flöte pfiff. Dieses Quergässchen führte an einer Mauer und einigen Neubauten entlang zur Rue Neuve-des-Mathurins.

Der besagte, übrigens gewählt angezogene junge Mann, der den Hohlweg betrat, wandelte in diesem Augenblick selbstverständlich nicht auf dem Weg der Tugend. Er betrat ihn, weil er einem weiblichen Wesen nachging, das ohne Zaudern und ohne Verlegenheit vor ihm im verdächtigen Dunkel der Gasse verschwunden war.

Er war ein vornehmer junger Lebemann, ein *gant jaune*, wie man damals solche Leute nannte. Er hatte im *Café de Paris* umständlich zu Abend gegessen, sich sodann bei Tortoni (jetzt nicht mehr vorhanden) an das Geländer gesetzt und dort lässig die Weiber betrachtet, die den Boulevard hingingen. Eine nun war mehrere Male vorübergekommen, und ungeachtet dieses Umstandes und trotz der auffälligen Kleidung dieser Frau und ihrem gespreizten Gang, der sie hinlänglich kennzeichnete, und obgleich der junge Mann, der sich Robert von Tressignies nannte, schrecklich verlebt war und überdies gerade von einer Reise im Osten heimgekehrt war, wo er das Tierchen Weib in allen Rassen und Abarten reichlich kennengelernt hatte, war er der abendlichen Spaziergängerin doch beim fünften Vorbeigange gefolgt, wie ein Hund einer läufigen Hündin. Er verspottete sich selber mit diesem Vergleich, denn er besaß die Fähigkeit, sich zu beobachten und sein eigenes Tun und Lassen zu beurteilen, ohne dass seine Gedanken, so häufig sie mit seinen Taten nicht übereinstimmten, diese gehemmt hätten. Andererseits trübten seine Handlungen durchaus nicht seine Urteilskraft. Ein grässlicher Doppelzustand!

Tressignies war über die Dreißig. Seine erste Jugend war in jener Oberflächlichkeit dahingegangen, die den Mann zum verliebten Affen, den Weibern gegenüber wenig wählerisch, machen. Darüber war er hinaus. Allmählich war er ein kühler und vielerfahrener Wüstling geworden, ein stark vergeistigter Genussmensch, der genug Betrachtungen über seine sinnlichen Schwächen angestellt hatte, um nicht mehr der Narr seiner Gelüste zu sein, aber auch weder Angst noch Abscheu vor irgendwelcher Empfindung verspürte. Eben hatte er den leisen Eindruck gehabt, etwas noch nicht Erlebtem nahe zu sein. Neugierig hatte er seinen Platz verlassen, gewillt, schließlich auch nur einem sehr alltäglichen Abenteuer nachzulaufen. In der Tat war das Frauenzimmer, das vor ihm herstolzierte, nichts weiter als eine Dirne der niedrigsten Klasse, aber sie war von so sichtlicher Schönheit, dass man sich wundern musste, dass sie ihr nicht geholfen hatte, ein paar Sprossen höher zu klettern, dass sie keinen Verehrer gefunden, der sie dem

Pfuhl der Straße enthoben hatte. Denn wo der liebe Gott in Paris ein hübsches Weib hinstellt, da setzt der Teufel rasch einen Narren dicht daneben, der es aushält.

Tressignies hatte aber noch einen besonderen Grund, dass er dem Frauenzimmer folgte. Es war nicht bloß die gebieterische Schönheit, die anderen Parisern vielleicht entging, weil sie nichts von wahrhaftiger Schönheit verstehen und ihr demokratisch gewordener Schönheitssinn jedweder Vornehmheit entbehrt. Diese weibliche Gestalt hatte eine Erinnerung in ihm erweckt. Sie war ihm wie jener Spottvogel über den Weg gehüpft, der so tut, als sei er eine Nachtigall, wie Byron wehmütig einmal in seinem Tagebuch sagt. Sie erinnerte ihn an eine andere Frau, die ihm anderswo einmal begegnet war. Es war sicher, ganz sicher, dass nur eine Ähnlichkeit vorlag, aber die eine glich der anderen zum Verwechseln, wenn sie auch nie in die Lage kommen konnten, miteinander verwechselt zu werden. Übrigens reizte ihn diese Ähnlichkeit mehr, als dass sie ihn verwunderte, denn er war ein viel zu erfahrener Beobachter, um nicht zu wissen, dass sich das menschliche Antlitz, dessen Formen sich in den Grenzen fester unbeugsamer mathematischer Gesetze bewegen, in einigen wenigen Grundarten immer wiederholt. Die Schönheit ist einheitlich; die Hässlichkeit vielgestaltig.

Aber selbst deren Mannigfachheit ist beschränkt. Unendlich ist nur der Ausdruck; denn dieser ist eine Offenbarung der Seele, die sich in den regelmäßigen wie unregelmäßigen, in den klaren, wie in den wirren Zügen der Menschengesichter spiegelt. An derlei dachte Tressignies flüchtig, als er dieser Frau nachging, die den

Schwall des Boulevard durchschnitt wie eine Sense, stolzer noch als die Königin von Saba des Tintoretto, in ihrem goldgelben Atlaskleid, dessen Falten beim Gehen raschelten und herausfordernd aufleuchteten. Umgetan hatte sie einen prächtigen türkischen Schal mit breiten weißen, scharlachroten und goldgelben Streifen; und von ihrem weißen protzigen Hut wehte bis auf die Schulter herab eine große rote Feder, eine »Trauerweide«, wie die damalige Mode sie nannte. An dieser Frau drückte diese Feder indessen alles andere denn Trübsal aus. Tressignies hatte erwartet, dass sie mit all ihrem Kokottenprunk in die hellerleuchtete Chaussee d'Antin einschwenken werde. Zu seinem Erstaunen betrat sie aber die Rue Basse-du-Rempart, den damaligen Schandfleck des Boulevards. Nicht so unerschrocken wie die Voranschreitende, zögerte der elegante junge Mann, aber nur kurz, ihr in seinen Lackstiefeln »dahinein« zu folgen.

Ein paar Augenblicke blieb das grelle Goldkleid im Dunkel des finsteren Loches verschwunden, aber alsbald, an der einzigen Straßenlaterne, der ersten lichten Stelle der Gasse, flackerte es wieder auf. Tressignies beeilte sich, die vor ihm Schreitende einzuholen. Das kostete wenig Mühe, denn sie ging langsamer, in Gewissheit, dass er ihr nachkäme. Als er nun ihr zur Seite war, wandte sie ihm ihr Antlitz zu und sah ihn an, scharf und dreist, wie Frauenzimmer ihrer Art dies zu tun pflegen. Er war tatsächlich wie geblendet von der Formenschönheit dieses Gesichts, das trotz der stark aufgetragenen roten Schminke im kärglichen fahlen Laternenlicht den warmen goldbraunen Ton der Haut darunter recht gut wahrnehmen ließ.

»Sie sind Spanierin?«, fragte Tressignies, der in ihr eine hervorragende Vertreterin ihrer Rasse erkannte.

»*Si!*« gab sie zur Antwort. Spanierin sein, war zu jenen Zeiten (um 1825) etwas Besonderes. Das war gangbare Münze. Die Romane von damals, das Theater der Clara Gazul (von Prosper Mérimée), die Dichtungen Alfreds von Musset, der Tanz von Mariano Camprubi und Dolores Serral hatten die pfirsichfarbenen Frauen mit den Granatwangen in Mode gebracht. Nicht alle, die Spanierin zu sein vorgaben, waren welche. Diese hielt offenbar auf ihr Spaniertum nicht mehr als auf ihren sonstigen Staat. Ohne Übergang fügte sie dem einen spanischen Wort auf Französisch hinzu: »Kommst du mit?« Sie duzte also jedermann wie die gemeinste Dirne aus der Rue de Poulies. Der Ton, die bereits heisere Stimme, die verfrühte Vertraulichkeit, dies göttliche Du – der Himmel im Munde einer geliebten Frau, aber üble Unverschämtheit in der Rede eines Weibes, der man nur der Erstbeste ist – hätte genügt, um Tressignies mit Ekel zu erfüllen und von dannen zu treiben, aber der Satan hielt ihn gefangen. Seine Abenteuerlust, im Verein mit grober Sinnlichkeit, beide geweckt beim ersten Anblick dieser Dirne, die ihn mehr reizte als bloß ein prächtiger, in Atlas schillernder Leib, hätten ihn in diesem Augenblick zu wer weiß was Tollem verleitet.

»Beim Teufel, ja!«, sagte er. »Natürlich komme ich mit!« Und in Gedanken setzte er hinzu: Wie kann sie noch fragen? Ich werde mich morgen tüchtig abduschen.

Sie kamen an das Ende des Durchganges, wo man zur Rue-des-Mathurins gelangte. In diese gingen sie. Zwischen hohen Haufen von Ziegelsteinen und im Entstehen begriffenen Gebäuden türmte sich ein frei stehender einzelner Bau. Offenbar hatte dieses schmale hässliche verfallene und trübselige Haus schon manche Sünde und manches Verbrechen in seinen grauen mürrischen Mauern beherbergt; und wohl war es nur erhalten geblieben, um ihrer noch mehr in sich zu bergen. Kaum hob es sich vom schwarzen Himmel ab. Es war ein blindes Haus, wenn man erleuchtete Fenster als die Augen eines Gebäudes ansieht. Nur eine kleine Laterne an einer langen Stange lauerte weit vorgereckt aus der Finsternis hervor, wie um die Vorübergehenden anzukrallen.

Dieses grässliche Haus hatte die klassische halb offene Tür der üblen Orte. Drin führte ein kümmerlicher Gang zu einer Treppe, die ganz hinten begann. Man erkannte von Weitem die ersten Stufen im kärglichen trüben Licht.

Das Frauenzimmer betrat den engen Gang, den es mit den üppigen Schultern und den bauschigen Falten des Rockes beinahe ausfüllte, und mit leichten, diesen Aufstieg gewöhnten Füßen erklomm es rasch die Schneckentreppe. Der Vergleich in diesem Worte passte hier umso besser, weil die Stufen klebrig waren wie eine Schnecke. Auffällig war es, dass der abscheuliche Treppengang heller ward, je höher man kam. Das war nicht mehr der matte Schein der stinkenden Ölfunzel im Gang des ersten Geschosses, sondern ein Licht, das immer voller wurde und im zweiten Stock geradezu eine Lichtflut spendete. Zwei Kerzen tragende Wandleuchter aus Erz waren der prunkende Quell der verschwenderischen Strahlen vor einer Tür von gewöhnlichem Aussehen, an der eine jener Karten befestigt war, wie sie die Dirnen bei sich führen.

Überrascht von dieser Herrlichkeit, die im Widerspruch mit dem ganzen Hause stand, denn die Laternenträger verrieten eine gute Künstlerhand, achtete Tresignies mehr darauf als auf die Karte mit dem Namen der Frau, den er zu wissen nicht nötig hatte, denn er begleitete sie ja. Während er die Dinge betrachtete und das Frauenzimmer die so sonderbar geschmückte und so reichlich beleuchtete Tür aufschloss, fielen ihm die »Überraschungen« der Kleinen Häuser in den Zeiten Ludwigs des Fünfzehnten ein. Diese Person, dachte er bei sich, hat vermutlich etwelche Romane oder Denkwürdigkeiten aus jener Zeit gelesen und darnach den Einfall bekommen, eine hübsche Wohnung voll wollüstiger Romantik an einem Orte einzurichten, wo man dergleichen niemals vermutet. Aber als sich die Tür öffnete; sah er sich zu seiner erneuten Überraschung getäuscht.

Es war tatsächlich nur die gewöhnliche unordentliche Behausung einer Kokotte. Auf allen Möbeln lagen Kleidungsstücke herum, und aus dem Alkoven leuchtete ein Riesenbett, das Manövergelände, mit schamlosen Spiegeln im Hintergrund und oben an der Decke. Man sah, wo man sich befand. Auf dem Kaminsims standen kleine Flaschen, in der Eile des Weggangs zum abendlichen Raubzug unverstöpselt gelassen, und durchdufteten die schwüle Luft des Raumes, in dem der Rest männlicher Standhaftigkeit nach drei Atemzügen verfliegen musste.

Zu beiden Seiten des Kamins brannten Kerzen in Armleuchtern nämlichen Stils wie die draußen vor der Tür. Überall lagen Tierfelle als Teppiche über dem Teppich. Es war für alles gesorgt. Endlich konnte man durch eine offene Tür, durch Vorhänge hindurch, in ein geheimnisvolles Ankleidezimmer blicken, in das Allerheiligste dieser Venuspriesterin.

Alle diese Einzelheiten nahm Tressignies erst später wahr. Zunächst sah er nur die Dirne, zu der er mitgekommen war. Da er wusste, bei wem er sich befand, machte er keine Umstände. Er zog sie ohne Weiteres zu sich auf das Sofa und nahm sie zwischen die Knie. Sie hatte Hut und Schal abgelegt und auf einen Sessel geworfen. Beide Hände um ihre Taille gekrallt, betrachtete er sie von oben bis unten, wie ein Trinker, der das Glas gegen das Licht, hält, ehe er es an seine Lippen setzt.

Der Eindruck, den sie ihm auf dem Boulevard gemacht hatte, war keine Täuschung gewesen. Sie war so recht ein Leckerbissen für einen verlebten Lüstling und groben Weiberhengst. Auch die Ähnlichkeit, die ihm sofort im flimmernden Helldunkel des Boulevards aufgefallen war, verflüchtete sich nicht im vollen ruhigen Lampenlicht. Nur besaß »Die andere«, an die sie ihn so stark gemahnte, nicht den Ausdruck des zielbewussten, fast schrecklichen Hochmuts, den der Teufel, der große Spaßmacher und Sozialist, einer Herzogin verweigert und zur Abwechselung einmal einem Weibe der Gasse verliehen hatte. Ohne Hut, mit ihrem schwarzen Haar, dem gelben Kleid, den üppigen Schultern und den noch üppigeren Hüften erinnerte sie an die Judith des Horaz Vernet, nur war ihr Wuchs venusinischer und ihre Gesichtszüge düsterer. Ein schreiender Widerspruch: Sie besaß den Körper, aber nicht den Kopf einer Dirne! Dieser Kurtisanenleib, dessen Rundungen Hände und Mund herausforderten, war mit einem Gesicht verbunden, dessen Hoffart die entflammten Sinne in Eis getaucht und Geilheit zu Respekt gewandelt hätte, wenn den hehren Linienschwung nicht schlüpfriges Kokottenlächeln entheiligte. Auf der Straße war solch schamloser Sirenengruß von ihrem roten Mund genug geflossen, aber jetzt, auf den Knien des Besuchers, war ihr Gesicht ernst und von so seltsamer Feindseligkeit, dass sie nur einen Krummsäbel in die Hand hätte zu nehmen brauchen, um Tressignies in die Rolle des Holophernes zu versetzen.

Er erkannte ihre fürstliche Schönheit. Sie ließ die Prüfung ihrer Reize stumm über sich ergehen, aber auch sie musterte ihn ihrerseits, und zwar betrachtete sie ihn nicht mit der habgierigen einseitigen Neugier ihresgleichen, das den Mann wie ein verdächtiges Geldstück abwägt; sondern offenbar dachte sie an ganz andere Dinge als an Gewinn und Genuss. Sie sah aus, als sei sie im Begriff, ein Verbrechen zu begehen. Ein glückliches Abenteuer, dachte Tressignies bei sich, der sie prüfte wie einen Gaul, ehe man ihn in Besitz nimmt. Wenn ihre Wollust nur so wild wäre wie ihr Gesicht! Er, der vielerfahrene Weiberkenner, der auf dem Marktplatz von Arianopel die schönsten Jungfrauen erhandelt hatte und sich auf den Preis eines Frauenleibes von solcher Form und Farbe verstand, warf für diesen auf zwei Stunden ein halbes Dutzend Goldstücke in eine blaue Kristallschale, die er mit der Hand gerade erreichen konnte und die vermutlich noch nie soviel Gold aufgenommen hatte. »Ich gefalle dir also!«, rief sie angesichts des Geldes frech und zu allem bereit, vielleicht auch ungeduldig über die Musterung, die ihr mehr Neugierde als Begehrlichkeit zu verraten schien. Zeitvergeudung gilt Dirnen als Verlust oder Beleidigung. »Lass mich das ablegen!«, fügte sie hinzu, als sei ihr das Kleid lästig, und begann die Knöpfe daran aufzuknöpfen. Dabei entwandte sie sich seinen Knien und ging in das Ankleidezimmer nebenan.

»Will sie ihr Kleid schonen?«, fragte sich Tressignies. »Verfluchte Alltäglichkeit!« Eben hatte er eine unersättliche Messalina vor sich zu haben geträumt; jetzt sank er in die gemeine Wirklichkeit zurück. Er fühlte sich wieder bei der Dirne, der Pariser Dirne, die sie trotz der Göttlichkeit ihres Körpers war. Hol mich der Teufel! Dachte er weiter. Romantik steckt in diesen Menschen nicht. Man muss sich bei ihnen an die Haut halten! Und er nahm sich vor, sich damit zu begnügen. Da kam sie zurück aus dem Nebengemach, gerüstet zum Tournier, in einem Anzug, der keiner ist, eine Gladiatorin der Lust. Tressignies war wie geblendet von einer Pracht, die selbst sein kennerisches Auge, der Bildhauerblick des *homme à femmes*, auf dem Boulevard unter den verheißungsvollen Umrissen ihrer Kleider und dem Schwung ihrer Glieder beim Gang im Voraus nicht erschaut hatte. Sie war nicht ganz nackt, aber ärger denn dies, schamloser, als sei sie einfach nackt gekommen. Empörend schamlos. Bloße Nacktheit ist keusch. Es ist die tapfere Nacktheit. Diese über alle Grenzen schamlose tief verdorbene Dirne hingegen, die, um die Sinne der

Männer heißer zu entflammen, sich am liebsten selber in Brand gesetzt hätte, wäre sie auch dabei wie eine der lebenden Fackeln Neros zugrunde gegangen, verhüllte die kühne Fleischesblöße in die vergängliche Halbnacktheit durchsichtiger dünner Schleier. Diese Mischung von Berechnung und schlechtem Geschmack in ihrer frech herausfordernden Pracht erinnerte Tressignies an eine damals bei allen Kunsthändlern im Schaufenster stehende unbeschreibliche Statuette, die auf dem Sockel den geheimnisvollen Namen »Madame Husson« trug. Hier war jene Gestalt geiler Träume zur Wirklichkeit geworden.

Völlig sicher der Erregung, die sie in diesem Aufzug zu verursachen gewohnt war, stürzte sie unbändig auf ihn los und bot seinem Mund ihren prangenden Busen dar, mit der Gebärde der Phryne, die den Heiligen in Versuchung bringt, auf dem Gemälde des Paolo Veronese. Tressignies war kein Heiliger. Heißhungrig nahm er, was sich ihm bot. Er riss die tierische Verführerin in seine Arme mit einem Feuer, dem ihrem gleich.

Wirft sie sich so in alle Arme, die sie umschließen? Fragte sich Tressignies. Mochte sie noch so erfahren in ihrem Dirnenhandwerk oder in ihrer Kurtisanenkunst sein: Ihre rasende tobende Glut spottete der Erklärung durch unnatürliche oder krankhafte Sinnlichkeit. Es war mehr als das. Befand sie sich noch im Anfang ihrer Hetärenlaufbahn, dass sie sich mit so viel Wollust hingab?

Es war etwas wirklich Wildes und Gieriges in ihrer Art, als ob sie bei jedweder Zärtlichkeit ihr Leben lassen oder das des Partners in sich saugen wollte. Zu jener Zeit liebten es die Pariser Dirnen, denen der nette Name »Loretten« nicht mehr genügte, den ihnen die Literatur beigelegt und den Gavarni verewigt hat, nach morgenländischer Art »Panther« genannt zu werden. Auf keine ihrer Genossinnen passte diese Bezeichnung trefflicher als auf diese Spanierin. Sie hatte die Biegsamkeit, die Sprunghaftigkeit einer Pantherkatze; sie wand sich, kratzte und biss wie sie. Tressignies konnte nicht umhin, sich zu gestehen, dass ihm noch nie ein Weib zu eigen gewesen war, das ihm einen so ungeheuerlichen Sinnesgenuss bereitet hatte wie diese Frau, deren Wollustrausch sich ihm in der Berührung mitteilte. Und doch hatte Tressignies wahrhaft geliebt.

Es gibt – ungewiss, ob zum Ruhm oder zur Schande der menschlichen Natur – in dem, was man wohl allzu verächtlich »Liebesfreuden« nennt, ebenso tiefe Abgründe wie in der Leidenschaft. In einen solchen Abgrund fühlte sich Tressignies versinken wie in den Strudel eines wilden Stromes, in dem kein Schwimmen hilft. Er sah sich weit über den Grenzen seiner sündhaften Erinnerungen, ja über den Träumen seiner starken und verdorbenen Fantasie. Er vergaß, wer sie war und warum er hergekommen war, das Haus und die Umgebung, bei deren ersten Anblick ihm übel geworden war. Er hatte seine Seele verloren an ihren Leib. Seine sonst schwer besiegbaren Sinne waren völlig berauscht, betört.

Sie war so verschwenderisch in ihren Zärtlichkeiten, dass er in einen Zustand geriet, wo er, der Liebesleugner, der große Zweifler, dem tollen Gedanken verfiel, in dieser erkauften Frau, die doch unmöglich zu jedem so sein könne, zum Mindesten eine verliebte Anwandlung erweckt zu haben, denn sonst musste sie sich doch binnen Kurzem körperlich zugrunde richten. Diesen Wahn hegte Robert von Tressignies, dem wie seinem berühmten Namensvetter Robert Lovelace (dem Helden in der »Klarissa«, dem heute vergessenen Roman von Samuel Richardson) eiskaltes Blut in den Adern rann. Ein paar Minuten lang war dieser Herrenmensch Narr genug, daran zu glauben. Aber dieser eitle Wahn, entzündet an den Flammen der Wollust, die hier so glutvoll waren wie die der wahren Leidenschaft, hatte es sehr bald mit dem Zweifel zu tun, der ihn in der Zwischenzeit von einer Liebesraserei zur anderen überfiel. Aus der Tiefe seines Ichs rief ihm eine Stimme zu: »Du bist es nicht, dem sie sich mit dir hingibt!«

Er hatte sie nämlich beobachtet, in einem Augenblick, wo diese Pantherkatze ihn am glühendsten umwand und am zärtlichsten umkoste, wie sie, in ferne Erinnerung verloren, ein Armband betrachtete, auf dem er das Bildnis eines Mannes erkannte. Ein paar spanische Worte, die Tressignies in seiner Sprachunkenntnis nicht verstand, im Gemisch mit bacchantischen Schreien, galten wohl ebenso einem Abwesenden. Dass er der Stellvertreter eines anderen war, dass er einen anderen vorstellte, dass er das bloße Werkzeug eines Truggenusses war, des Ersatzes von etwas Unerreichbarem, zu dem verzweifelte Seelen ihre Zuflucht nehmen – dieser Gedanke übermannte seinen Geist auf das Heftigste und ertötete mit einem Schlage alle seine Verrücktheit.

In einem Anfall von sinnloser Eifersucht und wilder Eitelkeit, in dem der Mann nicht mehr Herr seiner selbst ist, packte er die Daliegende rasch am Arm, um das Armband genauer zu sehen, das sie so innig angeschaut hatte, in einem Augenblick, da er geglaubt, sie müsse ihm ganz und gar angehören.

»Zeig mir das Bild!«, sagte er mit einer Stimme, die noch roher war als seine Hand.

Sie wusste, was das besagte, aber ohne Stolz wies sie ihn zurecht.

»Wie kann man auf eine ... eifersüchtig sein, wie ich eine bin?« Sie gebrauchte nicht das Wort »Dirne«, sondern ein gröberes. Tressignies war starr. »Du willst es sehen?«, fuhr sie fort. »Hier!« Ihr voller, noch vom Schweiß der rasenden Wollust nasser Arm kam ihm nahe.

Es war das Bild eines hässlichen schmächtigen Mannes mit olivenfarbener Hautfarbe und gelblich-schwarzen Augen, einer finsteren, aber nicht unvornehmen Erscheinung, offenbar ein Straßenräuber oder ein Grande Spaniens. Nein, zweifellos ein Grande, denn er trug die Ordenskette des Goldnen Vlieses um den Hals.

»Wo hast du dir das angeeignet?«, fragte Tressignies, in sicherer Erwartung, dass sie ihm jetzt einen Roman auftischen werde, die übliche Verführungsgeschichte, die bekannte Historie vom ersten, die sie alle erzählen.

»Angeeignet?« wiederholte sie empört. »Por Dios! Von ihm selbst geschenkt bekommen.«

»Von ihm? Wohl deinem Geliebten?« meinte Tressignies. »Dann hast du ihn betrogen. Er hat dich zum Teufel gejagt, und so bist du abgerutscht bis hierher?«

»Es ist nicht mein Geliebter«, sagte sie kühl, gegen Kränkung und Verdacht unempfindlich wie Stahl.

»Dann war er es!«, sagte Tressignies. »Aber du liebst ihn noch immer. Vorhin an deinen Augen habe ich es gesehen ...«

Sie lachte höhnisch auf.

»Dann verstehst du also nichts weder von Liebe noch von Hass!«, rief sie. »Diesen Mann lieben? Ich verabscheue ihn. Es ist mein Gatte!«

»Dein Gatte?«

»Ja, mein Gatte!« wiederholte sie. »Einer der größten Herren Spaniens. Dreifacher Herzog, vierfacher Marquis, fünffacher Graf, Grande verschiedener Grade, Ritter vom Goldnen Vlies! Und ich bin die Herzogin Arcos von Sierra-Leone.«

Tressignies wusste nicht, was er sagen sollte, aber er war voll überzeugt, dass diese Eröffnung wahr war. Dieses Weib war keine Lügnerin. Er erkannte sie jetzt. Die Ähnlichkeit, die ihm auf dem Boulevard aufgefallen war, hatte ihn also nicht genarrt. Er war der Herzogin einmal in seinem Leben begegnet und vor gar nicht langer Zeit in Saint-Jean- de-Luz (bei Biarritz), wo er einen Hochsommer verbracht hatte. Gerade damals waren sehr viele vornehme Spanier dort. Die Herzogin hatte gleich ihm den ganzen Sommer in dem kleinen Ort verweilt, der in allem einen so spanischen Eindruck macht, dass man vermeint, in Spanien zu sein. Er ist auch reich an geschichtlichen Erinnerungen. Unter anderem hat hier die Hochzeitsfeier Ludwigs XIV. stattgefunden.

Die Herzogin von Sierra-Leone befand sich, wie man sagte, in den Flitterwochen mit dem vornehmsten und reichsten Edelmann Spaniens. Als Tressignies in dem Fi-

schernest ankam, das der Welt die gefährlichsten See-
räuber geschenkt hat, sah er sie umgeben von Prunk,
wie das Dorf ihn seit den Tagen des Sonnenkönigs nicht
erblickt hatte, inmitten der Baskinnen, deren herrliche
klassische Gestalten und blaugrün schillernde Augen
keinen Vergleich scheuen. Sie überstrahlte sie. Angezogen von dieser schönen Frau, gab sich Tressignies alle
Mühe, in ihren Lebenskreis zu kommen, aber die spanische Gesellschaft, deren Mittelpunkt die Herzogin war,
schloss sich streng ab, auch vor dem reichen und vornehmen Franzosen. So kam es, dass er die Herzogin nur
fern am Strand oder in der Kirche beobachten konnte,
sie damals aber nicht persönlich kennenzulernen vermochte. Aber sie hatte sich gerade ob ihrer Unnahbarkeit seinem Gedächtnis stark eingeprägt, wie ein Komet,
an dessen Erscheinung wir uns lebenslang erinnern, weil
er uns nur eine Zeit lang geleuchtet hat und wir den ent-
schwundenen Stern niemals wieder sehen. Selbst auf
seiner großen Reise durch Griechenland und einen Teil
Asiens, in Ländern, die so reich an reizvollen Frauen
sind, dass man im Paradies zu verweilen meint, selbst
dort erstarb das strahlende Bild der fürstlichen Spanierin
nicht in seinem Gedächtnis. So fest hatte es sich darin
eingegraben. Und diese Frau, die er damals aus der Ferne bewundert hatte, kreuzte jetzt durch den merkwür-
digsten und unbegreiflichsten Zufall an so unglaublicher
Stelle seinen Lebensweg! Sie war eine öffentliche Dirne,
die er sich auf ein paar Stunden gekauft und die sich
ihm eben hingegeben hatte, eines der gewöhnlichsten
Frauenzimmer, denn auch in der Welt des Lasters gibt es
eine Rangordnung. Die herrliche Herzogin von Sierra-

Leone, die unerreichbare Frauengestalt, die er geradezu geliebt hatte, denn Traum und Liebe sind Geschwister, sie war eine Kokotte des Pariser Pflasters! Wie war das möglich?

Eben hatte sie sich in seinen Armen gewunden und gestern und vorgestern und vielleicht schon wieder in der nächsten Stunde in denen eines ersten besten anderen. Diese entsetzliche Entdeckung traf ihn auf Hirn und Herz wie ein Keulenschlag. Eben noch in heißer Sinneserregung, in feurigem Fieber, war er jetzt kalt, starr, nüchtern. Der Gedanke, die Gewissheit, dass dies wirklich die Herzogin war, fachte seine Begier nicht von Neuem an. Sie war erlöschen wie die Flamme einer Kerze im Wind. Er war nicht imstande, seine Lippen noch einmal an den Kelch zu drücken, aus dem er eben in vollen Zügen getrunken. Seit sie sich ihm entdeckt hatte, war sie ihm keine Dirne mehr, sondern nur noch die Herzogin, aber in welchem Zustand! Besudelt, verdorben, verloren, vom leukadischen Felsen herabgestürzt in ein Meer von Schlamm und Schmutz, zu eklig und widerwärtig, um sie herauszuziehen.

Tressignies schaute sie mit blöden Augen an. Sie saß steif und düster da, aus einer Messalina mit einem Male zu einer geheimnisvollen Agrippina gewandelt. Sie war von ihm ab in die Ecke des Sofas gerückt, auf dem sie sich beide gesielt hatten. Auch nicht mit der Fingerspitze hätte er dieses Geschöpf wieder berühren mögen, dessen prächtigen Leib er eben noch mit inbrünstigen Händen umklammert hatte. War er im Fieber, im Traum, im Wahnsinn?

»Ja«, sagte er zu ihr mit einer Stimme aus halb zuge-
würgter Kehle – so stark hatte ihn die Entdeckung ergriffen! – »Ich glaube Ihnen« (er duzte sie nicht mehr),
»denn ich erkenne Sie wieder. Ich habe Sie in Saint-Jean-
de-Luz gesehen, vor drei Jahren.«

Bei diesem Namen zog ein Leuchten der Erinnerung
über ihre Stirn.

»Ach damals«, sagte sie, »da lebte ich im vollen Rausch
des Lebens – und jetzt ...« Ihr Gesicht war wieder düster,
nur ihr Kopf blieb eigensinnig erhoben.

»Und jetzt?«, fragte Tressignies.

»Und jetzt!« wiederholte sie. »Jetzt lebe ich nur noch im
Rausch der Rache!« Und mit wilder Heftigkeit fügte sie
hinzu: »Im Rausch einer Rache, die so gründlich ist, dass
ich selber daran zugrunde gehe, wie es den Moskitos
meiner Heimat ergeht, die, vollgesaugt vom Blut ihres
Opfers, daran sterben!« Sie sah ihrem Besucher scharf in
die Augen. »Sie verstehen mich nicht, aber Sie sollen
mich verstehen. Sie wissen, wer ich bin, aber Sie wissen
nicht ganz, was ich bin. Wollen Sie meine Geschichte hören? Wollen Sie das?« Sie wiederholte die Frage in ein-
dringlicher Erregtheit. »Ich möchte sie jedem erzählen,
der hierher kommt. Der ganzen Welt möchte ich sie erzählen. Dies wäre eine große Schmach für mich, aber eine gründliche Rache.«

»Erzählen Sie!«, sagte Tressignies in einer Spannung,
die er noch nie verspürt hatte. Er ahnte, dass dieses
Weib ihm Dinge erzählen könne, wie er noch keine zu
hören bekommen hatte. Ihren schönen Körper hatte er
vergessen.

Sie begann:

»Schon oft habe ich den Männern, die hierherkommen, meine Geschichte erzählen wollen, aber alle sagten, sie wären nicht da, um Geschichten anzuhören. Wenn ich anfing, haben sie mich unterbrochen oder sind weggegangen wie die wilden Tiere nach dem Fraß. Was sie hier gesucht, hatten sie ja, die gemeine Befriedigung. Gleichgültig, spöttisch, verächtlich nannten sie mich eine Lügnerin oder eine Verrückte. Keiner glaubt mir, nur Sie! Sie haben mich ja auch in Saint-Jean-de-Luz gesehen, auf der höchsten Höhe gesellschaftlichen Glückes und weiblicher Triumphe. Wie ein Diamant strahlte ich den Namen Sierra-Leone hinaus in die Welt, den Namen, den ich jetzt am Saum meines Kleides durch alle Pfützen der Straße schleppe. So machte man es in alten Zeiten mit dem Schild eines entehrten Ritters, den man an den Schweif eines Pferdes band und durch den Kot schleifen ließ. Ich hasse diesen Namen und schmücke mich nur noch mit ihm, um ihn zu schänden, diesen Namen, den der erste Grandseigneur Spaniens trägt, der stolzeste aller der Granden, die das Vorrecht genießen, bedeckten Hauptes vor ihrem König zu erscheinen, und sich für zehnmal vornehmer halten als die Majestät. Sein Haus ist, wie er vermeint, älter als die der Kastilier und Aragonier, der Habsburger und Bourbonen, kurzum als alle, die je über Spanien geherrscht. Er ist ein Nachkomme der alten Gotenkönige, stolz darauf, in seinen Adern unverfälschtes Blut zu haben. Und ich, die Gattin des Don Christoval von Arcos, Herzogs von Sierra-Leone, ich bin eine Torre-Cremata, die letzte aus dem italienischen Zweig des alten Geschlechts, würdig, nebenbei bemerkt, des Namens: vom verbrannten Turm; denn mich verbrennen alle Flammen der Hölle. Der Großinquisitor Torquemada, ein Torre-Cremata, hat in seinem ganzen Leben nicht so viele Qualen verhängt, als in meinem verruchten Busen lodern. Die Torre-Crematas sind übrigens den Sierra- Leones ebenbürtig. In zwei mächtige Linien geteilt, waren sie Jahrhunderte hindurch in Spanien wie Italien allmächtig. Im Quattrocento, unter dem Papst Alexander dem Sechsten, gaben sich die Borgias, die sich in ihrem Größenwahn am liebsten mit allen Fürstenhäusern von Europa verschwägert hätten, für Verwandte von uns aus, aber die Torre-Crematas wiesen diese Anmaßung höhnisch zurück, und zwei von ihnen büßten diesen Hochmut mit ihrem Leben. Cäsar Borgia soll sie haben vergiften lassen.

Meine Vermählung mit dem Herzog von Sierra-Leone war die Folge einer Familienabmachung. Weder auf meiner noch auf seiner Seite kam Neigung infrage. Es erschien ganz natürlich, dass eine Torre-Cremata einen Sierra-Leone heiratete, war ich doch im strengsten altspanischen Standesbewusstsein erzogen. Dies ist so unerbittlich, dass es die Herzen am liebsten nicht schlagen ließe. Und doch ist das Herz stärker als dieser Panzer aus Erz. Ich verliebte mich. In Don Esteban. Ehe ich ihm begegnete, wusste ich nicht, dass ich ein Herz hatte. Nach altspanischem Begriff ist die Ehe eine ernste Angelegenheit. Und eben das war sie mir bis dahin.

Der Herzog von Sierra-Leone ist ein echter Altspanier, ein eifriger Wahrer alter Sitten. Was Sie in Frankreich alles gehört haben mögen von Spanien als einem Land des

Hochmuts, der Finsternis und Schweigsamkeit, alles das finden Sie im höchsten Maße vereint in diesem Mann.

Zu stolz, um irgendwo anders zu leben, denn auf seinen Gütern, wohnte er in einem alten Ritterschloss an der portugiesischen Grenze, in seinen Lebensgewohnheiten noch feudaler als seine Burg. Dort lebte auch ich, neben ihm, zwischen meinem Beichtvater und meinen Kammerzofen, und führte ein prunkvolles eintöniges trübseliges Dasein, dessen Langeweile jede andere Frauenseele vernichtet hätte. Aber ich war ja dazu erzogen worden, zu sein, was ich war, die Gemahlin eines spanischen Granden.

Ich war fromm, wie dies in Spanien die Pflicht einer Dame meines hohen Ranges ist, und ich besaß die unerschütterliche Gelassenheit meiner Vorfahren, deren Bildnisse die Säle und die Hallen des Schlosses von Sierra-Leone schmückten. In ihren ehernen Harnischen und steifen Staatsröcken starren sie stolz und streng herab. Ich hatte diese lange Reihe großer hoheitsvoller Herren und untadeliger Damen, deren Tugend von ihrem Hochmut bewacht war wie ein Brunnen von einem Löwen, fortzusetzen. Die Einsamkeit, in der ich dahinlebte, bedrückte meine Seele, nicht, die still war wie der rote Marmorfelsen, auf dem das Schloss von Sierra-Leone thront. Ich ahnte nicht, dass unter ihm ein Vulkan schlummerte.

Don Esteban, Marquis von Vasconcellos, ein Vetter des Herzogs, Portugiese, kam nach Sierra-Leone, und die Liebe, von der ich bis dahin nur durch ein paar geheimnisvolle Bücher gehört hatte, überfiel mein Herz wie ein Adler, der aus den Lüften auf ein Kind herabstößt, das er davonträgt und das laut schreit. Auch ich schrie. Ich war nicht umsonst eine Spanierin von uraltem Blut.

Mein Stolz bäumte sich auf gegen das, was ich in der Gegenwart dieses gefährlichen Esteban empfand, der sich meiner mit mich empörender Gewalt bemächtigte. Ich warnte den Herzog. Ich erfand allerlei Vorwände, um ihn zu veranlassen, den Marquis so rasch wie möglich aus dem Schloss zu entfernen. Ich hätte bemerkt, sagte ich, dass er Gefühle für mich hege, die mich wie eine Beleidigung berührten. Aber Don Christoval antwortete mir wie der Herzog von Guise, als man ihn vor Heinrich dem Dritten warnte: ›Er wird es nicht wagen!‹

Das war eine Herausforderung des Schicksals, das sich rächte, indem es sich vollzog. Dieses Wort warf mich in Estebans Arme ...«

Sie hielt einen Augenblick inne. Tressignies bewunderte die erlesene Ausdrucksweise, in der sie ihm dies vorgetragen hatte. Es bewies allein schon, dass sie das war, was zu sein sie vorgab, die Herzogin von Sierra-Leone. Wie fern dünkte ihm jetzt die Dirne vom Boulevard zu sein. Es war ihm, als habe diese Frau eine Maske abgestreift und zeige ihm nun ihr wahres Gesicht, als sei sie jetzt, was sie in Wirklichkeit war. Auch die Haltung ihres schamlosen Körpers hatte etwas Reines angenommen. Während sie redete, hatte sie einen Schal, der zufällig auf dem Sofa lag, umgetan. Sie hatte ihren »verdammten Busen« – wie sie gesagt – verhüllt, dem ihr Schandgewerbe noch nicht die schöne Rundung und die jungfernhafte Strammheit genommen hatte. Sogar ihre Stimme hatte den rohen Klang der Straße verloren. Täuschte sich Tressignies im Banne der Erzählung? Es

schien ihm, als hätte ihre Rede den Ton der Vornehmheit wiedergewonnen.

»Ich weiß nicht«, fuhr sie fort, »ob andere Frauen so
sind wie ich, aber der ungläubige Hochmut des Don
Christoval, sein gemächliches unbeunruhigtes: ›Er wird
es nicht wagen!‹, gemünzt auf den Mann, den ich liebte,
empfand ich als eine Beleidigung dessen, der mich bereits bis in die Tiefe meines Wesens wie ein Gott durchdrungen hatte. ›Beweise ihm, dass du es wagst!‹, sagte
ich am nämlichen Abend zu Don Esteban und erklärte
ihm damit meine Liebe. Es war gar nicht nötig, es ihm
zu sagen. Er vergötterte mich seit dem ersten Tag, da er
mich gesehen. Unsere gegenseitige Leidenschaft war eine Liebe auf den ersten Blick. Zwei Pistolenschüsse, zugleich abgefeuert, trafen beide tödlich!

Ich hatte meine Pflicht als spanische Ehefrau getan, indem ich Don Christoval aufmerksam machte. Er konnte
mich meines Lebens berauben, denn ich war seine Frau,
und ich hatte nicht mehr über mein Herz zu verfügen.
Und gewiss wäre dies geschehen, wenn er, wie ich ihm
vorgeschlagen, den Marquis aus dem Schloss entfernt
hätte. In der Raserei meines entfesselten Herzens wäre
ich aus Sehnsucht nach ihm gestorben. Dieser schrecklichen Gefahr hatte ich mich ausgesetzt. Aber der Herzog
hatte mich nicht verstanden; er dünkte sich so erhaben
über den Marquis, dass er es einfach für unmöglich hielt,
dass dieser seine Blicke zu mir erheben und mir zu hul-
digen wagen könne. Soweit aber ging der Heldenmut
meiner ehelichen Pflicht nicht angesichts der Leidenschaft, die mich beherrschte!

Ich mache keinen Versuch, Ihnen ein getreues Bild meiner Liebe zu geben. Vielleicht erschiene sie Ihnen unglaubhaft. Aber schließlich ist es gleichgültig, was Sie darüber denken. Sie mögen mir glauben oder nicht glauben: Es war eine ebenso heiße wie reine, eine ritterliche, romantische, beinahe himmlische, fast überirdische Liebe. Waren wir beide doch kaum zwanzig Jahre alt und aus dem Land des Cid, des Loyola und der heiligen Therese. Ignaz hat die Himmelskönigin nicht reiner lieben können, als Don Esteban mich liebte; und Therese ihren himmlischen Bräutigam um nichts inbrünstiger als ich den Marquis.

Ehebruch! Pfui! Dachten wir daran, dass wir Ehebrecher waren? Unsere Herzen schlugen höher. Wir lebten in einer Welt so hehrer hoher erdenferner Gefühle, dass wir nichts verspürten von den Gelüsten und Sünden einer gewöhnlichen Liebschaft. Wir atmeten in reiner Himmelsluft. Aber es war die glühende Luft eines Flammenhimmels. Konnte dieser Zustand lange währen? War das menschenmöglich? Spielten wir nicht ein allzu gefährliches Spiel? Mussten wir nicht, schwach, wie wir alle sind, nach einer gewissen Zeit von der Höhe unserer reinen Traumwelt in die Tiefe stürzen? Esteban war fromm wie ein portugiesischer Ritter aus der Zeit der Albuquerque. Ich war sicherlich nicht so stark, wie er; aber ich setzte in ihn und in die Lauterkeit seiner Liebe das Vertrauen meiner reinen Hinneigung. Ich thronte in seinem Herzen wie eine Madonna in einer goldenen Nische, eine ewige Lampe zu ihren Füßen. Er liebte mich um meiner Seele willen. Er war einer jener seltenen Liebenden, die die angebetete Frau erhaben sehen wollen.

Voll Edelmut, voll Hingabe, voll Heldentum sollte ich sein, eine große Dame wie aus Spaniens größter Zeit. Mich eine schöne Tat vollbringen sehen, war ihm mehr wert als Brust an Brust mit ihm einen Walzer zu tanzen. Wenn sich die Engel vor Gottes Thron lieben, so lieben sie sich, wie wir beide uns geliebt haben. Wir gingen so völlig in uns auf, dass wir stundenlang zusammen verbrachten, Hand in Hand, Aug in Aug, imstande, alles zu tun, denn wir waren allein, aber so glückselig, dass wir darüber hinaus nichts begehrten. Manchmal tat uns dieses ungeheuere Glück weh, das uns umflutete, so stark war es, und wir sehnten uns danach, zu sterben, eins mit dem ändern, eins für den andern, und wir verstanden beide das Wort der heiligen Therese: Ich sterbe vor Todessehnsucht. Es ist die Sehnsucht eines Erdengeschöpfes, das eine seine Seele zersprengende überirdische Liebe nicht mehr erträgt und ihrem wilden Strom Raum zu schaffen wähnt, indem es das Gefäß zertrümmert und sich dem Tod weiht. Ich bin jetzt die armseligste aller Sünderinnen, aber glauben Sie mir, zu jener Zeit haben mich Estebans Lippen niemals berührt, und ein Kuss, den er einer Rose aufdrückte und den ich durch diese empfing, beraubte mich fast meiner Sinne. In der Tiefe des entsetzlichen Abgrundes, in den ich mich freiwillig gestürzt, erinnere ich mich in jedem Augenblick zu meiner Qual der himmlischen Wonnen jener reinen Liebe, in der wir beide lebten, versunken, verloren, ohne Verstellung, weil unsere Leidenschaft hoch über allem stand, jedem sichtbar, sodass auch Don Christoval ohne viel Mühe erkennen musste, dass wir einander vergötterten. Wir lebten mit den Augen in den Sternen. Wie sollten wir da merken, dass er voller Eifersucht war und voll welch starker Eifersucht? Der einzigen, der er fähig war: der Eifersucht aus Stolz. Er überraschte uns nicht. Man überrascht ja nur die, die sich verstecken. Wir verbargen uns nicht. Wir waren so rein wie die Flamme am helllichten Tag und ebenso durchsichtig. Und obendrein quoll das Glück in uns über. Der Herzog sah es also. Esteban hatte es gewagt! Und ich auch.

Eines Abends waren wir zusammen wie zumeist, seit wir uns liebten. Er saß mir zu Füßen, wie vor der Madonna, in so inniger Versunkenheit, dass wir besonderer Zärtlichkeiten nicht bedurften. Plötzlich trat der Herzog ein, mit ihm zwei Mohren, die er aus den Kolonien heimgebracht, wo er lange Zeit Statthalter war. In unserer Weltverlorenheit bemerkten wir nichts, als mir mit einem Male Estebans Kopf schwer in den Schoß fiel. Er war erdrosselt. Die Mohren hatten ihm eine jener Schlingen um den Hals geworfen, mit denen man drüben in Neu-Spanien die Büffel tötet.

Rasch wie ein Blitz war es geschehen. Mich hatte der Blitz nicht getroffen. Ich fiel nicht in Ohnmacht. Ich schrie nicht auf. Keine Träne floss aus meinen Augen. Ich war starr und stumm, voll namenlosem Entsetzen, aus dem mich nur ein Riss durch mein ganzes Wesen wieder zum vollen Bewusstsein brachte.

Ich hatte die Empfindung, dass man mir das Herz aus dem Leib schnitt. Ach, ich war es nicht, dem man dies antat. Es war Esteban, dem es entrissen worden. Der Erdrosselte lag zu meinen Füßen mit aufgeschlitzter Brust, in der die Ungeheuer gewühlt hatten wie in einem Sack. Das hatte ich empfunden. So sehr war ich eins mit ihm,

112

dass ich gespürt hatte, was er empfunden hätte, wenn er noch am Leben gewesen wäre. Ich hatte den Schmerz erlitten, den sein Leichnam nicht mehr empfand. Das hatte mich aus der Erstarrung gerissen, der ich vor Schaudern verfallen war, als sie ihn mir erwürgten.

Ich warf mich den Mördern entgegen. ›Nun komme ich daran!‹, rief ich ihnen zu. Willens, desselben Todes zu sterben wie er, bot ich meinen Kopf der scheußlichen Schlinge dar. Schon schickten sie sich an, ihr Werk zu vollenden, da rief der Herzog, der stolze Grande, der sich mehr dünkte als der König: ›Die Königin ist unantastbar!‹ Und er jagte die Mohren mit der Hetzpeitsche zurück.

›Nein, meine Gnädige, Sie bleiben leben!‹, rief er mir zu. ›Um bis in alle Ewigkeit an das zu denken, was Sie jetzt sehen sollen!‹ Er pfiff. Zwei mächtige Hunde stürzten herein.

›Man werfe das Herz des Verräters den Hunden zum Fraß vor!‹, befahl er.

Bei diesen Worten richtete sich, ich weiß nicht was, in mir wieder auf. ›Das ist nichts!‹, rief ich ihm zu. ›Räche dich gründlicher! Mir musst du es zu essen geben!‹

Er erstarrte.

›So wahnsinnig liebst du ihn?‹

Der Unmensch hatte meine Liebe zum äußersten gesteigert. Jetzt liebte ich den Toten so sehr, dass ich weder Furcht noch Grauen vor dem blutigen Herzen empfand, das noch von mir erfüllt, noch heiß von mir war. Ich wollte es in mir aufnehmen, dies Herz …

Auf den Knien flehte ich darum, die Hände gefaltet. Ich wollte dem edlen angebeteten Herzen den ruchlosen gottlästerlichen Schimpf ersparen. Ich hätte mit diesem Herzen das heilige Abendmahl genommen wie mit einer Hostie. War Esteban nicht mein Gott?

Die Erinnerung an Gabriele von Vergy, deren Geschichte wir, Esteban und ich, so oft zusammen gelesen hatten, war in mir aufgetaucht. Ich beneidete diese Frau. Ich fand sie glücklich, denn ihr Leib war zum lebendigen Grab des Herzens geworden, das sie geliebt hatte. Aber der Anblick einer solchen Liebe machte den Herzog unerbittlich. Seine Hunde zerrissen Estebans Herz vor meinen Augen. Ich machte es den Bestien streitig. Ich rang mit ihnen darum, konnte es ihnen aber nicht entreißen. Sie bissen mich und rieben ihre blutigen Schnauzen an meinen Kleidern ab.«

Die Erzählerin hielt inne. Die Erinnerung hatte sie totenblass gemacht. Nach Atem ringend und mit einer heftigen Gebärde stand sie auf, riss eine Lade am kupfernen Handgriff auf und zeigte Tressignies ein zerfetztes Kleid, das mehrfach Blutspuren trug.

»Sehen Sie!«, rief sie. »Das ist das Herzblut des Mannes, der mich geliebt hat! Wenn ich einsam bin in dem abscheulichen Dasein, das ich führe, wenn mich der Ekel befällt, wenn der Schmutz mir bis in den Mund kommt und mich beinahe erstickt, wenn der Geist der Rache in mir erlahmt, wenn die Herzogin in mir erwacht und sich vor der Dirne entsetzt, dann hülle ich mich in dieses Kleid, dann berühre ich meinen besudelten Leib mit diesen Blutflecken, die für mich noch immer flammen, und fache meine Rache von Neuem an. Diese blutigen Lumpen sind mein Heiligtum. Habe ich sie an meinem Körper, dann rast mir die Wut der Rache durch die Eingeweide, und es ist mir, als fände ich neue Kraft zu ihr bis in alle Ewigkeit.«

Tressigniers erschauerte, während er der unheimlichen Frau zuhörte. Es graute ihm vor ihren Gesten, ihren Worten, ihrem Antlitz. Es war zu einem Gorgonenhaupt geworden. Es kam ihm vor, als schaue er um ihrem Kopf die Schlangen, die diese Medusa in ihrem Herzen trug. Jetzt begann er das Wort Rache zu verstehen, das sie so oft wiederholte, das ihr gleichsam immer auf den Lippen flammte.

Sie begann von Neuem:

»Das ist meine Rache! Verstehen Sie das? Unter allen Arten habe ich sie gewählt, wie man unter einer Reihe von Dolchen den wählt, der die grausamste Wunde hervorbringt, der die schartigste Klinge hat, um das verhasste Wesen, das man umbringen will, gründlich zu zerfleischen. Diesen Mann einfach zu töten, mit einem einzigen Schlag, das wollte ich nicht. Hat er Don Esteban mit seinem Degen ritterlich getötet? Nein! Er hat ihn durch seine Knechte ermorden. Er hat sein Herz vor die Hunde geworfen und seinen Körper vielleicht ins Beinhaus. Ich weiß es nicht. Ich habe nie etwas darüber erfahren. Und ich sollte ihn für alles das bloß töten! Das wäre viel zu mild und viel zu rasch! Langsamer, grausamer muss es sein! Überdies ist der Herzog ein tapferer Mann. Er hat keine Furcht vor dem Tod. Die Sierra-Leones haben ihm zu allen Zeiten getrotzt. Aber sein Stolz, sein maßloser Hochmut ist feig, wenn ihm Schande droht. Man muss ihn also in seinem Stolz treffen und

115

an seinem Hochmut kreuzigen! Darum habe ich mir damals geschworen, seinen stolzen Namen in den widerlichsten Schmutz zu tauchen, diesen Namen selber zu Schimpf und Schande, zu Dreck und Kot zu wandeln. Und deshalb bin ich geworden, was ich bin: eine öffentliche Dirne, die Hure von Sierra-Leone, die heute Abend just Sie aufgegabelt hat!«

Bei den letzten Worten funkelten ihre Augen vor Freude über einen wohlgezielten Schlag.

Tressignies fragte: »Weiß er, der Herzog, was Sie geworden sind?«

»Wenn er es nicht weiß, so wird er es eines Tages wissen«, antwortete sie mit der sicheren Zuversicht eines, der für alle Fälle seine Anordnungen getroffen hat und der kommenden Dinge gewiss ist. »Die Kunde von dem, was ich treibe, kann ihn jeden Tag erreichen. Dann trifft ihn der Kot meiner Schmach. Einer von den Männern, die hier bei mir gewesen sind, wird ihm die Schande seiner Gattin ins Gesicht speien. Und niemals lässt sich dieser Dreck wieder abwaschen. Aber das wäre nur Zufall, und dem Zufall vertraue ich meine Rache nicht an. Ich bin willens daran zu sterben. Mein Tod wird meine Rache besiegeln und vollenden!«

Tressignies verstand die letzten, ihm dunklen Worte zunächst nicht, aber alsbald sollten sie ihm grässlich deutlich werden.

Sie begann von Neuem:

»Ich will dort sterben, wo Dirnen wie ich zu sterben pflegen. Unter Franz dem Ersten gab es einen Mann, der sich bei einer meinesgleichen absichtlich eine schreckliche und scheußliche Krankheit holte und seine Frau ansteckte, damit sie wiederum den König vergiften sollte, dessen Geliebte sie war, um sich so an allen beiden zu rächen. Kennen Sie diese Geschichte? Ich tue nicht weniger als dieser Mann. Bei dem schandbaren Leben, das ich alle Abende führe, muss es wohl eines Tages geschehen, dass die Lustseuche die Dirne ergreift und an ihr nagt, bis sie in Stücke zerfällt und in irgendeinem elenden Spittel zugrunde geht. Oh, dann ist mein Leben bezahlt!« Sie frohlockte in dieser entsetzlichsten aller Erwartungen. »Dann wird es Zeit sein, dass der Herzog von Sierra-Leone erfährt, wie seine Gemahlin, die Herzogin von Sierra-Leone, gelebt hat und wie sie gestorben ist!«

Tressignies hätte eine so tiefe Rachsucht für unmöglich gehalten, die alles übertraf, was er aus der Geschichte kannte. Weder das Italien des Secento noch Korsika, jene Länder, die wegen der Unversöhnlichkeit ihrer Leidenschaft berühmt sind, boten ihm ein Beispiel einer mehr überlegten und entsetzlicheren Vergeltung als diese Frau, die sich an sich selbst, an ihrem eigenen Leib und ihrer eigenen Seele rächte. Er war erschüttert vor der Großartigkeit dieser grässlichen Vergeltung. Allerdings, es war die Großartigkeit der Hölle.

»Und selbst wenn er es nicht erführe«, fuhr sie fort, ihre Seele ihm immer mehr enthüllend, »so weiß ich es doch. Ich weiß, was ich jeden Abend tue, dass ich diesen Schlamm trinke, der mir Nektar ist, denn er enthält meine Rache. Ich schwelge in jedem Augenblick in dem Bewusstsein dessen, was ich bin. Indem ich ihn beschimpfe, den stolzen Herzog, sehe ich ihn deutlich vor mir, wie er leiden würde, wenn er es wüsste. Gewiss sind Gedanken und Gefühle wie die meinen Wahnsinn, aber gerade in diesem Wahnsinn liegt mein Glück. Als ich von Sierra-Leone floh, habe ich dieses kleine Bild des Herzogs mitgenommen, um es, als wäre er es selbst, zum Zeugen meiner Schande zu machen. Wie oft habe ich zu ihm gesagt: ›Gib acht! Gib acht!‹ Und wenn der Ekel mich in euren Armen ergreift – und er ergreift mich stets –, dann ist dieses Armband meine Zuflucht.« Sie hob ihren Arm mit der Gebärde einer Tragödin. »Dieser Reif brennt auf mir wie Feuer, aber trotz aller Qual und Pein trage ich ihn, um Estebans Henker nie zu vergessen. Sein Bild entfacht in mir immer wieder von Neuem die Begeisterung, die Verzückung des Hasses und der Rache, die von den Männern in ihrer Dummheit und Eitelkeit für das Echo ihrer Lüste gehalten wird. Ich weiß nicht, wer Sie sind; aber sicherlich sind Sie ein höherer Mensch als alle die Männer, die schon hier waren. Und doch haben auch Sie noch vor ein paar Augenblicken gewähnt, ich sei ein menschliches Wesen, vom Fleisch und Blut der anderen während nichts in mir mehr lebt als der Gedanke, Don Esteban an jenem Unmenschen zu rächen, den Sie hier im Bild sehen! Ja, sein Bild treibt mich weiter wie der säbelbreite Sporn, den der Araber seinem Roß in die Weichen stößt, um es durch die Wüste zu jagen. Das Geld, durch das ich rasen muss, ist weiter als die Wüste, und ich stoße mir dies Bild in die Augen und tief ins Herz, um den Galopp zu verstärken, wenn ihr mich in euren Armen haltet. Das Bild ist er selber, und diese gemalten Augen schauen starr auf mich und euch! Wie gut verstehe ich den Glauben alter Zeiten, dass man jemandem in seinem Bild Böses antun könne. Ich begreife die unsinnige Wonne, die man empfing, wenn man dem Bild dessen, den man umgebracht sehen wollte, den Dolch in das Herz stieß. Leider ...«

In verändertem Ton, aus grausamer Bitterkeit plötzlich in unsagbare Wehmut verfallend, fügte sie hinzu:

»Leider besitze ich kein Bild Estebans. Ich sehe ihn nur in meiner Seele. Und vielleicht ist das recht gut. Denn hätte ich ihn vor Augen, dann zöge er mein armes Herz empor, und ich müsste erröten ob der unwürdigen Erniedrigung meines Lebens. Vor lauter Reue wäre ich nicht mehr imstande, Rache zu üben.«

Die Meduse war weich geworden, wenn auch ihre Augen trocken blieben. Tressignies, tief ergriffen, erfasste die Hand der Frau, die jetzt ganz andere Gefühle denn zuvor in ihm erweckt hatte, und küsste sie voll Achtung und Mitleid. Hatte er ein Recht, sie zu verachten? Ihre Willenskraft und ihr Unglück dünkten ihm erhaben. Welch eine Frau! Sagte er bei sich. Hätte sie nicht den Herzog von Sierra-Leone, sondern den Marquis von Vasconcellos geheiratet, so wäre sie in ihrer edlen Liebe eine zweite Markgräfin von Pescara geworden. Aber vielleicht hätte sie es der Welt nie zeigen können, und niemand wüsste, wie ungeheuerlich ihre Leidenschaft und ihre Willenskraft ist. So sehr er, als Kind seiner Zeit, Zweifler war und längst gewohnt, sich selbst zu beobachten und zu bespötteln, fand sich Tressignies doch nicht lächerlich, als er der Verlorenen die Hand küsste. Aber zu sagen wusste er ihr nichts mehr. Er fühlte sich ihr gegenüber in einer peinlichen Lage. Ihre Geschichte hatte das angesponnene Band zwischen ihr und ihm wie

119

mit einem scharfen Messer zerschnitten. In ihm wogte ein Wirrwarr von Bewunderung, Grauen und Verachtung. Es wäre ihm sehr geschmacklos erschienen, sich ihr gefühlvoll zu zeigen oder sie gar begehren zu wollen. Er hatte sich oft genug über die Tugendbolde lustig gemacht, von denen es damals in Paris unter dem Einfluss gewisser rührseliger Romane und Schauspiele wimmelte, und über ihre scheinheiligen Versuche, gefallene Frauen wie umgestürzte Blumentöpfe wieder aufzurichten. Das konnte man den Priestern überlassen. Überdies schien es ihm, dass selbst deren Macht an der Seele dieser Frau scheitern würde. Schmerzlich bewegt, verharrte er in einem Schweigen, das ihm wohl misslicher war als ihr. Immer noch völlig im Banne ihrer Gedanken und Erinnerungen, fuhr sie fort:

»Der Gedanke, den Herzog zu schänden, statt ihn zu töten, diesen Mann, dem die Ehre im Sinne der Welt mehr bedeutet als das Leben, ist mir nicht sofort gekommen. Es währte lange, ehe ich darauf verfiel. Nach der Ermordung des Don Esteban, von der vermutlich selbst im Schloss niemand etwas erfuhr – denn sein Leichnam ist wohl samt den beiden Negern in einer Versenkung verschwunden –, sprach der Herzog nicht mehr mit mir, nur kurz und förmlich vor der Dienerschaft. Die Frau eines Cäsaren darf nicht in Verdacht kommen; und ich sollte vor aller Welt die makellose Herzogin von Sierra-Leone sein und bleiben. Wenn wir aber unter vier Augen waren, fiel niemals ein Wort, niemals eine Anspielung.

Es herrschte das unerschöpfliche Schweigen des ewigen Hasses. Habe ich doch die Verstellungskunst meiner italienischen Ahnen nicht umsonst geerbt. Ich war wie aus Erz, bis in meine Augen. Don Christoval konnte nicht ahnen, was hinter meiner ehernen Stirn vorging, wo tausend Rachepläne wild durcheinanderwogten. Ich war undurchdringlich. In einer Nacht floh ich aus dem Schloss, dessen Mauern mich erdrückten. Niemandem vertraute ich mich dabei an. Zuerst hegte ich die Absicht, nach Madrid zu gehen. Aber dort war der Herzog allmächtig, und alle Netze der Polizei hätten sich auf den ersten Wink von ihm um mich zusammengezogen. Dort konnte er mich ohne Mühe wieder einfangen und in das *In Pace* irgendeines Klosters stecken. Dann aber war ich für die Welt begraben; und gerade die Welt brauchte ich bei meinem Vorhaben.

Paris war sicherer. Ich wandte mich also nach Paris. Es gibt keinen besseren Ort für meine Rache als diese Stadt, die der Mittelpunkt der Welt und ihres Klatsches ist. Hier begann ich das Dasein einer Dirne der niedrigsten Stufe, die sich für ein paar Franken dem ersten besten verkauft, auch dem Lumpen. Geld und Geschmeide hatte ich mir reichlich mitgenommen.

Unerschrocken habe ich meine Rache begonnen. Sie währt nun schon drei Monate lang ...«

Ihre Stimme war heiser geworden.

»Schon drei Monate ...«, unterbrach sie Tressignies, »... dauert dies ...?« Er wagte nicht zu sagen, was.

»Ja, drei Monate!« wiederholte sie. »Man braucht Zeit, um solch Gift zu kochen und wieder zu kochen!«

Trotzige Leidenschaft und bitterer Schmerz mischten sich in ihrer Antwort.

Tressignies schaute verwundert auf diese vollendete Künstlerin der Rache. Ihm, der sich eingebildet hatte, über jedwede unmittelbare Empfindung weit hinaus zu sein, diesem Meister der kühlen Betrachtung, ihm ging der Dunstkreis dieses Weibes auf die Nerven. Er musste wieder frische Luft atmen und hinweg aus diesem Raum dunkler Barbarei, in dem der Kulturmensch erstickte.

Sie sah, dass er sich entfernen wollte.

»Nehmen Sie Ihr Geld mit!«, sagte sie mit einer Gebärde der wiedererwachten Herzogin, indem sie verächtlich auf die blaue Glasschale wies, die er mit Goldstücken angefüllt hatte. »Ich nehme von niemandem Gold.« Und mit dem Stolz der Demut, die ihre Rache war, fügte sie hinzu: »Ich bin nur eine Dirne zu fünf Franken.«

Dies Wort ward ausgesprochen, wie es gemeint war. Es war der Ausklang der verrückten Erhabenheit, der Höllengröße, die sie in sich trug und ihm geoffenbart hatte.

Der Abscheu vor der Form dieses letzten Wortes gab Tressignies die Kraft zu gehen. Er nahm das Gold aus der Schale und ließ nur darin, was sie verlangt hatte.

Da sie es will, sagte er sich, so drücke auch ich auf den Dolch, den sie sich ins Herz gestoßen hat!

Und er verließ das Zimmer in heftiger Erregung.

Die Armleuchter überfluteten noch immer mit ihrem Licht den Gang und das Treppenhaus. Jetzt begriff er, warum diese Kerzenträger vor der gemeinen Tür angebracht waren. Auf der Karte, die wie ein Aushängeschild vor einer Fleischerbude angeklebt war, stand in großen Lettern:

Herzogin Arcos von Sierra-Leone

Unter dem Namen stand ein gemeines Wort, das Gewerbe bezeichnend, das sie betrieb.

Nach diesem unglaublichen Erlebnis kam Tressignies in so verstörtem Zustand nach seiner Wohnung, dass er sich beinahe darüber schämte. Nur Toren wollen wieder jung sein. Wer das Leben kennt, weiß, dass es nicht von Nutzen wäre. Mit Schrecken sah Tressignies, dass er sich vielleicht zu jung benähme, und so schwor er sich, das Heim der Herzogin nie wieder zu betreten, trotz der Anteilnahme, die diese unerhörte Frau in ihm erweckt hatte. Er sagte sich: Wozu soll ich mich nochmals nach diesem verseuchten Ort begeben, wohin sich ein Geschöpf von edler Abkunft freiwillig verbannt? Sie hat mir ihr ganzes Leben enthüllt, und ohne viel Mühe kann ich mir bis ins einzelne vorstellen, wie entsetzlich dieses Dasein Tag um Tag oft sein muss.

Zu diesem Entschluss gelangte Tressignies am Kamin in der Einsamkeit seiner Wohnung mit vieler Mühe. Er verschanzte sich einige Zeit darin vor allen Geschehnissen und Zerstreuungen der Außenwelt, um unter dem Eindruck und der Erinnerung jenes Abends zu verbleiben, an denen sich sein Geist unwiderstehlich weidete wie an einer seltsamen und gewaltigen Dichtung, die ihm ihresgleichen nicht zu haben schien, weder bei Byron noch Shakespeare, seinen beiden Lieblingsdichtern. Und so verbrachte er viele Stunden in seinem Lehnstuhl, träumerisch blätternd in dem immer offenen Buch dieses Werkes eines so grausig starken Willens. Es hatte auf ihn die Wirkung einer Wunderblume, die ihn die Pariser Gesellschaft vergessen ließ, seine Heimat. Dahin zurückzukehren vermochte er nur unter dem Aufgebot aller seiner Kraft. Die tadellosen großen Damen, die er dort fand, dünkten ihm wie Schatten. Obwohl er nicht im geringsten prüde war und seine Freunde nicht minder, erzählte er ihnen doch kein Wort von seinem Erlebnis, aus zarter Rücksicht, die ihm selber lächerlich vorkam, zumal ihn die Herzogin förmlich aufgefordert hatte, ihre Geschichte jedermann preiszugeben und sie nach Möglichkeit allerorts zu verbreiten. Er tat das Gegenteil und verheimlichte sie. Er verkorkte und versiegelte sie im geheimsten Schrein seines Wesens wie eine Flasche ganz seltenen Parfüms, das seinen Duft verlieren könnte, wenn man daran riechen lässt. Und noch etwas war ganz sonderbar an einem Mann seiner Art. Im Café de Paris, im Klub, im Theater oder an sonst welchem Ort, wo sich Herren treffen und einander alles erzählen, vermochte er mit keinem seiner guten Freunde zu reden, ohne dass es ihm davor bangte, das nämliche Abenteuer zu vernehmen, das ihm widerfahren war. Die Möglichkeit erregte ihn in den ersten zehn Minuten des Gespräches mit jedwedem dermaßen, dass er zitterte.

Dessen ungeachtet hielt Tressignies sein Wort und mied nicht nur die Rue Basse-du-Rempart, sondern auch den Boulevard. Er lehnte nicht mehr wie die anderen *gants jaunes*, die Helden jener Zeit, am Geländer bei Tortoni. Wenn ich ihr verteufeltes gelbes Kleid flattern sehe, dachte er bei sich, bin ich vielleicht doch wieder so töricht und laufe ihr nach. Vor jedem gelben Kleid, das ihm begegnete, verlor er sich in Träumerei. Jetzt liebte er die gelben Kleider, die er ehedem immer abscheulich gefunden hatte. Sie hat mir den Geschmack verdorben, gestand er sich. So verspottete der Weltmann den Menschen. Aber das, was die kluge Frau von Stael die Stimme des Dämons nennt, das war stärker als der Weltmann und der Mensch zusammen. Tressignies verfiel der Schwermut. Er war ehedem in Gesellschaft von großer Lebhaftigkeit, seinen Witz hatte man ebenso geliebt wie gefürchtet. Jetzt plauderte er nicht mehr so bezaubernd wie früher. »Ist er verliebt?«, fragten sich die Klatschbasen. Und die alte Marquise von Clérembault warf ihm vor, er trüge eine Hamlet-Maske zur Schau.

Seine Schwermut steigerte sich ins Krankhafte. Sein Gesicht sah wie bleiern aus. »Was mag Herrn von Tressignies nur fehlen?«, fragte man sich, und schon war man geneigt, ihm die Krankheit Bonapartes anzudichten, da entzog er sich eines schönen Tages allen Fragen und Forschungen, indem er wie urplötzlich seinen Koffer packte und wie in einer Versenkung verschwand.

Wo war er hin? Kein Mensch kümmerte sich darum. Länger als ein Jahr blieb er aus. Dann kam er zurück nach Paris und war wieder der Gesellschaftsmensch von ehedem.

Eines Abends war er beim spanischen Gesandten, wo, nebenbei bemerkt, alles durcheinanderwogte, was von Bedeutung war. Es war spät. Man ging zum Mahl. Der Schwarm strömte zu den Darbiettischen. Die Salons wurden leer.

Im Spielzimmer verblieben nur etliche hartnäckige Whistspieler, darunter Tressignies. Einer der Herren, der die bei jedem Robber gemachten Einsätze in ein elfenbeinernes Merkbüchlein eintrug, stieß beim Blättern darin plötzlich auf etwas, was ihm ein »Ach ja!« entlockte, wie es einem entfährt, wenn man auf etwas Vergessenes stößt.

»Exzellenz!« wandte er sich an den Herrn des Hauses, der, die Hände auf dem Rücken, dem Spiel zusah. »Gibt es in Madrid noch Sierra- Leones?«

»Gewiss gibt es dort welche«, erwiderte der Gesandte. »Vor allem den Herzog d'Arcos von Sierra-Leone, einen der ersten vom Hochadel.«

»Was ist denn das für eine Herzogin von Sierra-Leone, die eben hier in Paris gestorben ist? In welchem Verhältnis steht sie zum Herzog?« fragte der Wissbegierige weiter.

»Das könnte nur seine Frau sein«, meinte der Gesandte. »Indessen die ist seit zwei Jahren so gut wie tot. Sie ist verschwunden, ohne dass man weiß, warum und wie. Die Wahrheit ist tiefes Geheimnis. Wohlgemerkt, diese Herzogin war eine großartige Dame, keine von heutzutage, keine von den tollen Weibern, die mit ihren Liebhabern durchgehen. Sie stand in ihrem Stolz ihrem Gatten nicht nach, dem hochmütigsten der *Ricos hombres* von ganz Spanien. Dazu war sie sehr fromm, geradezu überfromm. Sie hat dauernd in Sierra-Leone gewohnt, einem einsamen Schloss aus rotem Marmor, wo die Adler vor Langeweile tot aus ihren Felsennestern fallen. Eines Tages war die Herzogin von dort verschwunden, und seitdem lebt der Herzog, ein Mann wie aus der Zeit Karls des Fünften, den keiner zu fragen wagt, in Madrid, wo man von seiner Frau und ihrem spurlosen Verschwinden so wenig spricht, als habe sie nie gelebt. Sie stammt aus dem Hause Torre- Cremata. Mit ihr stirbt der italienische Zweig dieses Geschlechts aus ...«

»Das ist sie!«, unterbrach ihn der Spieler, indem er in seinem Merkbuch nachlas. »Also vermelde ich Eurer Exzellenz gehorsamst«, fügte er feierlich hinzu, »dass die Herzogin d'Arcos von Sierra-Leone heute Vormittag begraben worden ist, und zwar, wie Sie kaum vermuten dürften, im Friedhof der Salpêtrière.«

Bei dieser Mitteilung legten die Spieler ihre Karten nieder und schauten den Sprecher verwundert an.

»Ja, ja«, sagte dieser, als echter Franzose stolz auf den Eindruck, den er eben gemacht hatte. »Zufällig komme ich heute Vormittag an der Spittelskirche vorüber und höre da drinnen feierliche Musik, etwas Ungewöhnliches an diesem Ort. Ich gehe hinein und sehe zu meinem Erstaunen vor dem Hochaltar einen prachtvollen Sarg aufgebahrt mit einem stattlichen Doppelwappen. Die Kirche war beinahe leer. Ein paar alte Frauen saßen in den Bänken. Ich gehe an der so armseligen Trauergesellschaft vorbei, trete an den Sarg und lese in großen silbernen Lettern auf schwarzem Grund folgende Inschrift, die ich mir ihrer Sonderbarkeit wegen abgeschrieben habe, um sie nicht zu vergessen. Lesen Sie:«

HIER RUHT
SANZIA FLORINDA
GEBORENE VON TORRE-CREMATA
HERZOGIN D'ARCOS VON SIERRA-LEONE
EINE REUMÜTIGE GEFALLENE
GESTORBEN IN DER SALPÊTRIÈRE

AM 27. JANUAR 18**
REQUIESCAT IN PACE

Die Spieler dachten nicht mehr an ihre Karten. Was den Gesandten anbelangt, so ließ er sich seine Betroffenheit nicht anmerken, nach dem Grundsatz: Ein Diplomat darf ebenso wenig Erstaunen wie ein Offizier Furcht zeigen. Im Ton, als habe er einen Untergebenen vor sich, fragte er:

»Und Sie haben keine Erkundigungen eingezogen?«

»Nein, Exzellenz!« entgegnete der Spieler. »Es saßen nur ein paar arme Leute da, und die Priester, die mir vielleicht etwas hätten berichten können, waren beschäftigt. Und dann dachte ich daran, dass ich heute Abend die Ehre habe, Sie zu treffen.«

»Ich werde morgen sofort Nachforschungen anstellen«, erklärte der Gesandte.

Das Spiel begann von Neuem, aber keiner der Herren war mehr so recht bei der Sache. Diese Meister des Whist machten Fehler über Fehler. Sehr bald erhob sich Tressignies, der ganz blass geworden war, ohne dass es jemandem aufgefallen war, nahm seinen Hut und ging, ohne sich zu verabschieden.

Am nächsten Tag war er in aller Frühe in der Salpêtrière. Er erkundigte sich bei dem Kaplan, einem biederen alten Mann, der ihm allerlei Angaben über 119 machte, unter welcher Nummer die Herzogin Arcos von Sierra-Leone im Spittel aufgenommen worden war. Die Unglückliche hatte also dort geendet, wo sie vorausgesagt hatte, dass sie enden werde. Bei dem fürchterlichen Spiel, das sie gespielt, hatte sie sich die grässlichste aller

Krankheiten zugezogen. »In wenigen Monaten«, so erzählte der alte Priester, »war sie bis auf die Knochen zerfressen. Eines Tages war ihr ein Auge aus der Höhle gefallen und vor die Füße gerollt wie ein Geldstück. Das andere war vereitert und ausgeflossen. Schließlich war sie gestorben, unter entsetzlichen Qualen, aber ruhig und gefasst. Noch reich an Geld und Geschmeide, hatte sie ein standesgemäßes Begräbnis angeordnet, alles Übrige aber den anderen Kranken in der Anstalt vermacht. Zur Sühne ihres lasterhaften Lebens«, berichtete der Geistliche, der keine Ahnung von dem Vorleben der Verstorbenen hatte, »in Reue und Zerknirschung, war es ihr Letzter Wille, dass die Inschrift auf ihrem Sarg wie auf ihrem Grabstein die Worte enthalte:

EINE REUMÜTIGE GEFALLENE

Das Wort *reumütig* übrigens wollte sie erst durchaus nicht hinzugesetzt haben. So weit ging ihre Demut!«

Tressignies lächelte wehmütig über die Worte des Biedermannes, aber er ließ ihn bei seiner Einfalt. Er aber, er wusste, dass die Herzogin von Sierra-Leone keine Reumütige gewesen war und alle ihre Selbsterniedrigung bis über ihren Tod hinaus nichts war denn Rache.

Verbrecherisches Glück

> *Wahre Geschichten*
> *kann nur der Teufel*
> *erzählen!*

Im vergangenen Jahr an einem Herbstmorgen schlenderte ich mit dem Doktor Torty, einem meiner ältesten Bekannten, durch den Zoologischen Garten. Er war in meiner Kindheit Arzt in V*** gewesen und hatte seinen angenehmen Beruf an die dreißig Jahre ausgeübt. Und als er seine »Veteranen« – wie er sie nannte – nach und nach allesamt in das Jenseits befördert hatte, nahm er keine neuen Patienten mehr an. Er war ergraut und liebte die Freiheit über alles, wie ein Gaul, der immer am Zügel gegangen ist und sich schließlich einmal davon losmacht. So war er nach Paris gekommen und hatte sich dicht beim Zoologischen Garten, wenn ich nicht irre, in der Cuvierstraße, niedergelassen. Er übte seine Kunst nur noch zu seinem Vergnügen aus. Dies war groß, denn er war Arzt mit Leib und Seele, hervorragend in seinem Fach, zudem ein feiner Beobachter, und das nicht bloß in physiologischen und pathologischen Fällen.

Sind Sie ihm nicht zuweilen begegnet? Er war eine kühne Kraftnatur und griff niemanden mit Glacéhandschuhen an, aus dem sehr einfachen Grund, weil man besonders als Arzt die Dinge beim rechten Namen nennen muss. Er gefiel mir außerordentlich, und wohl gerade wegen der Seiten, die den anderen am wenigsten behagten. Es stand in der Tat so, dass die Leute, solange sie gesund waren, diesen derben Sonderling von Arzt nicht ausstehen konnten. Wurden sie aber krank, so hatten sie höllische Hochachtung vor ihm, ungefähr wie die Wilden vor dem Schießgewehr des Robinson, aus Angst vor dem Tod. Man wusste ganz genau: Nur er konnte helfen. Ohne diese bedeutsame Erkenntnis hätte Torty nie und nimmer seine zwanzigtausend Franken Zinsen im Jahr, denn in jenem altmodischen Frömmlernest hätte man ihm einfach den Stuhl vor die Tür gesetzt, wenn man ihn nicht eben gebraucht hätte. Darüber war er sich völlig klar. Es hatte ihn nie berührt. Er spottete sogar darüber. »Sie mussten sich wohl oder übel«, pflegte er zu sagen, »für mich oder die Letzte Ölung entscheiden. Und bei aller Frömmigkeit zogen sie mich doch schließlich den heiligen Sakramenten vor.« Das ist übrigens ein Beispiel, wie wenig sich der Doktor ein Blatt vor den Mund nahm. Sein Witz verstieg sich zuweilen ins Lästerliche. Wissenschaftlich war er ein treuer Anhänger von Cabanis, und wie sein alter Freund Chaussier gehörte er zu jener Klasse von Heilkünstlern, die als pure Materialisten verschrien sind. Dazu war er ein Zyniker, dem nichts heilig war, und der mit einer Herzogin genauso natürlich und gemütlich plauderte wie mit dem geringsten Marktweib. Hier eine kleine Probe von Tortys Art. In einer glänzenden Abendgesellschaft meinte er einmal, nachdem er die Prunktafel mit ihren hundertundzwanzig Gästen mit seinem Herrscherblick überschaut hatte: »Die leben alle von meiner Gnade!« Es fehlte dem Doktor an jedwedem Respekt. Das gab er selber zu, indem er sagte: »Wo der Respekt bei andern Leuten im Schädel sitzt, da ist bei mir ein Loch!« Er war alt, über die Siebzig, stark und vierschrötig. Unter der hellbraunen Perücke mit dem glänzenden kurz geschorenen Haar blitzten aus seinem Spöttergesicht ein Paar durchdringende gläserlose Augen. Er kleidete sich zumeist grau oder braun. Dadurch ähnelte er weder in der Haltung noch im Wesen den geschniegelten Pariser Ärzten in ihren schwarzen Röcken und weißen Binden. Er war aus anderem Holz. Mit seinen hirschledernen Handschuhen und den doppelsohligen Stiefeln, in denen er wuchtigen Schritts einherging, hatte er etwas von einem alten Ritter. Der war er auch. In den dreißig Jahren seiner Landpraxis hatte er manche Stunde im Sattel verbracht. Kein Weg war ihm zu schlecht gewesen. Das verriet sich noch immer in der Art, wie er seinen mächtigen Oberkörper aufreckte, der unerschütterlich auf den Schenkeln saß und sich auf kräftigen Beinen wiegte, die kein Zipperlein kannten. Er war wie der alte Lederstrumpf, Coopers Held in den Wäldern Amerikas, ein Naturmensch, unberührt von den Vorschriften der Herkömmlichkeit. Als unerbittlicher Beobachter war er schlecht und recht zum Menschenfeind geworden. Das war Schicksalstücke. Indes hatte er auf seinen langen Ritten durch Schmutz und Schlamm genug Muße gefunden, erhaben über den Dreck des Lebens zu werden. Er ereiferte sich über kein Laster. Er verachtete die menschliche Natur ganz einfach ebenso gleichmütig, wie er seinen Tabak schnupfte. Ja, beides tat er mit dem nämlichen Behagen.

Das war der Doktor Torty, mit dem ich durch den Zoologischen Garten bummelte.

Es war ein Herbsttag, so hell und klar, dass selbst den Schwalben die Reiselust verging. Die Notre-Dame verkündete den Mittag, und die ernsten Glockentöne zitterten in lichten Schwingungen den grünen brückenreichen Strom entlang über unsere Häupter hinweg. Das schon braune Laub hatte den bläulichen Hauch veratmet, in den der leichte Morgennebel es getaucht. Die gütige Oktobersonne wärmte uns beiden angenehm den Rücken, während wir vor dem Käfig der berühmten schwarzen Pantherin verweilten, die im Jahre darauf an der Lungenschwindsucht gestorben ist wie ein junges Mädchen. Um uns herum stand das Publikum, wie man es gewöhnlich in einem Zoologischen Garten findet, Leute aus dem Volk, Soldaten und Kindermädchen, die sich mit Vorliebe vor den Käfigen herumtreiben und sich daran ergötzen, den trägen, hinter ihren Eisengittern blinzelnden Tieren Nuss- und Kastanienschalen vorzuwerfen. Die Pantherin, vor der wir bei unserem Gang gelandet, stammte von der Insel Java, also dem Erdenwinkel, wo die Natur am kraftvollsten ist. Java gleicht selber einem mächtigen Raubtier, das der Mensch nicht zu zähmen vermag, das ihn aber immer wieder an sich lockt trotz aller Gefahren, die sein grausig-üppiger Boden birgt. Auf Java sind die Blumen in den Farben glühender, im Duft berauschender denn irgendwo sonst auf Erden, die Früchte aromareicher, die Tiere schöner und stärker. Aber von dieser Lebensfülle hat nur die rechte Vorstellung, wer den tödlichen Dunst dieses traumschönen Landes mit der eigenen Lunge eingeatmet hat. Die Pantherin war eine prächtige Vertreterin der Schrecknisse Javas. Nachlässig auf ihre feingeformten Tatzen hingestreckt, lag sie da, mit erhobenem Kopf und smaragdgrünen unbewegten Augen. Nicht ein helles Fleckchen hob sich an ihrem schwarzsamtnen Fell ab. Es war so dunkel und dicht, dass sich darin nicht einmal die darüber hingleitenden Sonnenlichter fingen, sondern dies stumpfe Schwarz trank das Licht wie ein Schwamm das Wasser. Das war geschmeidige Schönheit, volle Kraft, noch im Ruhen furchtbar, erhabene Überlegenheit, ein Gipfel der Schöpfung. Wandte man seinen Blick von diesem Tier auf die armselige gaffende Menschheit davor, so war's wahrlich nicht der Mensch, der den Sieg davontrug. Die Bestie war es. Eine demütigende Erkenntnis!

Ich gestand dem Doktor gerade leise meine Beobachtung, als auf einmal zwei Menschen den Schwarm der Leute vor dem Käfig durchschritten und sich dicht vor die Pantherin stellten.

»Gewiss«, erwiderte mir Torty. »Aber sehen Sie jetzt einmal hin. Das Gleichgewicht zwischen den beiden Gattungen ist wiederhergestellt!«

Ein Herr und eine Dame. Beide hochgewachsen und, wie ich auf den ersten Blick erkannte, aus der ersten Pariser Gesellschaft. Beide nicht mehr jung, gleichwohl beide erlesen schön. Er mochte siebenundvierzig, sie etwa vierzig sein. Beide hatten also die »Linie« überschritten – wie die Seeleute sagen, wenn sie über den Äquator fahren –, jene Linie, die verhängnisvoller ist als der Gleicher der Erde und die man auf dem Meere des Lebens nur einmal überschreitet und nie wieder. Um derlei hatten sich die beiden sichtlich keine Sorge gemacht. Auf ihrer Stirn brütete kein bisschen Trübsal. Auch nirgends sonst. Der schlanke Mann sah in seinem sorgfältig zugeknöpften schwarzen Gehrock aus wie ein vornehmer Offizier, wie ein Patrizier aus einem Gemälde Tizians. Er hatte frauenhafte hochmütige Züge. Sein Schnurrbart war an den Spitzen ergraut. Das Haar trug er ganz kurzgeschoren. Seine Ähnlichkeit mit einem Kavalier vom Hofe Heinrichs des Dritten erhöhten zwei tiefblaue Saphire, die er als Ohrschmuck trug. Bis auf diese kleine Lächerlichkeit – wie die Welt sagen würde –, die nur ein Zeichen war, dass ihr Träger die Mode des Tages und die öffentliche Meinung geringschätzte, war er völlig Dandy, wie Stendhal ihn auffasst, also einfach und unauffällig. Und doch fiel er auf, allein durch seine Vornehmheit. Und meine ungeteilte Aufmerksamkeit hatte er auch auf sich gezogen, wenn ihm zur Seite nicht die Dame gestanden hätte, die noch bemerkenswerter war als ihr Begleiter und mich viel stärker und ganz fesselte. Sie war beinahe so lang wie er und ebenfalls völlig in Schwarz gekleidet. Unwillkürlich fiel mir die große schwarze Isis im Ägyptischen Museum im Louvre ein, angesichts ihrer Üppigkeit, ihrer Kraft und ihres geheimnisvollen Stolzes. Seltsam! Bei diesem schönen Paar hatte sie die Muskeln und er die Nerven. Ich sah sie zunächst nur im Profil. Und das gilt ja als der Probierstein der Schönheit. Es kam mir vor, als hätte ich nie zuvor einen reineren und edleren Schnitt gesehen. Ihre Augen vermochte ich nicht zu beurteilen, da sie auf die Pantherin gerichtet waren. Ihr Blick wirkte hypnotisch auf das Tier und war ihm unangenehm. Je länger die Frau es anblickte, desto schläfriger wurde es. Wie eine Katze im blendenden Sonnenlicht blinzelte die Bestie, ohne den Kopf auch nur leise zu bewegen, ein paar Mal mit den Augen, als vermöchte sie dem Blick der Frau nicht mehr standzuhalten, und ließ schließlich die Lider über ihre beiden grünen Augensterne niederfallen. Sie verschanzte sich.

»Aha! Panther gegen Panther!« raunte mir der Doktor zu. »Aber die Seide ist stärker als der Samt.«

Die Frau trug ein schimmerndes Seidenkleid. Der Doktor hatte recht! Die schwarze geschmeidige königlich schöne Fremde teilte alle diese Eigenschaften mit der

Pantherin. Nur sprach aus ihr etwas noch viel Verführerischeres. Wie eine Menschenpantherin stand sie vor der Tierpantherin, ihr überlegen. Diese Überlegenheit hatte das Raubtier sichtlich verspürt, als es die Augen schloss. Aber die Frau begnügte sich nicht mit ihrem Sieg, wenn man es so nennen darf. Frauen sind nicht so edelmütig. Sie wollte, dass ihre Nebenbuhlerin sehen sollte, wer sie demütigte. Sie knöpfte den langen violetten Handschuh auf, der ihren herrlichen Unterarm umschloss, streifte ihn ab, und wagehalsig versetzte sie damit zwischen zwei Gitterstäben hindurch dem Tier einen Schlag über den Rachen. Die Pantherin machte nur eine einzige rasche Bewegung. Ihre Zähne blitzten auf. Ein Schrei! Jedermann glaubte, die verwegene Hand sei verloren. Das misshandelte Tier hatte nur den Handschuh gepackt und verschlungen. Es lauerte mit weit aufgerissenen Augen und zitternden Nasenflügeln. »Törin!«, sagte der Herr und erfasste das Handgelenk, das dem grässlichen Biss entronnen war. Sie wissen, in welchem Ton man zuweilen »Törin!« sagt. So sagte er es. Und dann küsste er die Hand zärtlich.

Da er nach uns zu stand und sie ihm bei seiner Huldigung zusah, so machte sie eine dreiviertel Wendung. Jetzt sah ich ihre Augen, diese Augen, die wilde Tiere bändigten und die im Augenblick durch einen Mann gebannt wurden: zwei große schwarze Diamanten, die allen Stolz der Welt ausstrahlten und die doch nur Liebe und Anbetung verkündeten, indem sie auf ihm ruhten. Sie waren wie ein Märchen, diese Augen. Der Herr behielt den Arm, der der Wut des Tieres entgangen war. Innig drückte er ihn an sein Herz und führte die Dame in die Hauptallee, gleichgültig gegen das Gemurmel und die Ausrufe der Zuschauer, deren Aufregung über den Vorfall sich nicht legen wollte. Die beiden gingen dicht an uns vorüber, hatten aber nur Teilnahme füreinander. Als ob sie die Erde unter ihren Füßen nicht bemerkten, so schritten sie dahin, wie höhere Wesen, gleichsam in einer Wolke, wie die Götter Homers.

Dergleichen sieht man selten in Paris. Darum schauten wir dem seltsamen Paar nach. Ein herrliches Bild, wie die beiden ineinander versunkenen Gestalten im Sonnenlicht dahinwandelten. Am Eingangstor harrte ihrer ihr rappenbespannter Wagen.

»Weltvergessende Menschen!«, sagte ich zu Torty.

»Du lieber Gott«, erwiderte er mir mit seiner scharfen Stimme. »Die Welt ist den beiden gleichgültig. Sie hören und sehen nichts, nicht einmal ihren alten Hausarzt. Toll!«

»Hausarzt! Das sind Sie? Dann müssen Sie mir schleunigst sagen, wer die beiden sind.«

Torty antwortete indes nicht sofort. Der Schlaumeier wartete eine Weile, um dann mit umso mehr Wirkung zu sagen:

»Philemon und Baucis!«

»Unsinn! Ein bisschen zu vornehm und zu wenig antik, dieser Philemon und diese Baucis! Nein, Doktor, sagen Sie doch, wer sind die beiden?«

»Haben Sie nie in Ihrer Gesellschaft, in der ich nicht verkehre, vom Grafen und der Gräfin von Savigny gehört, als dem Muster fabelhafter ehelicher Treue?«

»Niemals! Von ehelicher Treue spricht man unter meinen Bekannten nicht viel.«

»Freilich«, meinte Torty, mehr als Antwort auf seine Gedanken, denn auf meine Wissbegier. »In Ihrer Welt, die auch die der beiden ist, schweigt man so mancherlei tot. Die beiden gehören in die Gesellschaft, und sie gehören auch nicht hin. Sie verleben beinahe das ganze Jahr in ihrem alten Schloss Savigny. Dereinst lief ein Gerücht über sie um, und seitdem ist der Name Savigny im Faubourg Saint-Germain vergessen.«

»Ein Gerücht? Welcher Art? Doktor, Sie müssen mir erzählen!«

»Was das Gerede anbelangt«, sagte Torty und nahm nachdenklich eine Prise. »Dieses Gerede hat man schließlich in das Reich der Fabel verwiesen. Es ist längst Gras darüber gewachsen. Und was die Liebesheirat betrifft, so wird, vermute ich, man den jungen Damen in V*** nicht allzu viel davon erzählen, obgleich solch Glück den hochehrsamen Müttern in der Provinz der Traum aller Träume für ihre Töchter ist.«

»Nannten Sie das Paar nicht Philemon und Baucis?«

»Ganz recht! Aber vielleicht nennen wir diese Baucis doch besser Lady Macbeth!« Dabei fuhr er sich mit dem gekrümmten Zeigefinger über seine Habichtsnase.

Nochmals bat ich so einschmeichelnd, wie ich es nur konnte: »Doktor, nun erzählen Sie mir aber endlich die Geschichte!«

»Der Arzt ist auch der Beichtvater der Neuzeit«, begann Torty feierlich. »Er ist an die Stelle des Priesters getreten. Und so muss er die Geheimnisse seiner Beicht-

kinder wahren wie ein Priester.« Dabei sah er mich verschmitzt an, denn er kannte meine Vorliebe für den Ka-
tholizismus, dessen Feind er war. Er lachte. Er hielt mich
für überwunden. »Na, ich will es also wahren wie – ein
Priester! Kommen Sie!« Wir gingen ein Stück die große
Allee hin. Nachdem wir uns dort auf eine Bank mit grüner Lehne gesetzt hatten, begann Torty: »Ich muss weit
zurückgreifen. Es war in den ersten Jahren nach der Restauration des Königtums. Da kam ein Garderegiment
durch V***, das aus irgendeinem militärischen Grund
zwei Tage in der Stadt verblieb. Die Offiziere hatten den
Einfall, der Stadt zu Ehren ein Fechterfest zu veranstal-
ten. Die Stadt war dieser Ehre würdig. ›Königstreuer als
der König‹, hieß es damals von ihr. Unter ihren fünf- bis
sechstausend Einwohnern wimmelte es von Adligen.
Ein paar Dutzend junger Leute aus den ersten Familien
dienten in der Garde. Man kannte die einquartierten Offiziere allesamt. Und noch etwas anderes hatte das kriegerische Fest angeregt. Das war der alte Ruf der Stadt,
die ehedem La bretteuse (die Raufboldin) benamst war
und auf diesen Namen auch zurzeit noch einen gewissen Anspruch hatte. Wohl hatte der Umsturz von 1789
den Adel seines Rechts beraubt, den Degen zu tragen. In
V*** bewies man, dass man ihn sehr gut zu führen verstand, wenn man ihn auch nicht tragen durfte. Das Fechterfest fiel glänzend aus. Die guten Klingen der ganzen
Gegend scharten sich. Dazu eine Menge Liebhaber, insbesondere das jüngere Geschlecht, das diese schwierige
Kunst nicht so pflegte, wie man es ehedem getan. Die
jungen Leute begeisterten sich derartig für die Waffe, die
ihren Vätern so viel Ruhm eingetragen hatte, dass es

dem alten Fechtmeister des Regiments, der die drei- bis vierfache Dienstzeit hinter sich hatte und mit Schrammen bedeckt war, in den Sinn kam, in V*** eine Fechtschule aufzutun. Das dünkte ihn, eine gute Zuflucht auf seine alten Tage zu sein. Er meldete seinen Plan dem Obersten. Der war damit einverstanden und verschaffte ihm den Abschied. Der Gedanke des Fechtmeisters – er hieß Stassin und mit dem Spitznamen ›Der Aufspießer‹ – erwies sich als einfach großartig. Es gab seit Langem in V*** keinen rechten Paukboden mehr, zum Leidwesen des Adels. Entweder mussten die alten Herren ihren Söhnen selber das Fechten beibringen oder sie durch irgendwelchen fahrenden Gesellen unterrichten lassen, der meist sein Handwerk schlecht oder gar nicht verstand.

Sie wollten keine Stümpfer sein, die guten Leute von V***. Sie hegten das Heilige Feuer. Es genügte ihnen durchaus nicht, einen Gegner einfach ins Jenseits zu befördern. Dies musste auch nach wissenschaftlichen, kunstgerechten Regeln geschehen. Es kam ihnen vor allem darauf an, dass man ein eleganter Fechter war. Grobe Draufgänger, so gefährlich sie einem als Gegner sein können, standen bei ihnen in tiefster Verachtung. Stassin führte eine feine Klinge. Dazu gehört nicht bloß Schule, sondern Anlage. Stassin war in seiner Jugend ein schöner Mann gewesen und war es noch. Er hatte alle Fechtmeister seiner Zeit geschlagen und manchen Preis davongetragen. Begreiflicherweise war ganz V*** voller Bewunderung für ihn. Mehr noch. Nichts gleicht Standesunterschiede mehr aus als der Degen. Ehedem adelte der König den Mann, der ihn gelehrt hatte, ihn zu führen. War es nicht Ludwig der Fünfzehnte, der seinem Fechtmeister Danet – er hat uns ein Buch über die Fechtkunst hinterlassen – ein Wappen mit vier Lilien zwischen zwei gekreuzten Degen verliehen hat? Angesichts eines so königlichen Beispieles ließen die braven Provinzedelleute von V*** sich nicht lumpen. Es dauerte nicht lange, so behandelten sie den alten Fechtmeister ganz als ihresgleichen.

So weit ging alles vorzüglich. Stassin war wirklich ein Glückspilz. Aber das Unglück kam nachgehinkt. Es zeigte sich; dass unter dem rotledernen Brustpanzer, den der alte Meister in den Fechtstunden trug, noch ein sehr junges Herz schlug. Und dieses Herz spielte ihm einen Streich, ausgerechnet in V***, wohin er sich wie in einen Hafen zurückgezogen hatte.

Als napoleonischer Soldat war er in aller Herren Ländern herumgekommen. Überall hatte er die hübschen Mädels, die ihm der Teufel über den Weg geführt, ohne Ausnahme abgeküsst, in die Arme genommen und wieder laufen lassen. Und das Ende vom Liede war, dass er, über die Fünfzig hinaus, in aller Form, standesamtlich und mit dem Segen der Kirche, eine der Jungfrauen der guten Stadt V*** ehelichte. Neun Monate später – alles richtig auf Tag und Stunde – schenkte sie ihm ein Kind, ein Mädchen. Das ist das Götterweib geworden, das uns vorhin beim Vorübergehen so großartig übersehen hat. Das war die Tochter des alten Fechtmeisters.«

»Die Gräfin von Savigny!«, rief ich erstaunt.

»Jawohl, die Gräfin von Savigny höchstselbst! Wer wird nach dem ›Woher?‹ fragen! Das darf man weder bei Frauen noch bei Völkern. Niemals nach der Wiege forschen! In Stockholm habe ich mir die von Karl dem Zwölften einmal angesehen. Sie sieht aus wie eine rot angestrichene Pferdekrippe und wackelte auf allen vier Beinen. Und was für ein Haudegen ist da herausgekrochen! Ich meine, alle Wiegen sind kleine Ställe, die gar nichts Romantisches an sich haben, wenigstens nicht, solange das Kind noch drinnen liegt.«

Der Doktor bekräftigte seine kernige Rede, indem er sich mit seinem Lederhandschuh auf seinen festen Schenkel schlug. Dann machte er eine Pause. Da ich seiner Weltanschauung nichts entgegenzusetzen hatte, fuhr er nach einer kleinen Weile fort:

»Alte Soldaten sind immer in Kinder vernarrt, und wenn es fremde sind. Stassin war es in das seine. Das ist nichts Verwunderliches.

Stassins erste Sorge war, seinem Kinde einen Paten unter den Adligen auszusuchen, die bei ihm aus- und eingingen. Er wählte den Grafen von Avice, den ältesten aller der vornehmen Kenner der Waffen und der Welt, der während der Emigration in London selber Fechtunterricht erteilt hatte, die Stunde zu ein paar Talern: Dieser Graf von Avice, Ritter des Ludwigsordens und Rittmeister a. D., war jetzt mindestens ein Siebziger. Gleichwohl übertrumpfte er noch immer alle jungen Fechter. Er schätzte Stassin ungemein und duzte sich sogar mit ihm. ›Die Tochter eines Mannes wie du‹, sagt er, ›muss unbedingt den Namen eines Heldenschwertes tragen. Wir werden sie Haute-Claire (Alte- Klare) taufen lassen.‹ Und so geschah es auch, trotz der Widerrede des Pfarrers, der einen so ungewöhnlichen Namen noch nie an seinem Taufbecken ausgesprochen hatte. Da aber der Graf von Avice Taufpate war und trotz aller Stänkereien der Liberalen unzerstörbare Bande zwischen dem Adel und der Geistlichkeit ewiglich bestehen, und da überdies im katholischen Kalender eine heilige Claire verzeichnet ist, so ging der Name von Oliviers berühmtem Schwert auf das Kind über, ohne dass sich die Stadt darob besonders aufregte.

Ein solcher Name birgt in sich ein besonderes Schicksal. Der Fechtmeister, der seine Kunst beinahe ebenso lieb hatte wie seine Tochter, beschloss, sie im Fechten zu unterweisen und ihr seine Künste als Mitgift zu hinterlassen. Eine magere Mitgift in unserer anspruchsvollen Zeit! Sobald die Kleine stehen konnte, fing er die Übungen mit ihr an. Und da sie Gliedmaßen wie aus Stahl hatte, entwickelte sich ihr Körper so rasch und so wundervoll, dass sie mit zehn Jahren für fünfzehn gehalten wurde. Bald nahm sie es im Fechten mit ihrem Vater und mit den besten Fechtern von V*** auf. Überall redete man von der kleinen Haute-Claire Stassin und später von dem Fräulein Haute-Claire Stassin. Am neugierigsten waren natürlich die jungen Damen der Stadt, die selbstverständlich mit der Tochter eines Fechtmeisters nicht verkehrten, wenn er auch noch so nett von ihren Vätern behandelt wurde. In ihre Neugier mischte sich ein gut Teil Neid und Gehässigkeit, denn ihre Väter und Brüder redeten voller Bewunderung und Entzücken von diesem heiligen Georg in Weibesgestalt als dem Inbegriff von Schönheit und Fechterkunst zugleich. Diese Neugierigen hätten sich Haute- Claire gern einmal recht in der Nähe angesehen, aber sie bekamen sie nur aus der Ferne zu Gesicht.

Ich kam damals gerade nach V*** und war nicht selten Zeuge dieser Neugier. Stassin verdiente mit seiner Fechtschule ein Heidengeld. Jetzt leistete er sich ein Reitpferd und gab seiner Tochter Reitstunden. Übrigens ritt er auch für seine adeligen Schüler junge Pferde zu. So begegnete man ihm in der Umgegend der Stadt oft, hoch zu Roß, seine Tochter an der Seite. Ich bin den beiden oft in den Weg gekommen, wenn ich von meinen Krankenbesuchen heimkehrte.

Haute-Claire war für das Reitkostüm wie geschaffen. Dabei bekam man ihren Wuchs zu sehen, niemals aber ihr Gesicht, das immer ein dichter dunkelblauer Schleier verbarg. Tatsächlich kannten kaum die Männer der Stadt das junge Mädchen von Angesicht. Den ganzen Tag über hatte sie im Fechtsaal zu tun, das Florett in der Hand und die Fechtmaske vor dem Gesicht, die sie selten abnahm. Ihr Vater war mit der Zeit ein wenig steif geworden, und so vertrat sie ihn oft in den Stunden! Zum Ausgehen hatte sie selten Zeit. Aber wenn sie auf die Straße ging oder auch sonntags in die Messe, trug sie einen undurchdringlichen Schleier, einen aus schwarzer Spitze, der ihr Antlitz vollständig verhüllte. War dies ein selbstgefälliges Versteckspiel, um neugierige Seelen zu ärgern? Möglicherweise. Wer konnte das sagen? Schließlich war ihr Wesen – wie Sie noch sehen werden – bei Weitem unergründlicher als ihr Gesicht hinter der Maske.

Ich überspringe tausend Einzelheiten, um zu der Zeit zu gelangen, wo meine eigentliche Geschichte beginnt.

Haute-Claire war ungefähr siebzehn Jahre. Der ehedem so unverwüstliche Fechtmeister war stark gealtert, seine Frau gestorben. Die Julirevolution hatte sein Geschäft schwer geschädigt. Sein Fechtsaal war vereinsamt, denn der Adel hatte sich trauernd auf seine Schlösser zurückgezogen. Den Alten plagte die Gicht, wenn er es sich auch nicht anmerken lassen wollte. Für mich, den Arzt, war es klar, dass Stassins Tage gezählt waren. Da führten ihm eines Tages zwei seiner Schüler einen jungen Standesgenossen zu, der im Ausland erzogen und erst neuerdings heimgekehrt war, um nach dem Ableben seines Vaters den väterlichen Besitz zu verwalten. Es war der Graf Serlon von Savigny, der ›Zukünftige‹ – wie man in V*** sagt – einer jungen Dame der Gegend, der Delfine von Cantor. Der Graf gehörte unbedingt zu den glänzendsten und schneidigsten jungen Männern von damals, die allesamt Mumm in den Knochen hatten. Ja damals, da gab es noch eine wirkliche Jugend, damals in der guten alten Zeit.

Man hatte dem Grafen viel von der berühmten Haute-Claire Stassin vorgeschwatzt. Sie sei das Wunder eines jungen Mädchens, rassig, verwegen und verteufelt verlockend in ihrem Seidentrikot und ihrem engen schwarzen Ledermieder, eine Gestalt wie die Pallas von Velletri, nur sehr ernst. Savigny sah ihr zu, wie sie ihre Stunde gab. Dann bat er sie, die Klinge mit ihm zu kreuzen. Das Waffenglück lächelte ihm nicht. Haute-Claire bog ihre Waffe ein paar Mal auf der Brust des schönen Serlon, während kein einziger Stoß sie berührte.

›Sie sind unnahbar!‹, meinte er galant. War das doppelsinnig? War die Sinnlichkeit stärker in ihm als seine Eigenliebe? Tatsache aber war es, dass Savigny fortan Tag um Tag eine Fechtstunde auf Stassins Paukboden nahm. Kein Mensch fand das auffällig. Er kam regelmäßig von seinem nur ein paar Wegestunden entfernten Schloss, zu Pferd oder im leichten Wagen, ohne dass sich in dem alten Klatschnest auch nur eine Zunge gerührt hätte. Die Liebhaberei für die Fechtkunst erklärte alles. Savigny war verschlossen. Übrigens wusste er es so einzurichten, dass er stets allein Unterricht hatte. Er war ein gerissener Junge. Was zwischen ihm und Haute-Claire vorging, wenn überhaupt etwas vorging, das wusste oder ahnte keiner. Seine Heirat mit Delfine von Cantor war seit Jahren eine abgemachte Sache zwischen den beiden Familien. Sie sollte in einem Vierteljahr stattfinden. Die letzten vier Wochen verbrachte Savigny gänzlich in V***. Er widmete sich tagsüber seiner Braut; abends ging er regelmäßig in seine Fechtstunde. Das Brautpaar ward in der Kirche aufgeboten. Haute-Claire hörte, wie die Namen verlesen wurden, aber weder Gesicht noch Haltung von ihr verrieten irgendwelche Teilnahme an diesem Aufgebot. Allerdings dachte keiner daran, sie zu beobachten. Noch fiel es niemandem im Traum ein, eine Liebschaft zwischen Savigny und der schönen Haute-Claire zu wittern. Nach der Trauung zog sich das gräfliche Paar nach Schloss Savigny zurück. Die Gräfin richtete sich in aller Ruhe ein, und Savigny erschien nach wie vor in der Stadt und auf dem Fechtboden. Übrigens machten es seine Standesgenossen im Umkreis alle so.

Die Zeit floss dahin. Stassin starb. Die Fechtschule war eine Zeit lang geschlossen. Dann öffnete sich ihre Pforte wieder. Fräulein Haute- Claire Stassin machte bekannt, dass sie die Schule ihres Vaters weiterführte. Bald hatte sie mehr Schüler denn je. Die Männer sind immer und überall die gleichen. Am eigenen Geschlecht missfällt ihnen das Außergewöhnliche; das verletzt sie. Steckt es indes in einem Weiberrock, so sind sie toll dahinterher. In Frankreich besonders. Wenn dort eine Frau einen männlichen Beruf ausübt, und wäre er noch so elendlich, so wird sie ohne Weiteres dem Mann vorgezogen. Bei Haute-Claire kam dazu, dass sie ihre Sache zehnmal besser verstand als ein Mann. Sie war eine unvergleichliche Lehrmeisterin. In ihrer Kunst war ihr nicht beizukommen. Aber auch ohne ihre besonders an einer Frau wunderbare Befähigung, die ihr ein vornehmes Leben ermöglichte, war sie ein fesselndes Geschöpf. Ihr Beruf erheischte es, dass sie täglich mit den reichsten jungen Leuten verkehrte, unter denen sich mancher Schwerenöter und Tunichtgut befand. Trotzdem blieb ihr Ruf ohne Tadel. Man konnte ihr nichts nachsagen. ›Sie ist eine anständige Person‹, sagten die Damen von ihr. Auch ich war in der Hinsicht auf Haute-Claires Tugend derselben Meinung wie die ganze Stadt. Und ich bilde mir doch etwas auf meine Beobachtungsgabe ein. Ich kam hin und wieder in ihren Fechtsaal, und immer fand ich da ein junges Mädchen, das in ernster und natürlicher Art seine Stunden gab. Sie verstand, aufzutreten. Jedermann hatte Respekt vor ihr. Sie war zu keinem vertraulich oder nachlässig. Ihr Gesichtsausdruck war sehr stolz, aber noch ohne jene Glückseligkeit, die Sie vorhin so ergriffen hat. In ihren Zügen lag nichts von Kummer oder Zerstreutheit oder sonst was, woraus man auch nur im geringsten auf das unerwartete Ereignis hätte schließen können, das wie ein Blitzstrahl die kleine Stadt in Brand setzte. Eines Tages war Fräulein Haute-Claire Stassin spurlos verschwunden.

Wohin war sie? Warum war sie weg? Keiner wusste es. Fort war sie. Das war sicher. Erst ein Schrei des Entsetzens. Dann ein Stillschweigen. Und dann brach es los. Die Zungen, die lange zurückgehaltenen, kamen nicht wieder zur Ruhe, wie das Wasser, das wütend über ein Mühlrad schäumt, sobald die Schützen geöffnet sind. War das ein Tuscheln und Schwatzen! Denn Haute-Claire war verschwunden, ohne ein Wort der Andeutung vorher oder der Erklärung hinterher. Spurlos. Wie man sich eben entfernt, wenn man im wahrsten Sinne des Wortes verschwinden will. Wer etwas, und sei es das geringfügigste Nichts, hinterlässt, woran die lieben Nächsten sich Aufschluss suchend klammern können, der verschwindet nicht richtig. Haute-Claire aber war es völlig. Sie hatte sich nicht etwa sozusagen heimlich aus dem Staube gemacht; denn sie hinterließ ebenso wenig Schulden wie sonst was. Aber sie wirbelte Staub auf mit ihrer unfasslichen, ungeahnten Tat. Die Zungen rasteten nicht. Man hatte keinen Anhalt. Man suchte und ward immer gehässiger. Haute-Claires Ruf ward arg zerzaust. Sie, die Unnahbare und Tadellose, mit wem war sie durchgegangen? Wer hatte sie entführt? Denn das war klar, dass sie jemandem zuliebe auf- und davongegangen war. Niemand gab Antwort. Die Kleinstädter verloren vor Wut den Verstand, und gründlich. Die guten Leute hatten auch allen Grund, aufgebracht zu sein. Man hatte geglaubt, Haute- Claire zu kennen. Nun stellte es sich heraus, dass man keine Ahnung von ihr gehabt hatte; denn das hatte ihr doch niemand zugetraut, so zu verschwinden. Man hatte gemeint, sie werde eines Tages heiraten oder eine alte Jungfer werden, wie andere auch. Und schließlich verlor man mit ›dieser Stassin‹, wie man sich nur noch ausdrückte, einen weit und breit berühmten Fechtsaal, eine Zierde und Ehre der Stadt. Solch ein Verlust war schwer zu verschmerzen. Man hatte somit genug Grund, das Andenken dieser untadeligen Haute-Claire mit den gemeinsten Verdächtigungen zu besudeln. Man tat sich dabei keinerlei Zwang an. Außer ein paar alten hochvornehmen Herren, darunter ihr gräflicher Pate, die Haute-Claire hatten heranwachsen sehen und die sich grundsätzlich nicht aufregten, verteidigte niemand die Entschwundene, fand es niemand ganz natürlich, dass sie gewiss eine bessere Versorgung vorgezogen hatte. Mit ihrem Streich hatte sie die ganze Stadt in ihrer Eitelkeit gekränkt. Am meisten grollten ihr die jungen Leute. Sie erbosten sich vor allem gegen sie, sintemal sie mit keinem von ihnen durchgegangen war. Lange war dies ihr größtes Leid, ihr größter Kummer. Wer war der Glückliche, dem sie gefolgt war? Viele verbrachten regelmäßig den Winter in Paris. Der und jener wollte sie dort gesehen haben, im Theater, in den Champs-Elysees, zu Pferde, in Gesellschaft oder allein. Sie waren indes ihrer Sache nicht ganz sicher; beschwören konnte es keiner. Vielleicht war sie es gewesen, vielleicht aber auch nicht. Man beschäftigte sich unausgesetzt mit ihr. Sie war unvergesslich. Wie hatte man sie einst bewundert! Wer das Florett liebte, der trauerte. Die große Meisterin, die Sonne, war entschwunden. Nach ihrem Verlöschen versank V*** in den Stumpfsinn und die Eintönigkeit aller Kleinstädte, die keinen lebendigen Mittelpunkt haben, wo Liebhabereien und Neigungen zusammenlaufen.

Die Waffenliebe schlief ein. Die bisher durch ihre kriegerische Jugend so lebhafte Stadt wurde öde. Die jungen Leute griffen zum Gewehr. Sie wurden Jäger und blieben auf ihrem Grund und Boden. Savigny genauso wie die anderen. Er kam immer seltener in die Stadt, höchstens in die Familie seiner Frau, deren Arzt ich war. Ich argwöhnte damals nicht im geringsten, dass irgendein Zusammenhang zwischen ihm und Haute-Claires plötzlichem Verschwinden bestehen könnte. Allmählich schwieg man über den Fall. Ich hatte also keine Veranlassung, die Sache vor Savigny zu erwähnen. Er sagte auch nie ein Wort, weder über Haute-Claire noch über jene Zeit, wo wir einander im Fechtsaal begegnet waren.«

»Aha!«, unterbrach ich den Doktor. »Da liegt der Hase im Pfeffer! Savigny hatte sie entführt!«

»Bewahre! So einfach war die Sache denn doch nicht! Aber Sie können nicht darauf kommen. Erstens ist in der Provinz eine geheime Entführung äußerst schwierig. Und dann war der Graf seit einer Verheiratung aus seinem Bau gar nicht herausgekommen.

Alle Welt wusste, dass das gräfliche Paar in vertrautem Beieinander in endlosen Flitterwochen lebte. In einer kleinen Stadt weiß und kennt man bekanntlich alles. Savigny galt als das Muster eines Ehemannes. Ich hätte die fromme Sage vielleicht selber bis an mein Lebensende geglaubt, wenn ich nicht – es war ungefähr ein Jahr nach Haute-Claires Verschwinden – dringlichst nach dem Schloss gerufen worden wäre, weil die Gräfin krank sei. Ich ritt spornstreichs hin und ward sofort zu ihr geführt. Ich fand sie tatsächlich sehr leidend, in einem schwer bestimmbaren, vieldeutigen Zustand, der tausendmal schlimmer ist als eine ausgesprochene Krankheit. Sie gehörte zu jenen kraftlosen, eleganten, vornehmen, hochmütigen Frauen aus altem Geschlecht, die in ihrer Blässe und Magerkeit einem gleichsam sagen: ›Die Zeit hat mich überwunden wie alle meinesgleichen. Ich sterbe, aber ich verachte euch alle miteinander!‹

Ich bin gewiss bis in die Knochen ein Kind des Volkes, und es widersprach meiner Weltanschauung, aber der Teufel soll mich holen, ich fand das erhaben! Die Gräfin lag auf einem Ruhebett. Es stand in einem Empfangszimmer mit schwarzem Balkenwerk und weißen Wänden. Der Raum war weit und hoch, und man blickte auf allerhand Antiken, die dem Kunstsinn derer von Savigny zu hoher Ehre gereichen. Eine einzige Lampe erleuchtete das große Gemach. Ein grüner Schirm machte ihren Schein doppelt geheimnisvoll. Er fiel in das Gesicht der Gräfin und auf dessen fieberrote Flecken. Ihr war bereits seit einigen Tagen nicht wohl; und Savigny hatte neben dem Lager seiner geliebten Gattin ein Bett für sich aufschlagen lassen. Als indes das Fieber aller Sorgfalt zum Trotz beharrlich stieg, da hatte er schließlich nach mir geschickt. Er stand da, mit dem Rücken an den Kamin gelehnt, bekümmert und unruhig, sodass ich annehmen musste, er liebe seine Frau zärtlich und glaube sie in Gefahr. Indes galt die Besorgnis, die seine Stirn umdüsterte, nicht seiner Frau, sondern einer, die ich unmöglich im Schloss Savigny vermutete, deren Anblick mich deshalb beinahe zur Bildsäule erstarren ließ, der Haute-Claire Stassin.«

»Donnerwetter, das ist toll!«

»So toll, dass ich glaubte, ich sei im Traum. Die Gräfin hatte vor meiner Ankunft ihre Kammerfrau beordert, ihr eine Arznei zu bringen. Jetzt bat sie ihren Mann, der Dienerin zu klingeln. Die Tür ging auf.

›Eulalia, meine Arznei?‹, fragte die Gräfin kurz und ungeduldig.

›Hier, Frau Gräfin‹, sagte eine mir bekannte Stimme. Und im nämlichen Augenblick trat aus dem Dunkel des Gemaches in den Lichtkreis der Lampe Haute-Claire Stassin, wirklich und leibhaftig. Sie hielt in ihren schönen Händen ein silbernes Brettchen mit einer Schale voll dampfender Arznei. Der Anblick benahm mir beinahe den Atem. Eulalia! Zum Glück sagte mir dieser gelassen ausgesprochene Name alles. Ich hatte sofort meine Kaltblütigkeit wieder und meine Zurückhaltung als Arzt und Beobachter. Aus Haute-Claire war also Eulalia geworden, die Zofe der Gräfin von Savigny! Ihre Verkleidung, soweit ein solches Wesen sich verkleiden kann, war tadellos. Sie ging in der Tracht, wie sie die Hausmädchen in V*** tragen; sie trug eine turbanartige Haube und an den Wangen herunterhängende Korkzieherlocken. Die Pfaffen von dazumal nannten diese Art Locken ›Schlangen‹, um dem jungen Volk Abscheu davor einzuflößen, was ihnen indes durchaus misslang. Haute-Claires Schönheit war hinter so viel Demut gebannt, und

ihre Überlegenheit verbarg sich derart in ihrem nieder-
geschlagenen Blick, dass ich mir sagte: Was bringen die
Weiber mit ihren Schlangenleibern nicht alles fertig,
wenn sie der Teufel dazu treibt! Im Übrigen war ich sofort wieder Herr meiner selbst. Nur wollte ich dem kühnen Geschöpf zu verstehen geben, dass ich sie erkannt
hatte. Während die Kranke langsam ihre Arznei aus der
Schale schlürfte, richtete ich meine Augen fest auf Haute-Claire, als wollte ich die ihren durchbohren, die an
diesem Abend sanft wie Rehaugen blickten. Sie hielt
besser stand als vorhin die Pantherin. Sie zuckten nicht.
Nur an ihren Händen bemerkte ich ein kaum merkliches
Beben.

Die Gräfin hatte ausgetrunken. ›Danke‹, flüsterte sie.
›Nehmen Sie dies wieder fort!‹

Haute-Claire wandte sich um, mit jener Bewegung, an
der ich sie aus Hunderttausenden herausgefunden hätte,
und ging mit der Schale aus dem Zimmer. Bis jetzt hatte
ich den Grafen mit keinem Blick angesehen. Umso mehr
fühlte ich, was mein Blick jetzt für ihn bedeutete. Endlich tat ich es. Ich fand seine Augen starr auf mich gerichtet, aber alsbald lebte ihr Ausdruck von Qual und
Pein zur Freiheit auf. Er erkannte, dass ich gesehen hatte, aber nichts gesehen haben wollte. Er atmete auf. Er
war meiner tiefsten Verschwiegenheit sicher. Offenbar
erklärte er sich mein Benehmen – was mir gleichgültig
war – aus dem Bestreben des Arztes, ein vornehmes
Haus nicht verlieren zu wollen. Mich bewog vielmehr
die Neugier des Beobachters zu meinem Verhalten. Ich
wollte nach Haus und gelobte mir Schweigen. Durch
mich sollte niemand etwas erfahren. Von jeher ist es mir

das höchste Vergnügen, zu beobachten. Jetzt durfte ich dies heimliche Glück in vollen Zügen genießen, in diesem Erdenwinkel, diesem einsamen Schloss, wo ich als Arzt jederzeit Zutritt hatte.

Froh, seiner Besorgnis ledig zu sein, sagte Savigny zu mir: ›Ich bitte Sie, bis auf Weiteres jeden Tag zu kommen.‹ Somit konnte ich das Geheimnis des Schlosses ungestört wie eine Krankheit ergründen. Ich fragte mich zunächst, um Licht in das Dunkel zu bringen, wie lange das Verhältnis wohl bestehen mochte. Seit Haute-Claires Verschwinden? War sie schon über ein Jahr Jungfer bei der Gräfin? Wie kam es, dass bisher kein Mensch erkannt hatte, was meine Augen sofort gemerkt?

Alle diese Fragen durchstürmten mich, als ich nach V*** zurückritt. Immer neue Gedanken gesellten sich hinzu. Graf und Gräfin Savigny, die einander anbeteten, wie es hieß, lebten ziemlich zurückgezogen. Schließlich aber kamen dann und wann Gäste. Waren es Herren, so brauchte sich Haute-Claire nicht sehen zu lassen. Und bei Damenbesuch? Die meisten Frauen der Stadt hatten sie, die jahrelang kaum aus ihrem Fechtsaal herausgekommen war, ja nur flüchtig gesehen, von Weitem zu Pferd oder in der Messe. Und da hatte sie beständig ihren dichten blauen Schleier getragen. Mit Absicht? Sie gehört zu den ganz stolzen Menschen. Neugier verletzt sie. Sie werden immer undurchdringlicher, je mehr sie sich im Mittelpunkt der allgemeinen Betrachtung fühlen. Und die Dienerschaft, mit der sie wohl oder übel leben musste, war wahrscheinlich nicht aus V***, sondern von anderswoher.

So beantwortete ich mir alle Fragen, die in mir aufstiegen. Und als ich zu Haus anlangte, da hatte ich einen Turm von mehr oder minder möglichen Vermutungen aufgerichtet. Ich wollte mir den Verhalt aufklären, der jedem Nichtgrübler unentwirrbar scheinen musste. Eines freilich begriff ich gar nicht, nämlich, dass der Plan Haute-Claires, in der Gräfin Dienst zu treten, nicht an ihrer auffälligen Schönheit gescheitert war. Die Gräfin liebte ihren Mann, musste also eifersüchtig sein. Indes waren die Aristokratinnen von V*** mindestens ungeheuer hochmütig. Figaros Hochzeit kannten sie nicht. Sie bildeten sich ein, ein hübsches Kammerkätzchen sei ihren Männern nicht mehr als ihnen der schönste Lakai. Zudem, sagte ich mir, als ich absaß, muss die Gräfin doch ihre Gründe haben, sich geliebt zu wähnen. Dieser Savigny ist ganz der Mann, sie in ihrem Wahn zu bestärken, wenn ihr je ein Zweifel käme.«

Ich konnte mich nicht enthalten, den Doktor bedenklich zu unterbrechen: »Das ist alles ganz gut und schön, nimmt aber der Sachlage nicht die Gefahr!«

»Allerdings nicht! Vielleicht hat aber gerade die Gefahr die ganze Lage erst geschaffen.« – Torty war ein großer Kenner der Menschenherzen. »Es gibt Leidenschaften, die erst durch die Gefahr erstehen und gedeihen, ohne sie nicht beständen oder verkümmerten. Im 16. Jahrhundert, im Zeitalter der starken Gefühle, war die Gefahr, die einer Liebe drohte, just die Mutter der großen Leidenschaften. Wenn man aus den Armen der Geliebten kam, lauerte hinter der Tür der Dolch. Oder es holte sich einer den Tod, indem er der Angebeteten verliebt den Muff küsste, den der Ehemann vergiftet hatte. Alles das schreckte aber nicht von der Liebe ab. Im Gegenteil, die beständige Gefahr stachelte sie an. Sie lohte und ward unwiderstehlich! In unserer nüchternen Zeit hat das Gesetz die Leidenschaft unterdrückt. Es bestraft den Ehebruch. Diese Gefahr ist unedel. Darum ist sie für höhere Menschen umso größer. Indem sich Savigny ihr aussetzte, empfand er vielleicht die Wollust der Gefahr, die starke Seelen berauscht.

Wie Sie sich denken können, begab ich mich am anderen Tage zeitig in das Schloss, aber ich bemerkte nicht das geringste. Es ging im Hause her wie in jedem anderen geordneten Hause. Die verkappte Haute- Claire erfüllte ihre Obliegenheiten als Dienerin so natürlich, als sei sie für diesen Beruf ausgebildet. Und auch das gräfliche Ehepaar gab mir keinen weiteren Aufschluss über das Geheimnis, das ich aufgespürt hatte.

So viel stand fest, dass Savigny und Haute-Claire eine freche Komödie spielten, mit einer Natürlichkeit und Vollendung, um die Berufsschauspieler sie hätten beneiden können. Und dieses Spiel war auf vorherige Verabredung begonnen worden. Eines anderen Umstandes war ich aber weniger gewiss, und das wollte ich zunächst erkunden. Ahnte die Gräfin wirklich nichts? Und, wenn dem so war, wie lange noch? Aus diesem Grunde wandte ich meine ganze Aufmerksamkeit ihr zu. Da sie krank war, wurde mir das nicht schwer. Ihre Krankheit machte sie sowieso zum Gegenstand meiner Beobachtungen.

Die Gräfin von Savigny war ein echtes Kind der Stadt V***. Es gab für sie nur eines, den Adel. Die übrige Welt war ihr keines Blickes wert. Dieser Standesdünkel war die einzige Leidenschaft der Damen von V***. Fräulein Delfine von Cantor war bei den Benediktinerinnen erzogen worden. Da sie nicht die Spur von wahrer Frömmigkeit in sich hatte, langweilte sie sich dort halb zu Tode. Dann langweilte sie sich zu Hause weiter, bis zu ihrer Verheiratung mit dem Grafen Savigny. Sie liebte ihn. Zum Mindesten bildete sie sich das ein. Ein junges Mädchen, das sich langweilt, verliebt sich leicht in den ersten besten, der um sie wirbt. Die Gräfin war eine blasse Frau mit schlappem Fleisch, aber festen Knochen. Ihre milchweiße Haut war mit vielen winzigen Sommersprossen bedeckt, die dunkler als ihr rotblondes Haar waren. Wenn sie mir ihren wie bläuliche Perlmutter geäderten blassen Arm mit dem feinen rassigen Gelenk und dem trägen Pulsschlag reichte, machte sie mir jedes Mal den Eindruck einer Dulderin, vom Schicksal bestimmt, als Opfer unter den Füßen einer anderen zertreten zu werden, der stolzen Haute-Claire, die sich vor ihr so weit erniedrigte, dass sie die Rolle ihrer Dienerin spielte. Nur widersprach diesem Eindruck, der sich mir beim ersten Anblick aufdrängte, ihr kräftig vorgeschobenes Kinn und ihre eigensinnige eckige Stirn unter dem glanzlosen Haar. Dieses Kinn in dem schmalen Gesichtchen erinnerte an das der Fulvia auf den römischen Münzen. Ich kam zu keinem Endurteil. Hier konnte der Fuß Haute-Claire sehr wohl straucheln.

Alles in allem schien es mir unmöglich, dass bei diesem Stand der Dinge dem Schloss seine jetzige Ruhe auf immerdar verblieb. Eines Tages musste ein furchtbarer Sturm kommen. In Erwartung dieses Ereignisses verdoppelte ich meine Aufmerksamkeit bei der jungen

Frau. Sie konnte ihrem Arzt nicht ewig ein Buch mit sieben Siegeln bleiben. Wem man sein leibliches Wohl anvertraut, dem öffnet man auch bald sein Herz. Die Gräfin mochte sich also noch so sehr winden und ihre Empfindungen und Gedanken in sich verschließen, eines Tages musste ich den tiefsten Grund ihres Leidens von ihr selbst erfahren.

So dachte ich bei mir. Aber meine Voraussicht erfüllte sich nicht. Nach ein paar Tagen war ich überzeugt, dass sie nicht im geringsten ahnte, wie ihr Mann und Haute-Claire sie in der Stille und Verschwiegenheit des Hauses hintergingen. War sie blind? Kannte sie keine Eifersucht? Wie verhielt sich das? Im Allgemeinen war sie hochmütig zurückhaltend gegen ihre Umwelt. Nur zu ihrem Mann nicht. Ihrer angeblichen Jungfer gegenüber benahm sie sich als gütige Herrin. Sie gab ihre Befehle in der knappsten Form, wie eben eine Dame, die an Gehorsam gewöhnt und dessen sicher ist. Nie erhob sie dabei ihre Stimme lauter denn nötig. Eulalia war eine treffliche Dienerin. Sie, die sich, ich weiß nicht wie, bei ihr eingeschlichen und eingeschmeichelt hatte, umhegte die Gräfin mit jener Sorglichkeit, die niemals die Grenze überschreitet, wo sie lästig wird. Bis in ihre kleinsten Dienstleistungen hinein offenbarte sie eine solche Geschmeidigkeit und ein so feines Verständnis für das Wesen ihrer Herrin, dass man ihre Klugheit und ihren Eifer genial nennen musste.

Schließlich sprach ich einmal mit der Gräfin über ihre Jungfer. Wenn ich sie bei meinen Krankenbesuchen auf so unbefangene Weise um die Gräfin beschäftigt sah, rieselte mir jedes Mal ein kalter Schauer den Rücken hinunter. Mir war es, als sähe ich eine Schlange, die sich aufrollt und sich streckt und lautlos an das Lager eines schlummernden Weibes heranschleicht. Eines Abends bat die Gräfin ihre Zofe, ihr irgendetwas zu holen. Während sich Eulalia behänden Schritts entfernte, nahm ich diese Gelegenheit wahr, um ein Wort zu wagen, das mir vielleicht Aufklärung verschaffte.

›Die reinen Samtpfoten! Ihre Jungfer ist das Musterbild einer guten Dienerin. Erlauben Sie mir die Frage: Woher haben Sie sie? Wohl aus V***.‹

›Ach ja, sie ist nicht übel‹, meinte die Gräfin nachlässig, während sie sich in einem kleinen Handspiegel besah, der einen Rahmen von grünem Samt mit einem Kranz von Pfauenfedern hatte. Sie sah gelangweilt hinein, ganz wie jemand, dessen Gedanken nicht bei seinen Worten sind. ›Ich bin recht zufrieden mit ihr. Aus V*** ist sie nicht. Woher sie aber ist–da fragen Sie mich zu viel, mein lieber Doktor. Wenden Sie sich an den Grafen, wenn Ihnen daran liegt, es zu wissen! Er hat sie mir kurze Zeit nach unserer Heirat besorgt. Als er sie mir vorstellte, hat er mir nur berichtet, dass sie vordem bei einer alten Verwandten von ihm gedient habe. Die Dame war gestorben und Eulalia stellenlos. Auf des Grafen Fürsprache hin habe ich sie angenommen.

Und ich bereue es nicht. Sie ist tadellos. Ich glaube, sie hat nicht einen Fehler.‹

›Doch, Frau Gräfin!‹ fiel ich heuchlerisch-ernst ein. ›Ich kenne einen an ihr.‹

›So? Und der wäre?‹ kam es gedehnt-teilnahmslos von ihr, wobei sie ihre blassen Lippen weiter andächtig im Spiegel musterte.

›Sie ist zu schön! Viel zu schön für eine Kammerzofe! Eines Tages wird sie Ihnen entführt werden.‹

›Meinen Sie?‹, sagte sie, ebenso gedankenlos und abwesend wie vorher. ›Gewiss, Frau Gräfin. Vielleicht verliebt sich sogar ein hoher Herr in sie! Sie ist so schön, dass sie sogar einem Herzog den Kopf verdrehen könnte!‹

Ich maß meine Worte genau ab, während ich so meine Sonde ansetzte. Wenn ich jetzt nicht auf etwas Greifbares stieß, dann war nichts da.

›In V*** gibt es keinen Herzog‹, erwiderte die Gräfin. Ihre Stirn blieb so glatt wie das Spiegelglas in ihrer Hand. ›Im Übrigen, lieber Doktor, lassen sich diese Mädchen nicht halten, wenn sie fort wollen, und wenn man sie noch so gut behandelt.‹ Sie glättete ihre Augenbrauen und fuhr fort: ›Eulalia hat eine angenehme Art, mich zu bedienen. Gleichwohl hüte ich mich, vertraulich mit ihr zu sein; denn, wenn es irgendwie darauf ankäme, fragt sie ebenso wenig wie jede andere darnach, ob ich sie gern habe.‹

Damit war das Kapitel Eulalia für jenen Tag abgetan. Die Gräfin war also vollständig ahnungslos! Wer wäre das nicht auch gewesen? Ich selbst, der ich sie im ersten Augenblick als die Haute-Claire vom Fechtboden erkannt hatte, ich selbst geriet zuweilen in die Versuchung, an die Eulalia zu glauben.

Savigny fand sich mit seiner Rolle bei Weitem nicht so leicht, gefällig und ungezwungen ab wie Haute-Claire, obgleich für ihn das Spiel viel einfacher war. Sie aber bewegte sich in ihrem Lügennetz wie der munterste Fisch im Wasser. Ganz gewiss hatte sie ihn lieb und über alles lieb, denn sonst hätte sie wohl ihre einzigartige Stellung nicht aufgegeben, die ihre Eitelkeit befriedigen musste, weil sie Augen einer ganzen Stadt – für sie die Welt – auf sie richtete. Einmal hätte sie sicherlich unter ihren zahlreichen Bewunderern und Verehrern den Mann finden können, der sie aus Liebe heiratete und ihr die Kreise öffnete, aus denen sie bis dahin nur die Herren kannte. Alles in allem war Savignys Einsatz bei dem Spiel geringer denn der ihre. Sie brachte das größere Opfer. Sein Mannesstolz musste darunter leiden, dass er seiner Geliebten nicht die Demütigung einer ihrer unwürdigen Stellung zu ersparen vermochte. Darin lag übrigens eine Unstimmigkeit mit der Heißblütigkeit, die man ihm nachsagte. Wenn er Haute-Claire wirklich so leidenschaftlich liebte, dass er ihr seine junge Gattin opferte, dann hätte er sie entführen und in Italien mit ihr leben können. Dergleichen kam schon damals nicht selten vor. Er hätte damit das würdelose Versteckspiel des Doppellebens umgangen. Sollte er gar der weniger liebende Teil sein? Ließ er sich etwa von Haute-Claire lieben, viel mehr als er sie liebte? Oder hatte sie sich auf eigene Faust in seine unmittelbare Nähe gedrängt? Und er fand die Sache keck und reizvoll und ließ es zu? Was ich zwischen Savigny und Haute-Claire wahrnahm, gab mir nur wenig Aufschluss. Dass sie gemeinsame Sünder waren, das stand bei mir fest. Welcher Art aber ihre gegenseitigen Gefühle waren, ihr genaues Verhältnis zueinander, das blieb in diesem Seelenrätsel der dunkle Punkt, den ich zu beleuchten trachtete. Savigny benahm sich gegen seine Frau durchaus einwandfrei. Wenn Haute-Claire anwesend war, beobachtete ich ihn auf das Schärfste und entdeckte eine gewisse Unsicherheit in seinem Verhalten, die mir nicht gerade Seelenruhe verriet. Wenn er – zum Beispiel – Haute-Claire, wie es das Einerlei des Alltags mit sich bringt, um ein Buch, eine Zeitung oder sonst etwas bat, so hatte er beim Empfang dieser Dinge eine so merkwürdige Art, dass sie jeder anderen Frau als dem harmlosen ehemaligen Klosterfräulein alles verraten hätte. Ich gewahrte, wie er es beinahe vermied, der Hand Haute-Claires zu begegnen, gleichsam als wäre es ihm bei einer zufälligen Berührung unmöglich, sie nicht festzuhalten.

Haute-Claire ihrerseits war völlig frei von jedweder Verwirrung und überängstlichen Vorsicht. Sie war eine Verführerin wie alle Frauen. Vor ihnen wäre der liebe Gott im Himmel nicht sicher, wenn es einen gäbe, und ebenso wenig der Teufel in seiner Hölle! Bisweilen spielte sie sichtlich mit dem Mannessinn und der Gefahr. Einmal, als mein Besuch in die Mittagsstunde fiel, bediente sie während der Mahlzeit, die Savigny getreulich am Bett seiner Frau einnahm. Die anderen Dienstboten betraten das Gemach der Gräfin nicht. Um die Schüsseln auf den Tisch zu setzen, musste sie sich über Savignys Schulter neigen. Ich ertappte sie, wie sie dabei des Grafen Ohr mit ihrer Brust streichelte. Er ward ganz blass und sah auf seine Frau, ob sie es bemerkte. Zum Kuckuck! Ich war damals noch in den Jahren, wo man in der Befriedigung der Sinne den ganzen Sinn des Lebens sucht. Ich malte mir in meiner Vorstellung den köstlichen Reiz aus, der in dieser heimlichen und gefährlichen Liebschaft vor den Augen einer betrogenen Frau liegen musste.

Ich wartete auf den Wendepunkt, auf den Umschwung, der meiner Ansicht nach unvermeidlich war. Bis dahin hatte ich von dem Roman der beiden nur Savignys Erblassen und seine ängstliche Unruhe gesehen. Wie das Rätsel der Sphinx ging mir das nicht aus dem Kopf. Es beherrschte mich so stark, dass ich zu spionieren anfing. Das ist der Auswuchs des Beobachtens. Starke Leidenschaften verderben einen. Um zu ergründen, was ich wissen wollte, erlaubte ich mir allerlei kleine Gemeinheiten, die meiner selbst unwürdig waren, das wusste ich, aber trotz alledem beging ich sie. Ja, ja, Verehrtester, Liebhabereien sind Schwächen! Ich war der meinen verfallen.

Bei meinen Krankenbesuchen auf dem Schloss fragte ich, wenn ich den Gaul am Stall abgab, die Dienerschaft so geschickt über ihre Herrschaft aus, dass sie es gar nicht merkten. Ich spionierte also; anders kann man das nicht nennen. Die Leute hatten indessen ebenso wenig eine Ahnung von der Geschichte wie die Gräfin. Sie hielten Haute-Claire allesamt für ihresgleichen. Es sah also aus, als sollte meine schöne Hoffnung auf Befriedigung völlig zuschanden werden. Da kam ein Ereignis, das alle meine Vermutungen weit übertraf und mir einen größeren Einblick in das Geheimnis gewährte als meine ganze bisherige Herumschnüffelei.

Seit acht Wochen besuchte ich die Gräfin, ohne dass sich ihr Zustand besserte. Mehr und mehr machten sich die Anzeichen der Bleichsucht erkennbar. Savigny und Haute-Claire spielten ihre schwierigen Rollen in gleicher Meisterlichkeit weiter, ohne sich durch meine Gegenwart darin stören zu lassen. Nur schien es mir, als seien die beiden Spieler ein wenig matt geworden. Serion war abgemagert. Ich hörte, wie man in V*** sagte: ›Was für ein guter Ehemann der Savigny doch ist! Er sieht schon ganz mitgenommen aus durch die Krankheit seiner Frau! Wundervoll, wenn zwei sich so lieben!‹

Haute-Claire, diese marmorne Schönheit, hatte Schatten unter den Augen. Nicht so, wie man sie vom Weinen bekommt. Denn ihre Augen haben sicherlich ihr Lebtag nicht geweint. Sie hatten Ränder, die von durchwachten Nächten reden. Umso glühender blitzten die Augen aus dem dunklen Rahmen. Übrigens konnten Savignys Magerkeit und Haute-Claires umschattete Augen tausenderlei Ursachen haben. Die beiden lebten doch auf einem Vulkan. Ich beobachtete alle verräterischen Zeichen auf ihren Gesichtern, suchte sie zu deuten und war meist um die Antwort verlegen.

Einmal kam ich von meinem Besuchsgang erst am späten Abend nach Savigny. Eine Wöchnerin in der Stadt hatte mich allzu lange aufgehalten. Wie ich am Schlosse eintraf, war es längst zu spät für einen Besuch. Welche Zeit es war, wusste ich nicht; meine Uhr war stehen geblieben. Nach dem Stand des Mondes musste Mitternacht vorüber sein. Die Sichel berührte mit ihrem unteren Rand beinahe die hohen Tannen von Savigny, hinter denen sie bald versinken musste ...

Waren Sie öfters in Savigny?« unterbrach sich der Doktor selber, indem er sich plötzlich zu mir hinwandte.

»Jawohl.«

»So! Dann wissen Sie also auch, dass man durch das Tannengehölz und die Schlossmauer entlanggehen muss, wenn man auf dem kürzesten Weg nach V*** will. Wie ich im Dunkel des Gehölzes bin – kein Licht, kein Laut! –, da trifft mit einem Male doch ein sonderbarer Klang mein Ohr, den ich mir zunächst gar nicht erklären konnte. Erst wie ich dem Schloss näher kam, ward mir der Ursprung des Geräusches erkennbar. Es war das Klirren sich kreuzender, kämpfender, einander streifender Waffen. Sie wissen, wie deutlich man in der Stille der dünnen Nachtluft jeden Klang vernimmt. Die leisesten Laute verstärken sich merkwürdig. Mein Ohr hatte mich nicht betrogen. Ein lebhaftes Florettfechten war hörbar. Als ich nun an den Waldrand hinauskam, lag das Schloss im bleichen Mondlicht vor mir. Ein Fenster stand offen. In den waagerechten Lücken der Läden der Balkontür daneben schimmerten Lichtstreifen. Es war ein warmer Juliabend. Aha! Dachte ich. Also immer noch die alte Liebe! Ich war mir nicht im Zweifel, dass Serion und Haute-Claire die beiden waren, die nächtlicherweile miteinander fochten. Man hörte klar und deutlich die Klingen, als sähe man sie, und das Aufstampfen der ausfallenden Fechter. Es war in dem Eckturm, der von allen vieren am weitesten von den Gemächern der Gräfin entfernt lag. Das schlafende Schloss, das so still und weiß im Mondenschimmer stand, war wie ausgestorben. Überall Schweigen und Dunkel. Nur in dem entlegenen Turm war Licht und Leben.

Ich parierte meinen Gaul am Rande des Gehölzes zum Halten und lauschte dem lebhaften Waffengang. Dieser seltsame Kampf eines Liebespaares fesselte mich stark. So hatten sie sich ehedem geliebt, und so liebten sie sich noch immer. Auf einmal ward es still. Ein Stoß gegen die Läden, und die Balkontür stand offen. Ich hatte gerade so viel Zeit, mein Pferd in den dunkeln Tann zurückzureißen. Sonst wäre ich in der lichten Nacht bemerkt worden. Serion und Haute-Claire kamen auf den Balkon heraus und traten an das Geländer. Ich sah sie haarscharf. Der Mond war hinter dem Gehölz versunken, aber die Umrisse der beiden hoben sich klar ab gegen das Licht eines Armleuchters, der seinen Schein aus dem Zimmer in das Dunkel warf. Haute-Claire trug die Tracht, in der ich sie in ihrem Fechtsaal so viele Male gesehen hatte: ein knapp sitzendes Wams aus Gämsleder, das sie wie ein Panzer umschloss, und ein seidenes Trikot, das ihre schönen Formen liebkoste. Savigny war ganz ähnlich angezogen. Schlank und kraftvoll wie die Verkörperung der Jugend und Gesundheit stand das Paar vor dem erleuchteten Hintergrund in ihren eng anliegenden Kleidern, wie nackt. Sie redeten miteinander, über das Geländer gebeugt, aber leise, sodass ich ihre Worte nicht verstand. Ihre Haltung verriet mir aber, was sie sagten. Auf einmal schlang Savigny in leidenschaftlicher Wallung den Arm um den Amazonenleib zu seiner Seite, der für allen Widerstand geschaffen schien und der nicht widerstrebte. Im Gegenteil, beinahe im selben Augenblick warf die stolze Haute-Claire ihre Arme um seinen Hals und drückte sich an ihn. So bildeten sie eine Wiederholung der berühmten Liebesgruppe von Canova, die jedermann kennt. Mund auf Mund gepresst küssten sie sich. Endlich gingen die beiden in das Zimmer zurück, noch immer umschlungen. Schwer wallten dunkle Vorhänge hinter ihnen nieder. Ich wagte mich aus dem Gehölz heraus.

Bald wird der Tag kommen, sagte ich mir, an dem die beiden mehr zu verbergen haben als bloß sich selber. Einmal nach solch einer Nacht werden sie mir beichten. Als Arzt zog ich diese Folgerung, nachdem sich mir ihre Verliebtheit, ihre Liebkosungen, soviel verraten hatten. Meine Voraussage ist allerdings am Feuer dieser leidenschaftlichen Menschen zuschanden geworden. Solche Leute bekommen keine Kinder. Anderntags ritt ich nach dem Schloss. Haute-Claire war wieder Eulalia. Sie saß in dem langen Gang vor dem Zimmer der Gräfin in einer Fensternische. Auf einem Stuhl hatte sie einen Haufen Wäsche neben sich zum Nähen und Ausbessern. Die nächtliche Fechterin bei solcher Tagesbeschäftigung! Meinen Schritt kannte sie so genau, dass sie nicht einmal den Kopf hob, um aufzusehen, wer kam. Sie hielt ihn auf ihre Arbeit gesenkt unter der steifen Batisthaube, dem Kopfputz der Normandie, den sie zuweilen trug. Meinen Augen bot sich nur der weiche Nacken, auf dem sich Löckchen kräuselten und lose Begierden weckten. Alles Animalische an dieser Frau ist prachtvoll. Wenige nur besitzen diese Art Schönheit in höherem Maß.

So saß sie meist, wenn ich an ihr vorüberkam. An jenem Tage musste sie sich aber dazu verstehen, mir ihr Gesicht zu zeigen. Die Gräfin klingelte ihr nämlich, weil ich Tinte und Papier für ein Rezept brauchte. Sie kam. An ihrem Finger saß noch der stählerne Fingerhut. Sie hatte sich nicht die Zeit genommen, ihn abzustreifen. Die eingefädelte Nadel hatte sie an ihren verlockenden Busen gesteckt.

Während ich schrieb, blieb sie vor mir stehen und hielt mir das Schreibzeug mit einer lässigen Bewegung der Unterarme, die mit ihrer Fechtkunst verwandt war. Als ich fertig war, schaute ich ihr in die Augen. Ihr Gesichtsausdruck war müd. In diesem Augenblick kam Savigny in das Zimmer. Er sah noch viel schlaffer aus. Er redete mich an und sprach über den Zustand der Gräfin, die nicht genesen wollte, wie einer, dem die Genesung zu langsam geht. Es sprach ein bitterer heftiger Ton der Ungeduld aus ihm. Während er redete, ging er auf und ab. Ich sah ihn gelassen an. Dieses Benehmen ärgerte mich. Ich dachte bei mir: Wenn ich dir deine Frau kuriere, ist es aus mit eurer nächtlichen Fechterei! Offenbar hatte er allen Sinn für die Wirklichkeit verloren. Ich war nahe daran, ihm ordentlich Bescheid zu geben, begnügte mich aber doch lieber damit, ihn mir nur anzusehen. Das war denn doch der Gipfel der Schauspielerei!«

Wiederum hielt der Erzähler inne und genehmigte umständlich eine Prise. Dann fuhr er fort:

»Er war also höllisch ungeduldig. Aber nicht etwa, weil seine betrogene Frau nicht wieder gesund wurde. Das regte ihn gewiss nicht auf. Er hatte ja seine Liebste im Hause. Die Genesung konnte ihm seine *Liaison dangereuse* nur erschweren. Gleichwohl ging ihm die Endlosigkeit der Krankheit offenbar auf die Nerven. Er hatte mit einem Ende gerechnet. Der Zeitpunkt, wo ihm oder seiner Geliebten oder vielleicht allen beiden zugleich der

Gedanke kam, einzugreifen, weil die Krankheit oder der Arzt versagten, der war wohl zu dieser Stunde.«

»Torty, wollen Sie damit sagen ...?«Ich ließ meine Frage unausgesprochen. Die Andeutung hatte mich ergriffen. Er nickte mit dem Kopf und sah mich schicksalsschwer an, wie der steinerne Marschall, indem er Don Juans Einladung zum Nachtmahl annimmt.

»Ja!« gab er langsam und leise zur Antwort. »Wenigstens lief ein paar Tage später die Schreckenskunde durch das Land, die Gräfin wäre an Gift gestorben.«

»An Gift!«

»Ihre Kammerjungfer Eulalia hatte sich in der Flasche versehen und ihrer Herrin anstatt der verschriebenen Arznei Doppeltinte gegeben. Solch ein Irrtum ist nicht unmöglich. Nur wusste ich, dass Eulalia und Haute-Claire eins war. Und ich hatte das Paar als Canova-Gruppe gesehen, damals auf dem Balkon am Turmzimmer. Die Welt wusste davon nichts. Man hatte allgemein zunächst nur den Eindruck eines grässlichen Unglücks. Zwei Jahre später allerdings, als man erfuhr, dass der Graf von Savigny ›die Stassin‹ geheiratet hatte – es war natürlich längst herausgekommen, wer die falsche Eulalia gewesen war! –, da begannen wie dumpfes Donnergrollen die Verdächtigungen, im Flüsterton, als fürchte man sich, das auszusprechen, was man argwöhnte. Im Grunde wusste nämlich keiner etwas Bestimmtes. Schließlich genügte die Tatsache der unglaublichen Missheirat, dass man den Grafen von Savigny mied. Und das ist so geblieben bis auf den heutigen Tag.

Das Geflüster über den Verdacht schlief schließlich ein. Einen Wisser gab es aber, der seiner Sache sicher war ...«

»Das waren Sie natürlich, Doktor!«

»Allerdings. Aber es hatte noch einen zweiten gegeben, ohne den mein Wissen nur vag geblieben wäre, schlimmer mithin als Garnichtswissen. Ich hätte niemals Sicherheit gewonnen, und die habe ich. Hören Sie nun, wie ich dazu kam!

Selbstverständlich erfuhr ich als erster von der Vergiftung der Gräfin. Mich, den Arzt, mussten die beiden Schuldigen oder Nichtschuldigen wohl oder übel sofort holen lassen. Man ließ dem Stallknecht nicht einmal die Zeit, sein Pferd zu satteln. Ohne Sattel, in rasendem Galopp kam er in V*** an. Im Galopp ging es zurück nach Schloss Savigny. Trotzdem kam ich zu spät.

Savigny empfing mich verstört am Tor. Während ich absaß, erzählte er mir mit einer Stimme, die sich merklich vor den eigenen Worten fürchtete: ›Die Jungfer hat sich versehen ...‹ Er vermied den Namen Eulalia, den am nächsten Tag schon alle Welt im Munde haben sollte. ›Aber sagen Sie, lieber Doktor, Doppeltinte ist doch kein Gift?‹

›Je nachdem!‹, erwiderte ich. ›Es kommt auf ihre Bestandteile an.‹

Er führte mich zur Gräfin. Sie war erschöpft vor Schmerzen. Ihr verzerrtes Gesicht sah aus wie ein weißer Garnknäuel, der in grüne Farbe gefallen war. Schrecklich. Ihr Lächeln mit den schwarzen Lippen war grässlich anzusehen. Es schien mir, als wollte sie mir sagen: Ich weiß, was du denkst.

Mit halbem Blick spähte ich nach Eulalia. Ich hätte in diesem Augenblick ihr Gesicht zu gern gesehen. Sie war nicht da. Hatte sie bei all ihrem Mut doch Angst vor mir? Zuvörderst hegte ich nur eine unsichere Vermutung. Als ich eintrat, richtete sich die Gräfin mit vieler Anstrengung ein wenig auf.

›Da sind Sie ja, verehrter Doktor! Es ist zu spät. Ich gehöre zu den Toten ... ‹Und zum Grafen gewandt fuhr sie fort: ›Du hättest lieber nach dem Pfarrer schicken sollen, Serion, nicht zum Arzt! Ich bitte dich, lass ihn rasch noch holen und gib Befehl, dass uns jetzt niemand stört. Ich will ein wenig mit dem Herrn Doktor allein sein.‹

Noch nie hatte ich solch ein ›Ich will‹ von ihr gehört. Ihr Kinn und ihre Stirn hatten also Berechtigung.

»Soll ich auch draußen bleiben?‹, fragte Savigny matt.

›Auch du, mein Lieber!‹, erwiderte sie, und fast zärtlich setzte sie hinzu: ›Du weißt, wie sehr sich Frauen gerade vor denen schämen, die sie lieb haben.‹ Kaum war er fort, da ging eine grässliche Veränderung mit der Gräfin vor. Die sanfte Zärtlichkeit schlug um in wilde Wut.

›Doktor‹, keuchte sie mit hasserfüllter Stimme, ›mein Tod ist kein Zufall. Ein Verbrechen tilgt mich aus dieser Welt. Serlon liebt Eulalia, und sie hat mich vergiftet. Damals glaubte ich Ihnen nicht, als Sie meinten, sie sei zu schön für eine Jungfer. Das war töricht von mir. Er liebt die Elende, diese Verbrecherin, die mich mordet. Er ist der Schuldigere von beiden, weil er sie liebt und mich mit ihr betrogen hat. Seit ein paar Tagen habe ich alles durchschaut, an den Blicken, die sie über meinem Bett miteinander tauschen. Und dann kam dieses abscheuliche Gift! Ich schmeckte es sofort. Aber ich habe es trotzdem ausgetrunken, bis auf den letzten Tropfen. Denn ich mag nicht mehr leben. Reden Sie nicht von Gegengift! Ich will keins. Ich will sterben.‹

›Dann hätte man mich nicht erst holen lassen sollen, Frau Gräfin‹, erklärte ich.

›Doch‹, hauchte sie. ›Ich wollte Ihnen sagen, dass sie mich vergiftet haben. Und Sie sollen mir Ihr Ehrenwort geben, dass Sie nie einen Verdacht aussprechen. Es gäbe ein fürchterliches Gerede. Das will ich nicht. Sie sind mein Arzt. Man wird Ihnen glauben, wenn auch Sie von einem Versehen reden, mit dem die beiden die Tat bemänteln. Und fügen Sie noch hinzu, dass ich vielleicht zu retten gewesen wäre ohne die lange Krankheit, die meine Widerstandskraft zuvor gebrochen hat. Das müssen Sie mir schwören, lieber Doktor!‹

Ich sagte nichts. Sie erriet meine Gedanken. Ich war nämlich des Glaubens, sie wolle den Grafen schonen. Das erschien mir natürlich; es gibt solche Frauen, deren Liebe und Selbstlosigkeit so tief sind, dass sie selbst den Tod ohne den leisesten Wunsch nach Vergeltung hinnehmen. Allerdings hatte mir die Gräfin von Savigny bisher nicht den Eindruck gemacht, als gehöre sie zu diesen Frauen.

›Was Sie vermuten, das ist es nicht, was mich veranlasst, Sie um Ihre Verschwiegenheit zu bitten. Ich hasse Savigny, und ich liebe ihn noch. Aber so schlapp bin ich nicht, dass ich dem Verräter vergebe. Unversöhnlich werde ich von ihm scheiden. Aber das ist eine rein persönliche Sache. Ich habe noch andere Rücksichten zu nehmen ...‹ Die Kraft ihrer Worte enthüllte mir eine Seite ihres Wesens, die ich wohl geahnt, aber nicht recht ermessen hatte.

›Ich will nicht, dass ein Graf von Savigny nach dem Tode seiner Frau für ihren Mörder gilt. Ich will nicht, dass ein Savigny vor Gericht geschleppt wird als Spießgeselle einer schamlosen Giftmischerin. Ich will nicht, dass ein solcher Schandfleck den guten alten Namen Savigny besudelt, der auch mein Name war. Darum handelt es sich! Nicht um ihn. Er hat den Galgen verdient. Es steht Höheres auf dem Spiel. Eins bedauere ich. Dass die schönen Zeiten vorüber sind, in denen man diese Eulalia in ein Kellerloch geworfen hätte, ohne weiter ein Wort zu verlieren. Aber der Adel hat seine alte Macht nicht mehr. Da ich diese Rache nicht nehmen kann, verzichte ich auf jede andere ...‹

Sie redete klar und bestimmt, trotz des Krampfes ihrer Kiefer.

Ich hatte eine echte Aristokratin der alten Art vor mir.

Tiefer ergriffen, als es einem Arzt geziemt, versprach ich ihr mit einem Schwur, ihren Wunsch zu erfüllen, wenn es mir nicht gelänge, sie noch zu retten.

Ich hielt mein Wort. Gerettet habe ich sie nicht. Ich konnte es nicht; sie verweigerte jedes Gegenmittel.

Als sie tot war, erfüllte ich ihren Letzten Willen und beruhigte die erregten Gemüter. Seitdem sind an die fünfundzwanzig Jahre verflossen. Längst liegt Ruhe, Schweigen, Vergessenheit über der grauenhaften Begebenheit.

Sie sind der erste, dem ich ein Wort von dieser dunklen Geschichte erzähle. Schuld an meiner heutigen Redseligkeit ist allein die Begegnung vorhin. Eine seltsame Fügung des Schicksals, dass die beiden immer noch schönen, glücklichen, leidenschaftlichen, unzertrennlichen Geschöpfe an uns vorübergingen. Die Zeit und das Verbrechen haben ihnen nichts anzutun vermocht. Herrlich wie durch diesen Garten schreiten sie durch das Leben, gleich Wesen, die über dem Irdischen schweben.«

Ich war entsetzt. »Wenn sie wirklich so glücklich sind«, wandte ich ein, »wie Sie mir sagen, so wäre dies ein grässlicher Widerspruch der Schöpfung.«

»Vielleicht. Vielleicht auch nicht!« entgegnete mir der freigeistige Arzt voller Seelenruhe. »Tatsache ist, dass dieses Glück besteht. Die beiden sind die glücklichsten Menschen. Ich bin alt. Mir ist viel fremdes Glück begegnet. Keins war von Dauer. Nur dieses währt bis heute.

Sie dürfen es mir glauben, dass ich gesucht, geprüft und geforscht habe, um die Kehrseite dieses Wunders zu entdecken. Ich habe das Dasein der beiden weiterhin im Auge behalten, in der Meinung, dies empörende Glück müsse in einem geheimen Winkel einen Riss haben, sei er noch so winzig. Ich habe ihn nicht gefunden. Wir stehen vor einem wundervollen Hohn des Teufels gegen Gott. Das heißt, wenn es die beiden gäbe.

Nach dem Tode der Gräfin verblieb ich auf gutem Fuß mit dem Grafen. Da ich die Fabel, die den Giftmord bemäntelte, bestätigt hatte, so hatten sie keinen Grund, mich fernzuhalten. Mir wiederum lag alles daran, die Fortsetzung der Geschichte aus der Nähe zu erleben.

Mir schauderte vor den beiden; aber ich überwand mein Grauen.

Zunächst kam nach der Sitte des Landes eine Trauerzeit von zwei Jahren. Savigny benahm sich in dieser Zeit seinem früheren Ruf gemäß, demzufolge er das Muster eines Ehrenmannes gewesen sein sollte. Er verkehrte mit keinem Menschen, sondern verbrachte die Zeit in klösterlicher Einsamkeit auf seinem Schloss. Damals kümmerte sich noch niemand darum, dass Eulalia, die ›unschuldige‹ Ursache des Todes der Gräfin, weiterhin im Schloss blieb. Es hätte sich wohl gehört, dass der Graf gerade sie sofort entlassen hätte, selbst wenn sie schuldlos war. Dass er die Unklugheit beging, sie im Hause zu behalten, war mir ein Beweis für seine mir bekannte unsinnige Leidenschaft. So war ich im Grunde nicht sonderlich erstaunt, als ich von einem Diener des Schlosses gelegentlich erfuhr, dass die Eulalia noch immer da sei. Er berichtete dies so gleichgültig, dass ich daraus ersah: Unter den Leuten im Schloss ahnte keiner, dass sie des Grafen Geliebte war. Also spielten sie noch immer ihre Komödie! Warum gingen sie nicht in das Ausland? Er war reich. Er konnte überall im großen Stil leben. Warum machte er sich mit dieser Hexe nicht aus dem Staub?

Die Gründe, dass sie dies nicht getan haben, sind mir noch heute unerschlossen.

Dass die beiden, die ihre Wahlverwandtschaft vom ersten Augenblick des Sich-Sehens triebmäßig erkannt hatten, ihre Verbindung fortsetzen würden, daran hätte ich nicht einen Augenblick gezweifelt, war ich doch Zeuge gewesen, wie sie die Gräfin betrogen hatten. An eine Ehe aber zwischen den beiden dachte ich keineswegs.

Umso größer war meine Überraschung, als ich nach zwei Jahren die vollendete Tatsache erfuhr. Es ging mir nicht allein so. Alle Welt war aufgebracht. Die gute Gesellschaft kläffte vor Wut wie eine Meute ausgesperrter Hunde.

Übrigens war ich während der beiden Trauerjahre, die Serion so streng hielt – was man ihm, wie alles an den Tag kam, als Heuchelei und Gemeinheit anrechnete –, nur selten in Savigny. Was hatte ich dort zu schaffen? Man befand sich wohl und bedurfte meiner Dienste nicht. Dennoch machte ich dem Grafen hin und wieder einen Besuch, aus Höflichkeit und mehr noch aus Neugier. Serion empfing mich, wie es sich fügte, bald hier, bald da, wo er gerade verweilte. Ich merkte ihm keine Verlegenheit an. Er war der liebenswürdige Weltmann, ganz wie einst. Nur ernst war er. Das hatte ich schon oft im Leben beobachtet: Glückliche Menschen sind ernst. Behutsam tragen sie ihr Herz vor sich *her wie ein volles Glas, das bei der leisesten Erschütterung überfließen oder entzweigehen kann. Trotz dieses Ernstes und seiner dunklen Kleidung wohnte in seinen Augen grenzenlose Glückseligkeit. Es war nicht mehr jener Ausdruck der Erleichterung und Befreiung, der damals drinnen aufging, als ich am Lager seiner kranken Frau Haute- Claire erkannte und ihm stumm meine Verschwiegenheit gelobte. Nein. Jetzt war es echtes hohes Glück. Zwar plauderten wir bei diesen förmlichen kurzen Besuchen nur von nebensächlichen Dingen. Aber des Grafen Stimme klang nicht mehr wie zu Lebzeiten seiner Frau. Sie war voll und warm geworden. Sie verriet ein starkes Innenleben.

Ehe ich auch Haute-Claire begegnete, verging geraume Zeit. Sie saß nicht mehr mit ihrer Arbeit in der Fensternische, wenn ich den Gang entlang kam. Wohl lagen manchmal ein Bündel Wäsche an ihrem alten Platz und Schere, Fingerhut und Nähkistchen auf dem Fensterbrett. Verriet das nicht, dass sie noch immer hier arbeitete und ihren Sitz nur verlassen hatte, weil sie mich kommen gehört? Schon vermeinte ich, sie fürchte sich vor meinem forschenden Blick. Den brauchte sie nicht mehr zu scheuen! Wusste sie doch nichts von der grässlichen Enthüllung, die mir die Gräfin vor ihrem Tode gemacht hatte. Unerschrocken und stolz, wie Haute-Claire war, musste sie eine gewisse Befriedigung darin finden, meinem Forscherblick die Stirn zu bieten. So war es tatsächlich. Schließlich traf ich sie und fand in ihrem Antlitz ein so strahlendes Glück, dass eine ganze Flasche Doppeltinte es nicht ausgelöscht hätte.

Es war auf der großen Schlosstreppe, wo ich ihr zum ersten Male wieder begegnete. Sie kam herunter, ich stieg hinauf. Als sie mich gewahrte, verlangsamte sie ihren ziemlich raschen Schritt. Offenbar wollte sie mir Gelegenheit geben, ihr in das Gesicht zu schauen, in ihre Augen, vor denen sich wohl Pantheraugen schließen, nicht aber die meinen. Wie sie so die Stufen herunterschritt, wehten ihre Röcke um sie und hinter ihr drein, und es war, als schwebe sie vom Himmel hernieder. Überirdisches Glück umfloss sie, zehntausend Mal erhabener als das Glück in Serlons Angesicht. Trotzdem ging ich ohne Gruß an ihr vorüber. Mag Ludwig der Vierzehnte jede Kammerzofe auf den Treppen gegrüßt haben! Das waren ja keine Giftmischerinnen! Übrigens war sie an jenem Tage noch als Kammerjungfer gekleidet, mit weißer Schürze. Aber das Unpersönliche der Dienerin war glückhaftem Herrinnenstolz gewichen. Jener Ausdruck ist ihr verblieben. Ich habe ihn vorhin wiedergesehen. Er wird Ihnen auch aufgefallen sein. Er tritt mehr hervor an ihr als selbst die Schönheit ihres Gesichts. So sind sie beide höhere Wesen im Glanz ihrer frohlockenden Überlegenheit. Serlon hatte diesen sonnigen Ausdruck früher nicht. Er hat ihn von ihr. Nach zwanzig Jahren ist er noch da. Er verblasst oder umwölkt sich keinen Augenblick in den Zügen dieser beiden seltenen Lieblinge des Lebens. Diesen Ausdruck haben sie allem Ungemach siegreich entgegenleuchten lassen: der gesellschaftlichen Acht, dem bösen Gerede, der allgemeinen Anklage. Wer ihnen begegnet und sie anschaut, hält das Verbrechen, dessen man sie beschuldigt hat, für abscheuliche Verleumdung.«

»Doch Ihnen, Doktor«, unterbrach ich ihn, »der Sie alles wissen, Ihnen kann der Schein nichts vormachen. Aber Sie sind den beiden nicht überallhin gefolgt. Sie haben sie nicht zu jeder Stunde gesehen.«

Spöttisch, aber tiefsinnig antwortete mir Torty: »Ich bin überzeugt, auch in ihrem Schlafzimmer zur Nacht geht ihnen die Sonne ihres Glückes nicht verloren. Dahin bin ich ihnen nicht gefolgt. Sonst habe ich sie überall und jederzeit beobachtet, seit ihrer Hochzeit, die sie, ich weiß nicht wo, gefeiert haben, um dem Hallo der Leute von V*** zu entgehen, wo Volk und Adel, jedes in seiner Weise empört war. Nach ihrer Rückkehr als Vermählte war sie die rechtmäßige Gräfin von Savigny, er aber verfemt, weil er eine Dienerin geheiratet hatte. Man tat das Schloss Savigny in Acht und Bann und schnitt das Paar. Man überließ sie sich selber. Mochten sie einander auffressen, bis sie sich sattkriegten! Aber sie haben sich nicht satt bekommen, wie jedermann immer von Neuem sehen kann. Mich, als Arzt und Liebhaber menschlicher Merkwürdigkeiten, mich fesseln natürlich diese beiden – Ungeheuer. Das ist der Grund, warum ich nicht zu denen gehöre, die von den Savignys nichts wissen wollen. Als ich der zur Gräfin verwandelten Zofe meinen Besuch machte, war sie in der Tat vom Scheitel bis zur Sohle die Gräfin, als sei sie niemals etwas anderes gewesen. So empfing sie mich. Sie scherte sich den Teufel darum, dass ich sie in weißer Schürze, den Besuchskartenteller in der Hand, im Gedächtnis haben mochte. ›Jetzt bin ich nicht mehr die Eulalia‹, sagte sie mir in ihrer stolzen Haltung, ›sondern Haute-Claire. Und Haute-Claire ist glücklich, dass sie ihm zuliebe die Eulalia gewesen ist.‹

Ich dachte daran, dass sie noch ganz was anderes war. Übrigens war ich der Einzige, der so wenig Ehrgefühl besaß, das Paar nach seiner Heimkehr im Schloss aufzusuchen. Mit der Zeit ging ich sogar sehr oft hin. Sie dürfen es mir glauben, dass ich voller Eifer fortfuhr, das Zusammenleben der beiden zu belauern und zu erforschen, die in ihrem Bund so voll des Glückes waren. Ja, Sie mögen mir nun glauben oder nicht, ich habe dieses lichte Glück, das, wie ich so genau weiß, auf ein dunkles Verbrechen begründet war, nicht einen einzigen Augenblick getrübt oder auch bloß beschattet gesehen.

Ist das nicht eine Ohrfeige für alle Sittenprediger, die das schöne Gesetz vom bestraften Laster und der belohnten Tugend erfunden haben? Jene beiden waren geächtet und lebten einsam. Nur von mir wurden sie besucht. Und vor mir, dem zum Hausfreund gewordenen Arzt, legten sie sich keinerlei Zwang auf. Sie vergaßen meine Gegenwart und lebten dabei im Rausch ihrer Leidenschaft, der ich nichts Ähnliches von allem, was ich erlebt und erfahren, an die Seite stellen kann. Sie haben soeben eine kleine Probe davon selbst gesehen; sie streiften uns beinahe im Vorübergehen und doch haben sie mich nicht einmal bemerkt. Es ist nicht das erste Mal gewesen, dass sie mich übersehen haben.

Das Glück der beiden hat ihr Gewissen erstickt. Wir stehen hier vor einer Tatsache, die mich ebenso verblüfft hat wie Sie. Es handelt sich um die seltsame Erscheinung eines dauernden Glückes, das gleich einer Seifenblase immer größer und bunter wird, aber nicht wie jene platzt. Glück, das bestehen bleibt, ist an und für sich schon ein Wunder. Glück im Verbrechen ist aber geradezu ungeheuerlich. Zwanzig Jahre laufe ich nun schon darüber den Kopf schüttelnd herum. Der alte Arzt, der alte Beobachter und der alte Moralist und Amoralist – ganz wie Sie wollen! (Er hatte mein Lächeln bemerkt) – alle drei stehen sie ratlos vor diesem Schauspiel. Es gibt ein bekanntes Wort, das man allenthalben hören kann: Glück lässt sich nicht sagen. Es lässt sich auch nicht beschreiben. Man kann dieses Einfließen eines höheren Lebens in unser Dasein ebenso wenig bildlich darstellen wie das Blut, das durch die Adern strömt. Am Pulsschlag erkennt man, dass es fließt. So ungefähr fühle ich dem unbegreiflichen Glück der beiden den Puls und weiß, dass es da ist. Das Paar erlebt jeden Tag, ohne sich dessen bewusst zu sein, das wundervolle Kapitel von der ehelichen Liebe der Frau von Staël oder auch jene prächtigen Verse aus Miltons ›Verlorenem Paradies‹.

Das Schicksal, ein guter Stern, der Zufall – oder was weiß ich? – hat es so gefügt, dass sie füreinander leben dürfen. Sie sind reich, haben also die Beschaulichkeit, ohne die es einsames Glück nicht gibt, an der es auch oft zugrunde geht. Doch ihrem Glück hat sie nichts angetan. Sie hat nur alles Überflüssige darin getilgt und dem Dasein der beiden eine wundervolle Einfachheit verliehen. Große Ereignisse gibt es für sie nicht. Sie leben so recht als Schlossinsassen, in einem Reich für sich, fern der Welt, mit der sie nichts zu tun haben und deren Hochachtung wie Geringschätzung sie gleich kühl lässt. Sie trennen sie niemals. Wohin der eine geht, dahin folgt der andere. Wie zu Lebzeiten des alten Fechtmeisters sieht man Haute-Claire wieder zu Pferd in der Umgegend von V***. Ihr zur Seite den Grafen. Wenn die Frauen der Stadt sie so sehen, recken sie ihre Hälse noch mehr denn ehedem nach dem geheimnisvollen jungen Mädchen im undurchdringlichen dunkelblauen Schleier. Jetzt zeigt sie den Leuten kühn das Antlitz der ›Dienerin, die es verstanden hat, den Grafen einzufangen‹. Entrüstet und nachdenklich gehen die Frauen ihrer Wege.

Das gräfliche Paar macht keine Reisen. Zuweilen kommen sie nach Paris. Aber sie bleiben stets nur ein paar Tage. Ihr Leben spielt sich gänzlich im Schloss Savigny, dem Schauplatz jenes Verbrechens ab, das ihre abgrundtiefen Herzen wohl vergessen haben.«

»Sie haben keine Kinder, nicht wahr?«, fragte ich.

»Ach so«, erwiderte Torty. »Sie meinen, das sei der wunde Punkt, die Vergeltung, die Rache oder das Gottesgericht, wie man das so nennt. Allerdings, sie haben keine. Einmal wagte ich Haute-Claire zu fragen: ›Betrübt es Sie nicht, Gräfin, dass Sie keine Kinder haben?‹ – ›Ich will keine‹, gab sie mir entschieden zur Antwort. ›Dann könnte ich Serlon nicht mehr mit meinem ganzen Herzen lieben.‹ Und beinahe verächtlich fügte sie hinzu: ›Kinder sind gut für unglückliche Frauen.‹«

Mit diesem tiefsinnigen Spruch brach Torty seine Erzählung ab. Die Geschichte hatte mich ergriffen. Und ich sagte zu ihm:

»Haute-Claire ist eine Verbrecherin, gleichwohl eine verführerische Frau. Ohne ihre Schandtat könnte ich Serlons Liebe verstehen.«

»Besser noch mit ihrer Schandtat!«, brummte der unerschrockene Biedermann. »Ich begreife den Grafen!«

Hinter den Karten

1

Im vorigen Sommer war ich eines Abends Gast der Baronin von Mascranny, einer jener Pariserinnen, die den altfranzösischen Feingeist über alles schätzen und dem geringen Überrest, der davon in unseren Tagen noch zu finden ist, die beiden Flügeltüren (eine genügt leider) ihrer Salons weit öffnen. Bekanntlich hat sich diese rare Sache vor nun schon beträchtlicher Zeit in ein grobes Ungeheuer verwandelt, das man »Intelligenz« benennt.

Die Familie Mascranny ist uralt und hochvornehm. Ihr Wappen ist von dem und jenem europäischen Herrscher mit Ehrenstücken bereichert worden, in Anerkennung von Diensten, die sie ihnen in den früheren Zeitläuften der Geschichte geleistet haben. Wenn die heutigen Fürsten nicht von ganz anderen Geschäften so arg in Anspruch genommen wären, hätten sie Anlass, dieses schon so vielfach ausgezeichnete Wappen mit einer weiteren Zier zu schmücken, zum Lohn für die wirklich heldenhafte Art, mit der sich die Baronin um die Erhaltung der Plauderkunst im alten Sinne bemüht, dieses verlorenen Erbes nichts tuender Edelmenschen aus der Kultur der absoluten Monarchie. Wahrhaft geistreich und von echt adeligem Wesen, ist es Frau von Mascranny geglückt, ihr Heim zu einer Zufluchtsstätte der köstlichen Plauderei von ehedem zu machen, die vor dem Krämergeschwätz und dem Nützlichkeitsgerede unserer Zeit wer weiß wohin auswandern musste. Bei ihr kann man den Geist des Ancien régime allabendlich noch finden, bis er eines Tages auch hier verstummen wird. Hier singt er sozusagen sein Schwanenlied. Treu der Überlieferung aus großen Tagen macht sich diese Plauderkunst nicht in leeren Redensarten breit, und Alleinreden ist geradezu etwas Unbekanntes. Nichts gemahnt an die Tageszeitung oder an das Parlament, diese beiden gemeinen Hauptstätten des neuzeitlichen Gedankenergusses. Hier perlt Witz und Geist in entzückenden, zuweilen tiefsinnigen, immer aber knappen Bemerkungen, oft nur in der besonderen Betonung eines einzigen Wortes oder gar nur in einer leichten alles sagenden Gebärde. In diesem begnadeten Salon habe ich zum ersten Male eine

Macht kennengelernt, die man anderswo kaum ahnt, die Macht der Einsilbigkeit. Hier versteht man es, seine Antwort oder einen Zwischenruf mit einem einzigen Wörtchen zu geben, und zwar mit noch höherem Geschick als die Königin des kurzen Worts auf der Bühne, Mademoiselle Mars. Wenn sie in der Vorstadt Saint Germain erscheinen könnte, wäre sie rasch entthront, denn die Damen der großen Gesellschaft verfügen über unendlich feinere Künste als eine Schauspielerin, die klassische Komödiengestalten verkörpert.

An jenem Abend machte man eine Ausnahme. Die Stimmung gab Einsilbern das Feld nicht frei. Als ich kam, sah ich eine Menge Leute bei der Baronin, ihre sogenannten Getreuen, und die Unterhaltung war wie stets voll Schwung und Leben. Wie fremdländische Blumen in Jaspisvasen auf hohen Sockeln, so nahmen sich die Gäste dieses Hauses aus. Engländer, Polen, Russen waren darunter, aber allesamt doch Franzosen, in ihrer Sprache, Lebensart und Weltanschauung. Auf einer gewissen Höhe der Gesittung ähneln sich die Menschen der ganzen Erde.

Es war gerade die Rede von Romanen. Ich weiß nicht, wie man just darauf gekommen war; denn über Romane sprechen, bedeutet, dass jeder von seinem eigenen Leben redet. Es braucht wohl nicht betont zu werden, dass man in solch einem Kreise von Weltkindern keine literarischen Schulmeistereien erwog. Das Wesen der Dinge, nicht ihre Form, galt hier als Reiz. Diese überlegenen Sittenrichter, diese vielseitigen Kenner der Leidenschaft und des Lebens, deren tiefe Erfahrungen sich hinter lässigen Worten und zerstreuten Mienen verbargen, sahen im Romane nichts als einen Spiegel des Tuns und Treibens der Menschen. Aber was ist ein Roman im Grunde auch anderes?

Übrigens musste man schon eine Weile über diesen Gegenstand gesprochen haben, denn in ihren Gesichtern leuchteten bereits die Seelen. Die angeregten Geister moussierten. Nur drei oder vier der Anwesenden verhielten sich schweigend, die Stirn gesenkt, den Blick versonnen auf den beringten Händen, die über den Knien ruhten, vielleicht in Versuche verloren, einer Träumerei Gestalt zu geben, was ebenso schwer ist, wie ein Gefühl zu vergeistigen.

Die Aufmerksamkeit war dermaßen auf einen Punkt gerichtet, dass ich mich unbemerkt einschlich und hinter dem glattschimmernden Nacken der schönen Gräfin von Damnaglia Platz fand, die, ihre Lippen an den Saum ihres zusammengeklappten Fächers gedrückt, aufmerksam lauschte wie alle die anderen. Hier wusste man, dass Zuhören Genuss ist. Es begann zu dunkeln. In das Rot des Tages rieselte Abenddämmerung wie in ein glückliches Leben. Man saß im Kreise, und die Herren und Damen in ihrer verschiedenen losen, aber achtsamen Haltung formten im Halblicht des Raumes gleichsam die Glieder eines Kranzes, einer lebendigen Armkette; und die Herrin des Hauses mit ihrem Ägypterinnenprofil, auf ihrem Liegesitz hingestreckt wie Kleopatra, bildete das Schlussstück. In einer offenen Glastür leuchtete ein Stück Himmel über dem Balkon, auf dem ein paar Menschen standen. Die Luft war so rein und klar und unten der Quay d'Orsay so still, dass man draußen jedes drinnen gesprochene Wort ganz deutlich vernahm, trotz der venezianischen Vorhänge, die den schwingenden Metallklang der redenden Stimme einfingen und dämpften. Sowie ich den Sprecher erkannte, dünkte mich die allgemeine Spannung nicht mehr erstaunlich. Sie war keine bloße Höflichkeit. Und auch das Wagnis, gegen den erlesenen Geschmack des Hauses einmal länger das Wort zu behalten, war mir jetzt nicht weiter wunderbar.

Es redete nämlich der blendendste Plauderer im Reiche dieser Kunst, übrigens ein Meister in noch anderen Dingen. Wenigstens raunten die Klatschbasen oder die Verleumder – wer vermag dieses schlimme Paar auseinanderzuhalten? – einander zu, er sei der Held so mancher seltsamen Geschichte, die er hier wohlweislich nicht zum Besten gäbe.

»Die schönsten Romane des Lebens«, sagte er gerade, als ich mich hinter der Gräfin auf meiner Sofaecke niederließ, »sind wirkliche Geschehnisse, die man im Vorübergehen mit dem Ellbogen oder gar mit dem Fuß streift. Wir alle haben deren miterlebt. Romane ereignen sich allerorts, während an der Weltgeschichte teilzunehmen nicht jedem widerfährt. Ich meine nun nicht jene gewaltsamen Schicksalsschläge, jene Tragödien, die kühne übergroße Leidenschaft vor der Nase der ehrbaren öffentlichen Meinung aufführt. Nein, ganz abgesehen von solchen seltenen sensationellen Fällen, die unsere ehedem nur heuchlerische, heutzutage auch noch feige Gesellschaft hin und wieder aufregen, gibt es wohl niemanden unter uns, der nicht einmal Zeuge gewesen wäre des heimlichen und rätselhaften Waltens der Gefühle und Leidenschaften, die dort ein Herz brechen und da ein ganzes Menschenleben vernichten, ohne dass man mehr vernommen hätte als einen dumpfen Laut, den die Welt überhört oder überschreit. Wo man deren Vorgänge am wenigsten vermutet, da geschehen sie. Als ich noch ein kleiner Junge war, habe ich gesehen, nein, besser gesagt, geahnt und erraten, wie sich solch ein grausiges furchtbares Drama im geheimen abspielte, obgleich die Mitspieler tagtäglich vor aller Augen standen. Es war eine blutige Komödie – um mich Pascals Ausdrucks zu bedienen – hinter einem dichten Vorhang, dem Vorhang des häuslichen Lebens. Das wenige, das sich von solchen Vorgängen der Außenwelt offenbart, ist düsterer und macht tieferen Eindruck auf uns, im Augenblick wie in der Erinnerung, als ein ganzes Trauerspiel, das sich offen vor unseren Augen abrollt. Das, was wir nicht wissen, verhundertfacht ja die Wirkung dessen, was wir wissen. Ist es nicht so? Ich bilde mir ein: Die Hölle, mit einem Male überschaut, kann lange nicht so grässlich sein wie ein Einblick in sie, getan durch ein Kellerloch.«

Hier machte der Erzähler eine kleine Pause. Vielleicht erwartete er Widerspruch, aber er fand auf aller Gesichter nichts denn die größte Spannung. Die junge Sibylle von Mascranny, die ihrer Mutter zu Füßen kauerte, schmiegte sich näher an sie, zusammenschauernd, als sei ihr eine Natter zwischen den kleinen Mädchenbrüsten und dem Mieder durchgeschlüpft.

»Mutter«, flüsterte sie mit der Unbekümmertheit eines verwöhnten Kindes, das zur Tyrannin erzogen wurde. »Sag ihm, er soll uns keine so gruselige Geschichte erzählen!«

»Wenn Sie es wünschen, gnädiges Fräulein, so höre ich auf!«, erklärte der noch Schweigende, der die Worte vernommen hatte, die bei allem Freimut doch zart und kindlich klangen. In der Nähe dieser jungen Seele lebend, kannte er ihre Neugier und ihre Furcht. Sie empfand vor allem, was ihr entgegentrat, eine eigentümliche seelische Erregung, ähnlich der, die man körperlich hat, wenn man den Fuß in ein kaltes Bad setzt und man mehr und mehr den Atem verliert, je tiefer man taucht.

Die Baronin strich mit der Hand liebkosend über den Scheitel ihrer so frühreif-nachdenklichen Tochter und sagte:

»Sibylle erkühnt sich wohl nicht, meinen Gästen das Wort zu entziehen. Wenn sie sich fürchtet, so steht ihr das Mittel der Ängstlichen zu Gebote: davonzulaufen!«

Aber das launische kleine Mädchen, ebenso begierig auf die Geschichte wie ihre Mutter, entfloh nicht, sondern richtete sich auf. Ihr magerer Körper bebte vor banger Erwartung, und ihre grundlosen schwarzen Augen hefteten sich auf den Erzähler wie auf einen schrecklichen Abgrund.

»Jetzt wird aber erzählt!«, rief Fräulein Sophie von Revistal mit einem strahlenden Blick ihrer braunen Augen, die trotz ihres feuchten Schimmers verteufelt flammten, auf den Zögernden. »Fangen Sie an! Wir sind alle Ohr!«

Und er begann. Ich will mir Mühe geben, die Geschichte nachzuerzählen, wenngleich ich natürlich die Schatten und Lichter der Stimme und die Gebärden des Erzählers nicht wiedergeben kann, ebenso wenig wie die starke Wirkung, die er auf alle Anwesenden ausübte.

2

»Ich bin in der Provinz im elterlichen Hause aufge-
wachsen. Mein Vater wohnte in einem Marktflecken, der
sich behaglich am Meer hinzieht, zu Füßen der Berge.
Ich möchte die Gegend nicht näher bezeichnen. Unweit
davon liegt eine kleine Stadt. (Valognes.) Welche ich
meine, wird Ihnen sofort klar sein, wenn ich Ihnen sage,
dass sie, wenigstens dazumal, ein richtiges altes Adels-
nest war. Ich kenne keinen ähnlichen so durch und
durch aristokratischen Ort in ganz Frankreich. Vor 1789
rollten fünfzig wappengeschmückte Wagen stolz über
das Pflaster des Städtchens, das keine sechstausend
Einwohner hatte. Es kam einem vor, als habe sich der
Adel aus dem ganzen übrigen Lande, in dem sich von
Tag zu Tag das dreiste Bürgertum breiter machte, dorthin zurückgezogen und versammelt, um zu strahlen wie
ein Rubin, der noch im Schmelztiegel seinen wunderba-
ren Glanz behält, bis er mit ihm zugleich verlischt.

Der Adel in jenem Städtchen, seitdem gestorben und
verdorben in seinen Vorurteilen, die ich als hohe Kultur
bewundere, war unzugänglich wie der Herrgott. Die
Schmach jedweder Aristokratie, die Mesalliance, war
alldort etwas, was nicht vorkam. Die durch den Umsturz arm gewordenen Töchter dieser Adelsgeschlechter
starben stoisch als alte Jungfern. Die Wappen ihrer Ahnen waren ihnen Schutz und Trost für alles. Mein junges
Herz entbrannte vor jenen entzückenden und so ernsten
Geschöpfen, die wohl wussten, dass ihre Schönheit un-
nütz war und dass ihnen das Blut umsonst im Busen
pochte und die Wangen glühte. Meine dreizehnjährigen

Sinne erträumten sich Wunderdinge von dem entsagen-
den Heldentum der jungen Edeldamen, deren einziges
Besitztum ihre Wappenkronen waren, für die sie sich
vom ersten Tage ihres Daseins an opferten, würdevoll
und schwermütig, wie es Menschen geziemt, die vom
Schicksal verdammt sind.

Dieser Adel verkehrte unter sich, indem man sich sagte: ›Wie können wir Bürgerliche bei uns sehen, deren
Väter unsere Eltern bei Tisch bedient haben?‹ Sie hatten
recht. In solch einer kleinen Stadt war es nicht anders
möglich.

Nur etlichen Engländern öffneten sie ihren engen
Kreis. Es lebte nämlich im Ort eine Anzahl britischer
Familien, angezogen von der Ruhe, den steifen Sitten
und dem kühlen Wesen ihrer Bewohner. Es erinnerte sie
dies alles an das Spießbürgertum der Kleinstädte ihrer
Heimat. Auch die Nähe des Meeres und das für engli-
sche Verhältnisse spottbillige Leben verlockte sie. Ihre in
England kaum ausreichenden Mittel verdoppelten sich
hier gleichsam. Schließlich betrachteten sie die Normandie für ein Vorland Englands, wo man sich sehr wohl für
einige Zeit niederlassen konnte.

Die kleinen Misses lernten daselbst ein bisschen Französisch, während sie sich unter den dürftigen Linden
des Marktplatzes beim Reifenspiel tummelten. Wenn sie
dann achtzehn Jahre alt waren, wanderten sie wieder
nach England hinüber, denn die verarmten französischen Edelleute durften nicht daran denken, diese Eng-
länderinnen mit ihrer geringen Mitgift zu heiraten. Das
war der Grund, warum die englischen Familien nach
sechs bis sieben Jahren wieder fortzogen. Aber es kamen

immer wieder neue in die verlassenen Häuser, die ebenso lange blieben. So sah man in den Straßen jederzeit die nämliche Zahl Spaziergängerinnen in groß karierten Kleidern, grünen Schleiern und schottischen Umhängen. Diese fremdländischen Gäste waren das einzige Wandelbare in der fürchterlichen Eintönigkeit der kleinen Stadt.

Man spricht häufig und alles Mögliche über die Enge des kleinstädtischen Lebens, aber hier war dieses ereignislose Dasein noch armseliger als sonst wo, weil es nicht Klassenkämpfe und Rangstreite gab wie an so vielen kleinen Orten, wo Eifersucht, Hass und gekränkte Eigenliebe einen stummen Hass nähren, der in allerlei Ränken und in jenen kleinen Schurkereien zum Ausbruch zu kommen pflegt, die kein Gesetz bestraft. Hier war der Abstand zwischen Adel und Nichtadel so groß, dass es zu Zwist gar nicht kommen konnte. Zu einem Kampf bedarf es eines gemeinsamen Bodens und gegenseitiger Beziehungen. Beides fehlte hier. Der Adel nahm vom Bürgertum gar keine Kenntnis. Was man auch über ihn reden mochte, er kümmerte sich nicht darum. Er hörte es nicht. Die jungen Leute, die sich hätten beleidigen und aneinandergeraten können, trafen sich nicht an öffentlichen Orten, die durch die Gegenwart von Frauenaugen so leicht zu heißen Kampfgefilden werden. Es gab auch kein Theater; infolgedessen kamen keine Wandertruppen. Und was die Kaffeehäuser anbelangt, so waren das Budiken, in denen nur kleine Leute und Tagediebe verkehrten, allenfalls etliche abgedankte Offiziere, unnütze Trümmer der napoleonischen Zeit. Übrigens waren die Spießbürger bei aller Wut über die missachtete Formel der Gleichheit ganz wie dereinst unwillkürlich voller Hochachtung vor der adeligen Welt. Es ist mit der vornehmen Geburt wie mit allen Dingen, die Neid und Hass erzeugen: Sie übt auf den sie Nichtbesitzenden und Beschimpfenden eine geradezu körperliche Wirkung aus, was vielleicht der beste Beweis ihrer Berechtigung ist. Während des Umschwunges bestreitet der Volksmann diese Wirkung, die er damit also doch empfindet, aber in ruhigen Zeiten unterwirft er sich ihr.

Im Jahre 182* lebte man in solch einer ruhigen Zeit. Der Freigeist war nicht imstande gewesen, dem Königsgedanken den Garaus zu geben. Das monarchische Frankreich, dem das Fallbeil die Brüste abgeschnitten hatte, wiegte sich in der Hoffnung, trotzdem weiterleben zu können und wieder zu genesen. Es merkte nicht, dass es aber doch dem sicheren Tode verfallen war.

In der Ihnen geschilderten Kleinstadt herrschte in den Jahren des wiederauferstandenen Königtums tiefe Grabesruhe. Eine Frömmlergesellschaft hatte sich in den vornehmen Adelskreis eingeschlichen und die letzten Regungen der Lebenslust getilgt. Selbst die Jugend tanzte nicht mehr. Bälle waren als Gelegenheiten der Verderbnis verpönt. Die jungen Mädchen trugen Missionskreuze an den Halskrausen und bildeten einen Betschwesternklub. Der Ernst, mit dem dieser Blödsinn ausgeübt ward, war zum Lachen. Nur wagte kein Mensch, sich darüber lustig zu machen. Sobald bei den geselligen Zusammenkünften die vier Whisttische für die alten Damen und Herren und die beiden Ecartétische für die jungen Leute aufgestellt waren, zogen sich die jungen Damen zurück und setzten sich in einer Ecke zu einer schweigsamen Gruppe {schweigsam, soweit weibliche Wesen schweigen können!) zusammen, um sich im Flüsterton zu unterhalten, das heißt, sich unsäglich zu langweilen. Steif und förmlich hockten sie beieinander, in Widerspruch zu ihren anmutigen Gestalten, dem leuchtenden Rosa und Lila ihrer Kleider und dem Flattern der Spitzen und Bände um Busen und Hals.«

3

»Das einzige« – fuhr der Erzähler fort –, »was Leben, Begierden, starke Wallungen in die stille Stadt brachte, war das Glücksspiel, die letzte Leidenschaft verbrauchter Seelen. Das ›Jeu‹ war die große Sache unter diesen altmodischen Edelleuten, die sich einbildeten, als Grandseigneurs zu leben, während sie wie blinde alte Weiber dahinsiechten. Sie waren vom Spielteufel besessen wie die alten Normannen, die Eroberer Englands.

Ihr Lieblingsspiel war das Whist, wohl darum, weil sein Wesen schweigsam und gemessen ist wie die Diplomatie der alten Zeit. Auch kam ihre Engländerei dabei zum Ausdruck. Dies Spiel musste die bodenlose Leere ihrer faden Tage ausfüllen. Sie spielten alle Abend nach der Hauptmahlzeit bis zwölf oder ein Uhr. In den Augen der biederen Bürger waren so lange Sitzungen etwas Wüstes.

Am berühmtesten waren die Spielabende beim Marquis von Saint-Alban. Dieser Edelmann war gewissermaßen das Oberhaupt aller Adeligen. Man zollte ihm die höchste Achtung und Rücksicht. Er war ein Meister im Whist. Mit wem hatte er in seinem langen Leben nicht gespielt? Er war neunundsiebzig Jahre alt. Maurepas, der Graf von Artois, der Fürst von Polignac, der Kardinal Ludwig von Rohan. Cagliostro, Fox, Dundas, Sheridan, der Prinz von Wales, Talleyrand, vielleicht der Teufel selber hatten mit ihm am Spieltisch gesessen. Er war jedem Partner gewachsen. Jetzt fand er unter den Engländern ebenbürtige Gegner.

Eines Abends spielte man im Hause der Frau von Beaumont. Man erwartete einen Mister Hartford, der sich am berühmten Tisch des Marquis betätigen sollte. Dieser Gast besaß eine Baumwollspinnerei in Pont-aux-Arches, beiläufig gesagt, eine der ersten in der Normandie, diesem Lande, das allen neuen Dingen unzugänglich ist, weniger wegen der Dummheit und Schwerfälligkeit der Bevölkerung, vielmehr zufolge ihrer Vorsicht, des Grundzuges der normannischen Rasse. Die Menschen der Normandie gleichen den Füchsen, die, wenn sie übers Eis laufen, ihre Pfoten nur dorthin setzen, wo es fest ist.

Besagter Hartford – wie ihn die Jugend kurzweg nannte –, ein Fünfziger mit silberschimmerndem kurz geschorenem Haar, das wie eine seidene Mütze aussah, ward vom Marquis sehr geschätzt. Kein Wunder, denn er war ein großartiger Spieler, der eigentlich nur lebte, wenn er die Karten in der Hand hielt. Er behauptete, das größte Glück sei, im Spiel zu gewinnen, das zweitgrößte, im Spiel zu verlieren. Ein prächtiger Ausspruch; den er von Sheridan hatte; aber diese Entlehnung verzieh man ihm, weil er das Wort so glänzend zur Tat machte. Übrigens besaß er, abgesehen von dem Laster des Spiels – in Hochschätzung dessen ihm der Marquis die hervorragendsten Tugenden nachgesehen hätte –, alle die Pharisäereigenschaften, die man in England mit dem handlichen Sammelnamen *Honorability* bezeichnet. Er galt als Gentleman ohne Tadel. Der Marquis nahm ihn öfters auf Wochen mit nach seinem Schloss, dem ›Vanillenhof‹, und in der Stadt kam er alle Abende mit ihm zusammen.

An diesem Abend verspätete sich der sonst peinlich pünktliche Hartford zur Verwunderung der ganzen Gesellschaft, vor allem des Marquis. Es war im August. Durch die offenen Fenster blickte man hinaus nach einem herrlichen Garten, wie ihn nur eine Landstadt haben kann. Die jungen Damen saßen beisammen in den Fensternischen und plauderten über ihren Stickereien. Der Marquis hatte sich bereits am Spieltisch niedergelassen, die dichten weißen Brauen gerunzelt, die Ellbogen aufgestützt. Sein herrisches Antlitz, das in seiner Würde dem Ludwigs des Vierzehnten glich, zumal im Unmut darüber, dass man ihn warten ließ, ruhte auf seinen greisenhaft schönen Händen.

Endlich meldete der Diener Herrn Hartford. Er erschien, tadellos wie immer gekleidet, in blendend weißer Wäsche, Ringe an allen Fingern (was damals nicht als unvornehm galt), ein Taschentuch aus indischer Seide in der Hand, ein duftendes Kügelchen im Mund, um den Nachhaucht der Anschovenpaste, der Harveytunke und des Portweins zu tilgen.

Er kam aber nicht allein. Er begrüßte den Marquis und stellte ihm – wie zur Abwehr jedweden Vorwurfs – einen seiner Freunde vor, einen Schotten, Herrn Marmor von Karkoël, der ihm (so berichtete er) wie eine Bombe gerade bei Tisch ins Haus geflogen wäre. Nebenbei bemerkt, sei er der beste Whistspieler der drei Königreiche.

Diese Empfehlung entlockte den fahlen Lippen des Marquis ein liebenswürdiges Lächeln. Alsbald war die Partie im Gange. In seinem Eifer vergaß Karkoël seine Handschuhe auszuziehen, die in ihrer Vollkommenheit an die berühmten Handschuhe Brummells erinnerten, die bekanntlich von drei besonderen Handwerkern hergestellt wurden, zweien für die Finger und einem für die Daumen. Der Schotte war der Partner des Marquis. Die verwitwete Gräfin von Hautcardon hatte ihm diesen Platz überlassen, der sonst der ihre war.

Dieser Herr von Karkoël, meine Damen, war nach seiner Erscheinung ein Mann von etwa achtundzwanzig Jahren. Aber die Tropensonne, mir unbekannte Überanstrengungen, vielleicht auch Leidenschaften, hatten seinem Gesicht das Gepräge eines Fünfunddreißigjährigen aufgedrückt. Es war nicht schön, aber ausdrucksvoll. Sein schwarzes starkes Haar war aufrecht gebürstet und ziemlich kurz geschnitten. Merkwürdig oft fuhr er mit der Hand über die Schläfen und strich es zurück. Diese Bewegung war ungemein, aber auch unheimlich beredt. Man hatte die Empfindung, als wolle er einen reuevollen Gedanken verscheuchen. Dies fiel einem im ersten Augenblick auf, und wie alles Geheimnisvolle immer wieder. Ich bin mehrere Jahre lang viel mit diesem Karkoël zusammengekommen, und ich muss sagen: Diese düstere Geste, die er wohl zehnmal in der Stunde wiederholte, erweckte bei jedermann stets den nämlichen Gedanken. Seine regelmäßig geformte, aber niedrige Stirn verriet Verwegenheit, und die Unbeweglichkeit seiner Oberlippe hätte Lavater in Verzweiflung gebracht, der bekanntlich behauptet, in den beweglichen Linien des

Mundes eines Menschen ständen seine verborgenen Gedanken besser zu lesen als im Ausdruck seiner Augen. Er trug keinerlei Bart. Wenn er lächelte, tat er es, ohne dass seine Blicke daran teilnahmen, und es zeigte sich der Perlenglanz seiner Zähne. Sein Gesicht war länglich, in den Wangen eingefallen, von der matten Farbe der Olive, aber durchglüht von der Sonne, und zwar von einer feurigeren als der des Nebellandes. Seine lange gerade Nase trat zwischen zwei schwarzen Macbethaugen hervor, die überaus finster und unverhältnismäßig eng aneinandergerückt waren, was ein Zeichen von seelischer Ungeheuerlichkeit oder Geisteskrankheit sein soll. Er war erlesen gekleidet. Wie er in seiner nachlässigen Haltung am Spieltisch saß, erschien er nicht so klein wie vordem stehend, was daher kam, dass sein Oberkörper im Vergleich zu seiner ganzen Gestalt zu lang war. Abgesehen von diesem Fehler war er gut gebaut und, ich möchte sagen, tigerhaft-geschmeidig in seinen samtnen Bewegungen. Was schließlich sein Französisch anbelangt, überhaupt seine Sprechweise, so weiß ich heute nicht mehr, ob seine Stimme (der goldene Griffel, mit dem wir unsern Willen in die Herzen unserer Zuhörer eingraben, um sie zu verführen) im Einklang stand mit der schon geschilderten häufigen Gebärde der Hand nach dem Kopf. Eines ist mir nur noch erinnerlich. An jenem Abend klangen seine Worte kein bisschen schauerlich. Was er sagte, hatte keine besondere Betonung. Er sprach nichts als die beim Whist nötigen Worte, die in gleichmäßigen Abständen in die weihevolle Stille des Spiels fielen.

Außer seinen Spielgenossen schenkte keiner der zahlreichen im geräumigen Salon Anwesenden dem hereingeschneiten Whistspieler Beachtung. Die Gegenwart eines Engländers war ja nichts Auffälliges. Die jungen Mädchen wandten nicht einmal den Kopf nach ihm. Sie waren der immer wieder auftauchenden Ausländer längst überdrüssig, da sie doch allesamt nichts als die Karten im Kopf hatten. Selbst die Spieler an den anderen Tischen hatten ihm nur bei seiner Ankunft einen flüchtigen Blick gegönnt und sich alsbald, kopfüber wie Schwäne auf dem Teich, von Neuem in ihren Whist versenkt.

Zwischen dem Marquis von Saint-Alban und Herrn Hartford, dem neuen Spieler gegenüber, hatte die verwitwete Gräfin von Tremblay-Stasseville ihren Platz, während ihre Tochter Hermine, die holdeste Blume im Kranz der jungen Mädchen in den Fensternischen, mit Fräulein Ernestine von Beaumont plauderte. Nach der Mutter schauend, fiel ihr Blick auch auf den Schotten.

»Sieh einmal, Ernestine«, sagte sie leise zu ihrer Freundin, »wie dieser Mensch die Karten gibt!«

Karkoël hatte inzwischen seine Handschuhe abgestreift und verteilte mit seinen aus ihrer parfümierten Gämslederhülle befreiten weißen wohlgeformten Händen (mit denen eine Mondäne, wenn sie sie besessen hätte, sich selbst vergöttert hätte) die Karten, jede einzeln, wie dies beim Whist Vorschrift ist, und zwar mit wirklich unheimlicher Gewandtheit, die man bewundern musste wie die Finger Liszts. Einer, der mit solcher Fingergeschwindigkeit die Karten gibt, ist unbedingt ihr Meister.

Ein so vielsagendes Geschick erwirbt man sich nur, wenn man zehn Jahre lang in Spielhöllen verkehrt hat.

›Ein Handwerk‹, meinte Ernestine in verächtlichem Ton, ›das ich nicht *comme il faut* finde.‹

Comme il faut sein war der hochmütigen jungen Dame das Höchste. Es galt ihr mehr als noch so geistreich sein. Sie hatte ihren Beruf verfehlt, diese Ernestine von Beaumont; und ich glaube, sie ist vor Herzeleid gestorben, weil sie nicht die *Camerera major* der Königin von Spanien geworden ist.

Fabelhaft wie sein Kartengeben war Karkoëls Spiel. Er zeigte darin eine derartige Meisterschaft, dass der alte Marquis vor Vergnügen berauscht war. Mit einem solchen Partner hatte er sich seit Langem nicht gemessen. Jede Art Überlegenheit ist Verführung. Wer sie besitzt und wirken lässt, zieht sein Opfer unwiderstehlich in seinen Bann. Mehr noch! Ein solcher Verführer macht auch andere fruchtbar. Man denke an die großen Plauderkünstler! Sie reden und säen zugleich die Gegenrede aus. Wenn sie zu sprechen aufhören, fallen die Dummköpfe, beraubt des Schimmers, der sie vergoldete, matt in den flachen Strom der Unterhaltung zurück, wo sie wie tote Fische schwimmen, den schuppenlosen Bauch nach oben. Karkoël aber regte diesen Mann, dem das Leben keine Reize mehr bot, nicht nur an. Er steigerte die Hochschätzung, die sein Gegenspieler von sich selber hegte, indem er dem feinlinigen Obelisken, den sich dieser ›König des Whistes‹ schon längst in der verschwiegenen Einsamkeit seines Dünkels erbaut hatte, noch eine Krone aufsetzte.

Trotz der Erregung, die ihn verjüngte, beobachtete der Marquis den Fremden während des Spiels aus den Winkeln seiner Krähenfüße – so nennen wir unverschämterweise das Brandmal, das uns die freche Klaue der Zeit in die Gesichter schlägt! –, die seine geistfunkelnden Augen zügelten. Der Schotte konnte nur von einem ganz hervorragenden Spieler gewürdigt, geschätzt und genossen werden. Er besaß jene tiefe nachdenkliche Aufmerksamkeit, die während der Wechselfälle des Spiels über Berechnungen grübelt, sie aber mit prächtiger Unerschütterlichkeit verschleiert. Neben ihm hätten sich im Flugsand der Wüste kauernde Sphinxe wie Sinnbilder der Redseligkeit ausgenommen. Er spielte, als habe er drei Paar Hände zur Verfügung, die ihm wie von selbst die Karten hielten.

Die letzten Lüftchen des Augustabends trugen leisen Duft zu den bloßen Köpfen der dreißig jungen Mädchen, um beladen mit neuem Wohlgeruch und dem Balsam der Jungfräulichkeit von den leuchtenden Scheiteln zurückzuwallen und schließlich an jener bronzenen breiten niedrigen Stirn, dieser Klippe aus lebendigem Marmor, hängen zu bleiben. Karkoël spürte es nicht. Seine Nerven waren stumm. In diesem Augenblick musste man ihm zugestehen, dass er den Namen Marmor mit vollem Recht trug. Es braucht nicht hinzugefügt zu werden, dass er der Gewinner war.

Der Marquis zog sich stets gegen Mitternacht zurück. ›Er ist wirklich der König der Karten, dieser Karkoël!‹, sagte er voll Begeisterung, noch immer überrascht, zu Hartford, der ihn ehrerbietigst an seinen Wagen geleitete, nachdem er ihm den Arm geboten hatte. ›Sorgen Sie dafür, dass er uns nicht sobald wieder verlässt.‹

Der Engländer versprach es, und der alte Edelmann nahm sich, seinen Jahren und seinem Geschlecht zum Trotz vor, dem schottischen Odysseus gegenüber die Rolle der gastfreundlichen Sirene zu spielen.

4

Wenn ich heute auf diesen ausführlich geschilderten Spielabend, der Karkoëls mehrjährigen Aufenthalt in *** einleitete, zurückdenke und mir seine an sich belanglosen und unbedeutenden Einzelheiten vergegenwärtige- was hatte sich weiter abgespielt als eine alltägliche Partie Whist? –, so erscheint er mir doch, an der Kette späterer Ereignisse, sehr merkwürdig und folgenschwer.

Die vierte Person an jenem Whisttisch, die Gräfin von Stasseville, verlor ihr Geld mit der aristokratischen Gleichgültigkeit, die sie allerwegen zur Schau trug. Vielleicht entschied dieses erste Spiel mit dem Fremdling ihr ganzes weiteres Schicksal. Das Leben ist ja so seltsam verknüpft. Damals nahm sich niemand die Mühe, die Gräfin zu beobachten. Das Klappern der Spielmarken und das Knittern der Karten ließ nichts anderes aufkommen. Es hätte sich wohl gelohnt, wenn man in die Seele dieser Frau hätte blicken können, die uns allen wie ein scharfkantiges Stück Eis erschien, sooft man sich Gedanken über sie machte. Wer weiß, ob das, was man sich später entsetzt zuraunte, nicht schon an jenem Abend seinen Anfang genommen hat?

Die Gräfin von Stasseville war eine Dame von vierzig Jahren, von sehr zarter Gesundheit, bleich und schmächtig, aber von einer Blässe und Schlankheit, die ganz außergewöhnlich war. Ihre bourbonische, etwas zusammengedrückte Nase, ihr kastanienbraunes Haar, ihre feinlinigen Lippen, alles das verriet edle Abstammung und einen stolzen Sinn, der wohl leicht in Grausamkeit umschlagen konnte. Ihre schwefelgelbe Hautfarbe war krankhaft. Aber trotz ihrer Blässe, trotz ihrer Lippen von der Farbe verwelkter Hortensien, oder vielmehr gerade in diesen kaum sich abzeichnenden schmalen und wie eine Bogensehne bebenden Lippen konnte der Menschenkenner ein erschreckliches Merkmal von verborgener Willenskraft und unterdrückter Leidenschaft wahrnehmen. Die Hinterländler freilich erkannten das nicht. Sie sahen in der harten dünnen Lippenlinie höchstens die mörderische Sehne, auf der immerdar der Pfeil einer bissigen Bemerkung des Abschnellens harrte.

Goldgrün schillernde Augen – die Gräfin führte wie in ihrem Wappen so auch in ihrem Blick goldene Sterne in grünem Feld – krönten ihr Antlitz gleich zwei Fixsternen, aber ohne ihm Wärme zu verleihen. Diese beiden goldgesprengelten Smaragde, gefasst vom stumpfen Blond der Wimpern und Brauen, wirkten unter der gewölbten Stirn so kühl und kalt, als hätte man sie eben aus dem Fisch des Polykrates herausgeholt. Nur ihres Spottes glitzernder Geist, scharf wie eine Damaszenerklinge, entzündete zuweilen in dem vereisten Blick zuckende Blitze. Die Frauen hassten den Witz der Gräfin, als wäre er ihre Schönheit gewesen. Und wahrlich, er war ihre Schönheit! Ähnlich dem Fräulein von Retz –

von der uns der Kardinal ein literarisches Bildnis geschenkt hat wie ein Liebhaber, dem die Schuppen von den Augen gefallen sind, hatte sie einen Fehler im Wuchs, der streng genommen ein Gebrechen war. Ihr Vermögen war beträchtlich. Ihr Gatte hatte ihr bei seinem Tode die geringe Last von zwei Kindern hinterlassen, einen entzückend dummen kleinen Bengel, der einem Abbé zur ebenso väterlichen wie erfolglosen Erziehung anvertraut war, und Hermine, deren Schönheit in den anspruchsvollsten und kunstsinnigsten Kreisen von Paris bewundert worden wäre. Während man dem Knaben nichts beizubringen vermochte, war das Mädchen tadellos erzogen, vom herkömmlichen Standpunkt betrachtet. Die Tadellosigkeit der Mutter war allerdings immer ein wenig gleichbedeutend mit Hochnäsigkeit. Sogar ihre Tugend hatte etwas Anmaßendes, und wer weiß, ob dies nicht der einzige Grund war, dass sie an ihr festhielt. Wie dem auch sei, tugendhaft war sie. Ihr Ruf gebot der Verleumdung Halt. An seinem Stahl war noch jeder Schlangenzahn abgeglitten, und aus Ärger darüber, dass man dieser Frau nichts anhaben konnte, hatte man sich damit begnügt, sie der Kälte zu zeihen. Und ihre besten Freundinnen hatten an ihr den bekannten Querbalken entdeckt, den man einer berühmten schönen Frau des achtzehnten Jahrhunderts angedichtet hat, um zu erklären, dass sie es fertigbrachte, das gesamte ritterliche Europa zu Füßen schmachten zu lassen, ohne dass auch nur einer einen Zoll höher kam.«

Die Gewagtheit besagter Anspielung, die unter seiner Zuhörerschaft einen kleinen Aufruhr beleidigter Sprödigkeit entfesselt hatte, beschwichtigte der Erzähler durch den heiteren Ton seiner letzten Worte. Der Ausdruck »Sprödigkeit« soll hier indes keine Missbilligung ausdrücken, denn die Sprödigkeit von Damen, die sich nicht zieren, ist etwas sehr Anmutvolles. Überdies war es bereits so dunkel geworden, dass man diese Empörung mehr spürte als sah.

»Auf Ehre!« warf der alte Vicomte von Rassy ein. »So wie Sie sie schildern, Verehrtester, so war sie wirklich, die Gräfin von Sta... Stasseville!«

Er war Stotterer und bucklig, aber so geistreich, dass er gut auch noch hätte hinken können. Wer kannte in Paris den Vicomte nicht, dieses noch lebende Denkmal der kleinen Verderbtheiten des galanten Jahrhunderts?

In seiner Jugend bildhübsch wie der Marschall von Luxemburg, hatte er wie dieser seine schwache Seite, und selbige war ihm verblieben. Die starke war wer weiß wohin. Wenn ihn die jungen Leute bei einem Anachronismus der Lebensführung ertappten, so pflegte er zu sagen: »Zum Mindesten schände ich mein graues Haar nicht!« Er trug nämlich eine kastanienbraune Perücke à la Ninon, mit einem falschen fleischfarbenen Scheitel und ganz unglaublichen und unbeschreiblichen Korkzieherlocken.

»Ah, Sie haben die Gräfin gekannt?«, erwiderte der unterbrochene Erzähler. »Trefflich! Dann können Sie mir ja bestätigen, dass ich mich der Wahrheit befleißige!«

»Wie durchs Fenster gezeichnet ist ihr Po ...por...trät!« bestätigte der alte Vicomte, indem er sich aus Ärger über seine Stotterei einen leichten Schlag auf die Wange versetzte, auf die Gefahr hin, das aufgelegte Rot zu verwischen. Er schminkte sich nämlich, und zwar schamlos, wie er das in allem war. »Ich habe sie u...un ...gefähr um die Zeit gekannt, wo Ihre Geschichte spielt. Sie kam jeden Winter auf ein paar Tage nach Paris. Ich habe sie getroffen bei der Prinzessin von Cou...Cour ... tenay, die mit ihr verwandt war. Die Gräfin von Sta...Stasseville, ja, ja, Witz in Eis serviert, das war sie! Man bekam Husten in ihrer Nähe.«

»Mit Ausnahme der paar Tage, die sie jeden Winter in Paris verbrachte«, begann der verwegene Erzähler von Neuem, der seinen Personen nicht einmal Halbmasken aufsetzte, »war das Leben der Gräfin von Stasseville eintönig und langweilig, wie eben das Dasein einer anständigen Frau in einer Kleinstadt ist. Sechs Monate des Jahres wohnte sie in ihrem Stadthaus, in dem kleinen Ort, dessen geistiges Gepräge ich Ihnen beschrieben habe, und in den andern sechs Monaten im Herrenhaus ihres schönen Landgutes, vier Stunden von der Stadt. Alle zwei Jahre führte sie ihre Tochter nach Paris. Wenn sie allein hinfuhr, pflegte sie sie bei einer alten Tante, dem Fräulein von Triflevas, zu lassen. Nach Spa, Plombières oder in die Pyrenäen ging sie nie. Sie mied die Badeorte. War es aus Furcht vor der Nachrede? Was munkelt man nicht alles, wenn in der Provinz eine alleinstehende Dame in den Verhältnissen der Frau von Stasseville in ein fernes Bad reist? Was argwöhnt man da nicht? Der Neid derer, die zu Hause bleiben müssen, hält sich damit schadlos an denen, die das Vergnügen haben, auf Reisen zu gehen.

Die so gern spöttische Gräfin war viel zu hochmütig, um auch nur eine ihrer Launen der öffentlichen Meinung zu opfern; aber von Badekuren hielt sie nichts; und ihr Hausarzt hatte sie auch lieber in der Nähe statt dreißig Meilen davon, denn auf so große Entfernung lassen sich die häufigen heuchlerischen Besuche zu je zehn Franken nicht gut machen. Übrigens fragt es sich, ob die Gräfin Launen hatte. Geist und Fantasie sind Dinge, die miteinander nichts zu tun haben. Ihr Geist war so klar, so schneidend, so auf die Wirklichkeit gestellt, dass er das Launenhafte eigentlich ausschloss. Wenn sie lustig war, was selten vorkam, so hatte das den harten Klang einer Kastagnette aus Ebenholz oder einer Schellentrommel, bei der man das gespannte Fell und das dröhnende Metall heraushört. Man vermochte sich nicht vorzustellen, dass aus ihrem trockenen messerscharfen Gehirn jemals etwas könne hervorgehen, was an Fantasie gemahnte, was wie ein Gebilde jener Träumerei oder Sehnsucht gewirkt hätte, die einen dazu drängt, fortzugehen und eine andere Gegend aufzusuchen als die, wo man sich gerade befindet. Während der zehn Jahre, die sie eine reiche Witwe und somit völlig ihre eigene Herrin war, hätte sie ihr Leben überall in der Welt verbringen können, weit weg von diesem adeligen Nest, in dem sie die Abende damit totschlug, Whist zu spielen mit alten Jungfern, die noch die Tage der Chouans erlebt, und mit ergrauten Kavalieren und vergessenen Helden von anno Tobak. Wie Lord Byron hätte sie mit einer Bibliothek, einer Küche und einem Vogelbauer in ihrem Reisewagen durch die Welt ziehen können, aber sie hatte nicht die geringste Lust dazu. Sie war noch mehr als träg; sie war gleichgültig; genauso unzugänglich wie Marmor von Karkoël, wenn er spielte. Nur war Marmor ein leidenschaftlicher Spieler, während die Gräfin auch beim Spiel gleichgültig war. Ihr war alles einerlei. Sie war eine stillstehende Natur. Abgesehen von ihrem Witz führte sie das Leben einer Mumie. Obwohl sie leidend aussah, leugnete ihr Arzt, der nie recht klug aus ihr ward, jede wirkliche Krankheit. War das übertriebene Verschwiegenheit, oder sah er sie tatsächlich nicht? Allerdings klagte sie niemals, weder über körperliche noch seelische Leiden. Es fehlte ihr auch jener fast greifbare Schatten von Schwermut, der gewöhnlich wie ein Mal auf der Stirn einer Vierzigjährigen lastet. Ihre Tage glitten leise, nicht stürmisch von ihr ab. Mit ihren grüngelben Undinenaugen sah sie dem spöttisch zu, wie sie jedwedem Ding zusah. Den ihr anhaftenden Ruf der geistreichen Frau strafte sie Lügen, indem sie an ihrem Wandel nichts von alldem erscheinen ließ, was man am Leben starker Persönlichkeiten Entgleisungen nennt. Sie tat einfach und natürlich, was alle Frauen ihrer Kaste taten, nichts mehr und nichts weniger. Sie bewies damit, dass die ›Gleichheit‹, der Wahn des vierten Standes, nur auf der Höhe der Kultur möglich ist. Nur unter wahrhaft vornehmen Menschen gibt es nichts Höheres mehr. ›Ich bin nichts als der erste meiner Edelleute‹, hat Heinrich der Vierte in diesem Sinne gesagt. Die Gräfin war zu sehr Aristokratin, als dass sie irgendwie aus dem Kreis ihrer Standesgenossinnen hätte hervorragen wollen. Gleich ihnen erfüllte sie ihre äußerlichen gesellschaftlichen und kirchlichen Pflichten mit der schlichten Genauigkeit, die das oberste Gesetz eines Herkommens war, das jeden Überschwang verpönte. In nichts blieb sie hinter ihrer Gesellschaft zurück; in nichts ging sie über sie hinaus. War es ihr schwergefallen, dies eintönige Provinzleben auf sich zu nehmen, worin das, was ihr an Jugend verblieben, einschlief wie ein Weiher unter Seerosen? Die Beweggründe dazu, Gründe der Vernunft, des Gewissens, der Triebkräfte, der Erwägung, des Blutes, der Geschmacksart, aller der innerlichen Flammen, die ihr Licht auf unsere Handlungen werfen, waren bei ihr in nichts zu spüren. Nichts erhellte von innen her die äußere Lebensführung dieser Frau. Müde schließlich, die Gräfin von Stasseville immerdar zu beobachten, ohne dabei etwas zu entdecken, hatten die Leute – die doch in der Provinz die Geduld von Sträflingen oder Anglern haben, wenn es gilt, etwas herauszukriegen – die Lösung dieses Rätsels aufgegeben, wie man eine alte Handschrift beiseite wirft, die man durchaus nicht entziffern kann. ›Wir sind eigentlich recht dumm‹, hatte eines Abends – und das war schon ein paar Jahre her – die verwitwete Gräfin von Hautcardon in lebhaftem Ton erklärt, ›uns den Kopf darüber zu zerbrechen, was in der Seele dieser Frau stecken mag. Vermutlich steckt nichts darin!‹ Diese Ansicht der Gräfin war allgemein angenommen worden, und sie hat geherrscht, wie ein schwacher Fürst herrscht, bis Marmor von Karkoël, der Mann, der vielleicht den Lebensweg der Gräfin von Stasseville am allerwenigsten hätte kreuzen sollen, vom andern Ende der Welt kam und sich an den Spieltisch setzte, an dem gerade ein Spieler fehlte. Wie Hartford, der ihn eingeführt hatte, berichtete, war er in den nebeligen Bergen der shetländischen Inseln geboren. Er stammte aus dem Land, in dem sich Walter Scotts herrlicher Roman ›Der Pirat‹ abspielt, jene lebenswahre Geschichte, die

Karkoël mit einigen Abweichungen in der kleinen unbekannten Stadt an der Küste des Kanals wieder aufleben lassen sollte. Er war am Gestade des Meeres, das Clevelands Schiffe durchfurcht hatten, groß geworden. Als Knabe hatte er mit den Töchtern des alten Toil getanzt, wie der junge Mordaunt. Diese Tänze hatte er nicht verlernt und sie mehr als einmal vor mir auf dem Eichenparkett in der nüchtern-ernsten kleinen Stadt getanzt, die so recht das Gegenstück war zur wilden Romantik dieses schottischen Tanzes. Mit fünfzehn Jahren hatte man ihm ein Leutnantspatent in einem englischen Regiment gekauft, das nach Indien ging; und zehn Jahre lang hatte er gegen die Marattahs gefochten. Soviel erfuhr man alsbald von ihm und von Hartford, ferner, dass er von Adel und mit dem berühmten Geschlecht der Douglas ›mit dem blutigen Herzen‹ verwandt war. Aber das war alles. Vom Übrigen wusste man nichts und hat nie etwas gewusst. Seine Abenteuer in Indien, diesem großartigen entsetzlichen Land, wo die Menschen mit erweiterten Lungen anders atmen lernen, sodass ihnen die Luft des Abendlandes dann nicht mehr genügt, davon erzählte er nie. Seine Erlebnisse waren in geheimnisvollen Runen auf seiner sonnenbraunen Stirn eingegraben, deren Wand sich ebenso wenig öffnete wie die Büchsen mit asiatischem Gift, die indische Fürsten für die Tage der Niederlage und des Unglücks in ihren Schreinen aufbewahren. Sie verrieten sich im scharfen Blitz seiner schwarzen Augen, den er auszulöschen verstand, wenn man ihn anblickte, wie man eine Fackel verlöscht, wenn man nicht gesehen sein will, und in jener erwähnten rastlosen Gebärde, mit der er sein Haar an der Schläfe wohl zehnmal hintereinander niederdrückte, beim Whist oder beim Ecarté. Aber außer jenen Hieroglyphen der Mienen und der Gesten, die nur scharfe Beobachter zu deuten verstehen und die, wie die ägyptischen Schriftzeichen nur in großen Zügen reden, war Marmor von Karkoël nicht zu entziffern. Er blieb ebenso unerforschlich in seiner Art wie die Gräfin von Stasseville in der ihren. Er war ein großer Schweiger. Die jungen Edelleute der Stadt – und es gab ein paar sehr geistreiche darunter, neugierig wie die Frauen und gewandt, wie die Eidechsen – brannten vor Begier, ihn zu bewegen, die ungedruckten Denkwürdigkeiten seiner Jugend zwischen ein paar amerikanischen Zigaretten zu erzählen; aber sie waren immer abgeblitzt. Dieser Seelöwe der Hebriden, den die Sonne von Lahore gebräunt hatte, ließ sich nicht in den Mausefallen fangen, die ihm die Eitelkeit in den Salons stellte, in den Pfauenfallen, in denen die französische Selbstgefälligkeit so gern ihre Federn lässt, wenn sie sie nur entfalten darf. Dagegen war nichts zu machen. Karkoël war so mäßig wie ein Türke, der an den Koran glaubt. Er war wie ein ganz Stummer, dem das Geheimnis seiner Gedanken niemand entreißt. Ich habe ihn nie etwas anderes als Wasser oder Kaffee trinken sehen. Und die Karten, die seine Leidenschaft zu sein schienen, waren sie wirklich seine Leidenschaft oder nur ein Deckmantel? Verbarg er hinter ihnen wie hinter einer spanischen Wand seine Seele? Ich habe diesen Gedanken immer gehabt, wenn ich ihn beim Whist sah. Er spielte eigentümlich. Er pflanzte, züchtete und pflegte den Spielteufel dermaßen in der spielsüchtigen Seele dieser kleinen Stadt, dass sie nach seinem Fortgang in schrecklichen Spleen verfiel, in den Spleen der betrogenen Leidenschaft, der sie wie der Scirocco überfiel und sie noch englischer machte, als sie sowieso war.

Der Whisttisch war in Karkoëls Wohnung schon am frühen Vormittag aufgestellt, und sein Leben war an den Tagen, die er nicht im Vanillenhof oder sonst in einem Schloss der Umgegend verbrachte, so einfach wie das Leben eines Monomanen. Er stand um neun Uhr auf und frühstückte mit einem oder dem anderen Freund, der zum Whist gekommen war. Das dauerte bis fünf Uhr nachmittags. Da sich dazu immer sehr viele Herren einfanden, so löste man sich nach jedem Robber ab, und die Nichtspielenden wetteten.

Übrigens kamen zu jenen Vormittagspartien nicht nur junge Leute, sondern auch die würdevollsten Männer der Stadt. Familienväter wagten es, ihre Tage in dieser Spielhölle zuzubringen, und die verheirateten Damen versäumten in ihrem Groll keine Gelegenheit, dem Schotten das Böseste nachzusagen, als hätte er dem ganzen Land die Pest eingeimpft. Um fünf Uhr trennte man sich, um sich gegen Abend wieder in der Gesellschaft zu treffen und so zu tun, als füge man sich der Gewohnheit des Hauses, in dem man sich traf, indem man sich zum üblichen Spiel hinsetzte, das in Wahrheit nichts als die Fortsetzung des Vormittags-Whistes bei Karkoël war.

Sie können sich vorstellen, welchen Grad der Vollkommenheit diese Herren erreichten, die sich mit nichts anderem mehr abgaben. Sie erhoben das Whist zur Höhe der schwierigsten und glänzendsten Fechtkunst. Natürlich gab es dabei beträchtliche Verluste; aber Unglücksfälle und Zusammenbrüche, wie sie das Spiel gewöhnlich nach sich zieht, wurden durch die Meisterschaft der Spieler ferngehalten. Alle Mitspieler waren stark genug, um das Gleichgewicht des Glückes zu halten; und es spielte auch jeder allzu oft mit jedem, als dass man sich in gewissen Zeiträumen, wie es in der Spielersprache heißt, nicht revanchiert hätte.

Karkoëls Einfluss, gegen den die Damen des Kreises insgeheim empört waren, nahm keineswegs mit der Zeit ab; im Gegenteil, er ward immer mächtiger. Das ist begreiflich. Er ging weniger von seiner Person und seinem Wesen aus, als vielmehr davon, dass er eine bereits vorhandene Leidenschaft durch seine eigene Neigung vermehrt hatte. Das beste Mittel, vielleicht das Einzige, die Menschen zu beherrschen, ist bekanntlich, sie bei ihren Leidenschaften zu packen. Damit musste Karkoël Macht erlangen. Übrigens wollte er gar nicht herrschen. Er wusste selbst nicht, wie er dazu kam. Aber tatsächlich hatte er Macht wie ein Zauberer. Man riss sich um ihn. Solange er in der Stadt weilte, fand er immer die gleiche Aufnahme. Sie war geradezu ein fieberndes Suchen. Die Frauen, die ihn als Spieler fürchteten, sahen ihn lieber bei sich im Haus, als dass sie ihre Männer und Söhne bei ihm wussten. Sie empfingen ihn, wie Damen einen Herrn empfangen, den sie zwar nicht lieben, der aber der Mittelpunkt der Aufmerksamkeit, der Mode oder irgendeiner Bewegung ist. Im Sommer brachte er je vierzehn Tage bis vier Wochen auf den verschiedenen Gütern zu.

Der Marquis von Saint-Alban ließ ihm seine besondere Bewunderung angedeihen. Gönnerschaft würde zu wenig sagen. Auf dem Land wie in der Stadt gab es ein ewiges Whistspielen. Ich erinnere mich (ich verlebte damals als Gymnasiast meine Ferien in der Heimat) einen prächtigen Lachsfang auf der Douve mitgemacht zu haben, wo Karkoël während der ganzen Zeit im Kahn mit einem Kavalier der Gegend Whist mit zwei Strohmännern spielte. Und wenn sie ins Wasser gefallen wären, sie hätten weitergespielt!

Eine einzige Dame sah ihn nie in ihrem Schloss und nur selten in der Stadt bei sich. Das war die Gräfin von Stasseville.

Niemand wunderte sich darüber. Sie war Witwe und hatte eine reizende Tochter. In der Provinz, in einer neidischen abgezirkelten Gesellschaft, wo jeder in das Leben des Nächsten eindringt, kann man nicht vorsichtig genug jenen Schlussfolgerungen vorbeugen, die aus dem, was man sieht, auf das schließen, was man nicht sieht. Die Gräfin übte diese Vorsicht, indem sie Marmor nie auf ihr Schloss einlud und ihn in der Stadt nur sehr öffentlich, an den Tagen, wo sie alle ihre Bekannten bei sich sah, empfing. Ihre Höflichkeit gegen ihn war kühl und unpersönlich. Sie war der Ausdruck der Wohlerzogenheit, die man vor jedermann beweisen soll, nicht um der anderen, sondern seiner selbst wegen. Er seinerseits betätigte die nämliche Artigkeit. Alles dies geschah so ungezwungen, so völlig natürlich bei beiden, dass man sich vier Jahre lang hat täuschen lassen. Ich habe bereits gesagt: Abgesehen vom Spiel war Karkoël offensichtlich für nichts zu haben. Wenn er etwas zu verbergen gehabt hat, so deckte er es vortrefflich durch seine schweigsamen Gewohnheiten. Für die spottlustige Gräfin dagegen war es schwerer, sich zu verhüllen. Sie verhüllen, heißt das nicht schon sich verraten? Indessen, da sie die schimmernden Schuppen und die dreifach gespaltene Zunge einer Schlange hatte, so besaß sie auch deren Klugheit. Nichts beeinträchtigte den Glanz und die Schärfe ihres zur Gewohnheit gewordenen Witzes. Wenn man Karkoël in ihrem Beisein erwähnte, bedachte sie ihn öfter mit einem bösen Wort, das wie ein Hieb herniedersauste.

Ihre Rivalin in spitzen Bemerkungen, Fräulein von Beaumont, beneidete sie darum. Wenn dies nur Heuchelei war, so war es der Gipfel der Verlogenheit. Zwang ihre trockene Natur sie dazu? Aber warum verfiel sie, die durch ihre Stellung und den spottsüchtigen Stolz ihres Wesens die leibhafte Unabhängigkeit war, auf die Verstellung? Wenn sie Karkoël liebte und von ihm geliebt wurde, warum verbarg sie es hinter Bosheiten, warum zerrte sie mit abtrünnigen, treulosen, verräterischen Witzworten das vergötterte Bild in den Staub? War das nicht der ärgste Hochverrat an der Liebe?

Mein Gott! Wer weiß? Vielleicht machte gerade das sie glücklich, Herr Doktor«, fuhr der Erzähler fort, und wandte sich dem Dr. Beylasset zu, der an ein Boule-Schränkchen gelehnt stand und auf dessen schönem kahlem Schädel das Kerzenlicht des Armleuchters widerspiegelte, den der Diener soeben zu seinen Häupten entzündet hatte, »hätte man die Gräfin Stasseville mit einem physiologischen Blick durchschaut, den die Moralisten haben sollten wie ihr Ärzte, dann wäre es sonnenklar, dass bei dieser Frau alles sich nach innen kehren, hineinkriechen musste, wie die hortensienfarbene Linie, die ihre Lippen andeutete, die sie so stark aneinander-

zupressen pflegte, wie ihre Nasenflügel, die zusammen-
fielen, statt sich zu weiten, und erstarrten, statt zu beben;
wie ihre Augen, die sich zuweilen in die Augenhöhlen
zurückzuziehen und ins Gehirn zu steigen schienen.
Trotz ihrer sichtlichen Zartheit und einem körperlichen
Leiden, dessen Spuren man in ihrem ganzen Wesen verspüren konnte wie das Geäder eines Risses in einer spr-
öden Masse, war sie doch die verkörperte Willenskraft.
An ihr merkte man tatsächlich, dass es im Innern des
Menschen ein Elektrizitätszentrum gibt, die Wurzel unseres Nervensystems. Deutlicher als an ihr habe ich das
an niemandem beobachtet. Der Strom ihres dämmern-
den Willens kreiste besonders machtvoll in ihren aristokratischen Händen, mit ihrem matten Weiß, den feinen
Linien und dem Opalglanz ihrer Nägel. Allerdings gli-
chen sie – durch ihre Magerkeit, durch das verästelte
Netz ihrer bläulichen Adern und vor allem durch die eigentümliche Art der Bewegung, mit der sie nach den
Dingen fassten – den fabelhaften Krallen, welche die
Fantasie der alten Völker gewissen Ungeheuern mit
weiblichen Gesichtern und Frauenbrüsten angedichtet
hat. Wer sie sah, konnte nicht daran zweifeln, dass sie –
als Weib – ein Gebilde war, wie es deren in allen Gebie-
ten der Natur gibt, die aus Laune oder Trieb lieber den
Grund als die Oberfläche der Dinge suchen, eines jener
Wesen, die dazu bestimmt sind, geheimnisvolle Heim-
suchungen zu haben, die ins Leben tauchen wie tüchtige
Schwimmer und unter dem Wasserspiegel schwimmen,
die wie Bergleute unter der Erde atmen. Begeistert für
das Geheimnisvolle und Unergründliche schaffen sie tiefes Geheimnis über sich und lieben es bis zur Lüge, denn

die Lüge ist ein doppeltes Mysterium, verdichteter Schleier, Dämmerung und Dunkel um jeden Preis.

Vielleicht lieben Naturen dieser Art die Lüge um der Lüge willen, wie man die Kunst um der Kunst willen liebt, wie die Herrenmenschen den Krieg lieben.« (Der Arzt neigte voll Ernst den Kopf zum Zeichen seiner Zustimmung.) »Sie glauben auch daran, Doktor! Ja, ich bin überzeugt, es gibt Seelen, die ein Glücksgefühl beim Lügen finden. Es liegt eine grausige, aber berauschende Seligkeit in dem Gedanken, dass man lügt und trügt; in dem Gedanken, dass man sich selber ganz allein kennt, dass man die Gesellschaft durch eine Komödie narrt, die dem Veranstalter den Hochgenuss der Menschenverachtung einbringt!«

»Aber das ist ja schrecklich, was Sie da sagen!« fiel die Baronin Mascranny mit dem Aufschrei empörter Ehrlichkeit ein.

Alle die zuhörenden Damen (und es war vielleicht manche Kennerin heimlicher Freuden darunter) hatten bei den letzten Worten des Erzählers einen leisen Schauer empfunden. Das konnte ich an der nackten Schulter der Gräfin Damnaglia erkennen, in deren nächster Nähe ich saß. Diese Art Schauer kennt jeder, und jeder hat ihn einmal empfunden. Dichterisch sagt man in solchen Augenblicken: Der Tod geht vorüber! War es damals die Wahrheit, die vorüberschwebte?

»Gewiss«, fuhr der Erzähler fort, »das ist schrecklich. Aber ist es nicht wahr? Die Naturen, die das Herz auf der Hand tragen, ahnen nicht, welche stillen Freuden die Heuchelei denen gewährt, die mit einer Maske über dem

Gesicht zu leben und zu atmen vermögen. Auch die Wonnen der Hölle sind überirdisch. Himmlisch und höllisch besagt ja nichts weiter als den hohen Grad der Empfindungen. Genoss die Gräfin Stasseville solche satanischen Freuden? Ich will sie weder anklagen noch verteidigen. Ich erzähle nur, so gut ich kann, ihre Geschichte, die niemand genau gekannt hat, und ich versuche, sie psychologisch zu begründen. Das ist alles.

Übrigens habe ich diese Seelenzergliederung damals durchaus nicht angestellt. Ich versuche sie jetzt erst, aus der Erinnerung, nach dem Bildnis, das sich von ihr meinem Gedächtnis eingeprägt hat wie ein scharf geschnittenes Siegel in weichem Wachs.

Wenn ich diese Frau verstehe, so ist dies viel später geschehen. Ihr allmächtiger Wille – den ich erst durch die nachträgliche Betrachtung erkannt habe, seit die Erfahrung mich gelehrt, wie sehr der Körper die Gussform der Seele ist – hat ihr in stille Gewohnheiten eingeschlossenes Dasein nicht mehr bewegt und erregt, als eine Welle einen fest in seine Ufer gezwängten Salzsee aufrüttelt und zerwühlt.

Ohne das Erscheinen Karkoëls, dieses englischen Kolonialoffiziers, der seine Pension wohl oder übel in der kleinen beinahe englischen Normannenstadt verzehrte, hätte die gebrechliche blasse Spötterin, die man aus Scherz ›Frau Raureif‹ nannte, selber nie erfahren, welch gebieterischer Willen in ihrem Busen aus geschmolzenem Schnee (ein Wort von Fräulein Ernstine von Beaumont) herrschte, von dem gleichwohl – moralisch – alles abgeglitten war wie von dem härtesten Eisberg am Nordpol. Erfuhr sie mit einem Male, dass für eine Natur wie die ihrige stark empfinden so viel wie wollen heißt? Riss sie mit ihrem Willen einen Mann mit fort, der, wie es schien, nur noch das Spiel lieben sollte?

Wie hat sie es angefangen, vertraute Beziehungen zwischen ihm und sich anzuspinnen? Welche Empfindungen hatte sie bei seinem ersten Anblick? Außerhalb der großen Städte sind heimliche Liebschaften eine schwierige und gefährliche Sache.

Lauter Rätsel, die auf ewig Geheimnisse bleiben! Später sind so manche Vermutungen laut geworden; aber damals, gegen das Ende des Jahres 182*, ahnte noch niemand das geringste. Gleichwohl muss sich in jenen Zeiten in einem der stillsten Paläste der Stadt, in der das Kartenspiel fast alle Tage und alle Abende die Hauptsache war, hinter stummen Läden und gestickten Vorhängen in einem anscheinend klaren, vornehmen, kaum irgendwie verhüllten friedlichem Kreis ein langer Roman abgespielt haben, den man für unmöglich gehalten hätte. Tatsächlich gab es einen Roman in diesem tadellos gehaltenen, so peinlichen, spöttischen, krankhaft kalten Leben, wo der Geist so sichtlich alles und das Gefühl nichts bedeutete. Der Roman war da und zerfraß unter dem Deckmantel des guten Rufes und der Heuchelei ein Leben, wie die Würmer den Leib eines Menschen zernagen, schon ehe er gestorben ist ...«

»Welch grässlicher Vergleich!« warf wiederum die Baronin von Mascranny ein. »Meine liebe Sybille hatte doch ein wenig recht, als sie von Ihrer Geschichte nichts wissen wollte. Sie haben heute Abend wirklich garstige Einfälle!«

»Wünschen Sie, dass ich aufhöre?«, fragte der Erzähler mit hinterhältiger Höflichkeit und der Schelmerei eines Mannes, der einmal erweckter Neugier sicher ist.

»Noch schöner!«, rief die Baronin. »Begierig gemacht, sollen wir uns mit einer halben Geschichte begnügen!«

»Das wäre wirklich unangenehm«, meinte Fräulein Laura von Alzanne, eine ihrer schönen blauschwarzen Schmachtlocken aufrollend, das verführerischste Bild wohliger Trägheit, in zierlicher Erschrockenheit über ihre bedrohte lässige Ruhe.

»Und obendrein eine Fopperei!«, fügte der Arzt heiter hinzu. »Geradeso wie wenn ein Barbier, nachdem er einem die Hälfte des Gesichtes rasiert hat, sein Messer zuklappen und erklären wollte, er könne unmöglich fortfahren.«

»Ich fahre also fort«, nahm der Erzähler von Neuem das Wort, mit der Einfachheit der höchsten Kunst, die vor allem darin besteht, sich gut zu verbergen ... »Im Jahre 182* verweilte ich im Haus eines meiner Oheime, des Bürgermeisters jener kleinen Stadt, die ich Ihnen als den Leidenschaften und Abenteuern so feindlich geschildert. Es war ein Feiertag, das Namensfest des Königs, der Tag des heiligen Ludwig, der von den geflüchteten Royalisten, jenen politischen Quietisten, die das mystische Wort reiner Liebe erfunden hatten: ›Vive le roi, quand même!‹, stets feierlich begangen wurde. Gleichwohl tat man in diesem Salon doch nichts anderes als an allen übrigen Tagen. Man spielte Karten. Ich bitte um Entschuldigung, wenn ich von mir spreche; es ist recht geschmacklos, aber es muss sein.

Ich war noch ein Kind. Aber dank einer ungewöhnlichen Erziehung ahnte ich mehr von der Welt und ihren Leidenschaften, als man in diesem Alter gewöhnlich davon weiß. Ich glich weniger einem der linkischen Gymnasiasten, die außer in ihre Schulbücher in noch nichts hineingeschaut haben, eher einem der neugierigen jungen Mädchen, die ihre Kenntnisse dadurch vermehren, dass sie an den Türen lauschen und hinterher über das nachgrübeln, was sie erhascht haben. An jenem Abend drängte sich die ganze Stadt im Salon meines Onkels, und wie immer schied sich die Gesellschaft in zwei Teile, in einen, der sich dem Spiel hingab, und in die jungen Mädchen, die nicht spielten. Diese jungen Mädchen entzückten mit ihrer zwecklosen Frische – die bei fast allen für die Katakomben der Ehelosigkeit bestimmt war – meine lüsternen Augen. Vielleicht nur eine durfte, kraft ihres Reichtums, auf das Mirakel einer Liebesheirat hoffen: Fräulein von Stasseville. Ich war nicht alt genug und doch wieder zu alt, um mich dieser jugendlichen Schar beizugesellen, deren Geflüster von Zeit zu Zeit von einem hellen oder halbunterdrückten Lachen unterbrochen ward. In einem Anfall jener brennenden Schüchternheit, die zugleich Qual und Wolllust ist, hatte ich mich geflüchtet und mich zu dem König der Karten gesetzt, zu Marmor von Karkoël, in den ich sinnlos verliebt war.

Freundschaft konnte zwischen mir und ihm nicht bestehen, aber die Herzen haben ihren Geheimkult. Man findet nicht selten bei noch nicht Entwickelten eine zärtliche Bewunderung, die durch nichts Ausgesprochenes, nichts Sichtbares gerechtfertigt wird, die eben nur beweist, dass junge Leute einen Häuptling brauchen, genau wie die Völker, die trotz ihres Alters immer ein wenig Kinder bleiben. Mein Häuptling wäre Karkoël gewesen. Er kam häufig zu meinem Vater, der wie alle Herren der Gesellschaft in *** ein starker Spieler war. Oft nahm er auch an meinen und meiner Brüder körperlichen Übungen teil, wobei er Kraft und Gewandtheit entwickelte, die ans Wunderbare grenzten.

Wie der Herzog von Enghien sprang er spielend über einen siebzehn Fuß breiten Fluss. Allein das hatte natürlich auf uns Jungen, die wir zum Kriegshandwerk erzogen wurden, große Verführungskraft. Aber mich zog noch etwas anderes Geheimnisvolles an. Offenbar wirkte er auf mich durch die Macht, die Sonderlinge auf Sonderlinge haben, denn das Alltägliche schützt vor dem Höheren wie ein Sandsack vor Gewehrkugeln. Ich kann gar nicht sagen, welche Fantasien ich um die Stirn wob, die wie aus Terrakotta geformt schien; um seine düsteren Augen mit den schmalen Lidern; an alle die Spuren, die unbekannte Leidenschaften im Gesicht des Schotten hinterlassen hatten, gleich den Malen des Henkers auf den Gliedern eines Geräderten; und vor allem um seine Hände, diese überfeinen, vollendet gepflegten Hände, die die Karten in Schwingungen brachten wie Flammenkreise.

An jenem Abend war der Whisttisch in der Ecke aufgestellt, und die Gruppe der Spieler hob sich kaum ab in dem Dämmerlicht, das sie beleuchtete. Es war das Whist der Auserlesenen. Der Methusalem der Edelleute, Herr von Saint-Alban, war der Partner Karkoëls. Die Gräfin von Stasseville hatte zu dem Ihrigen den Chevalier von

Tharsis erwählt, der vor der Revolution Offizier im Regiment der Provence gewesen und Ritter des Heiligen Ludwig-Ordens war, einer jener alten Kavaliere, die es heute nicht mehr gibt, Männer, die zwei Jahrhunderte überbrückten, ohne deshalb Riesen zu sein.

Da, während des Spieles und infolge einer Bewegung, die die Gräfin machte, um ihre Karten aufzuheben, geschah es, dass eine der Facetten des Brillanten, den sie am Finger trug, in der Dämmerung, die den grünen Tisch noch grüner machte, einen jener Strahlen auffing, die menschliche Kunst unmöglich hervorbringen kann, und einen so blendenden Funken entzündete, dass es die Augen schmerzte wie ein Blitz. ›Oh, was funkelt da?‹, fragte der Chevalier von Tharsis mit seiner Stimme, zitterig wie seine Beine.

›Und wer hustet denn so?‹, fragte zu gleicher Zeit der Marquis von Saint-Alban, den ein entsetzlich dumpfer Husten aus seiner Spielversunkenheit aufschreckte. Die Worte galten Hermine von Stasseville, die an einem Kragen für ihre Mutter stickte.

›Mein Brillant und meine Tochter!‹, antwortete die Gräfin von Stasseville unter einem Lächeln ihrer dünnen Lippen auf beide Fragen.

›Mein Gott, ist Ihr Stein schön!‹ hüstelte der Chevalier weiter. ›Ich habe ihn noch nie so blitzen sehen wie heute Abend. Ein Blinder muss ihn sehen.‹

Während dieser Reden hatte man die Partie beendet. Der Chevalier ergriff die Hand der Gräfin: ›Gestatten Sie mir!‹ sagte er.

Die Gräfin streifte langsam ihren Ring vom Finger und warf ihn auf den Spieltisch. Der ehemalige Emigrant betrachtete ihn genau, indem er ihn wie ein Kaleidoskop drehte. Aber auch das Licht hat seine Launen und Zufälle. Es spielte mit den Facetten, ohne ihnen ein zweites Mal das Feuer zu entlocken, das ihm eben urplötzlich entquollen war. Hermine erhob sich und stieß den Fensterladen zurück, damit das Licht voller auf den Ring ihrer Mutter falle und man seine Schönheit ganz würdigen könne. Dann setzte sie sich wieder, und den Arm auf den Tisch gestützt, betrachtete sie gleichfalls den feingeschliffenen Stein. Da kam der Husten wieder, ein pfeifender Husten, der ihr das Blut in das feuchtschimmernde reine Perlmutter ihrer blaugesternten Augäpfel trieb.

›Wo haben Sie sich nur diesen abscheulichen Husten geholt, mein liebes Kind?‹, fragte der Marquis von Saint-Alban, den das junge Mädchen mehr beschäftigte als der Ring, der lebende Edelstein mehr als der steinerne.

›Ich weiß nicht, Herr Marquis‹, erwiderte Hermine mit dem Leichtsinn der Jugend, die an kein Ende des Lebens glaubt. ›Vielleicht auf einem Abendgang am Teich in Stasseville.‹

Die Gruppe, die diese fünf Menschen bildete, kam mir mit einem Male ganz seltsam vor. Durch das offene Fenster flutete das Abendrot herein. Der Chevalier betrachtete noch immer den Brillanten, der Marquis das junge Mädchen, die Gräfin Herrn Karkoël, der, mit den Gedanken offenbar woanders, seine Carreau-Dame anstarrte. Aber am meisten war ich betroffen über Hermine. Die Rose von Stasseville war blass, blasser als ihre

Mutter. Der Purpur des sterbenden Tages tropfte über ihre bleichen Wangen, sodass ihr Haupt wie das eines Opfertieres aussah, und ein Spiegel, der Blutflecke zu haben schien, fing dieses Bild auf. Da plötzlich durchlief es mich eiskalt, und durch – ich weiß nicht was für – eine Gedankenverknüpfung packte mich unversehens eine unwillkürliche und nervenerschütternde Erinnerung mit der unwiderstehlichen rohen Gewalt solcher Einfälle, die das erregte Gehirn vergewaltigen und ungeheuerlich befruchten.

Etwa vierzehn Tage vordem hatte ich eines Morgens Herrn von Karkoël besucht. Ich fand ihn allein. Es war noch ganz früh. Von den Spielern, die am Vormittag zu ihm zum Spiel zu kommen pflegten, war noch keiner da. Als ich bei ihm eintrat, stand er vor seinem Schreibtisch, augenscheinlich mit einer sehr schwierigen Sache beschäftigt, die außerordentliche Aufmerksamkeit und große Handfertigkeit erheischte. Sein Gesicht sah ich nicht; er hielt den Kopf vorgebeugt. Zwischen den Fingern der rechten Hand hielt er ein Fläschchen mit schwarzem schimmerndem Inhalt. Es sah aus wie eine abgebrochene Dolchspitze. Daraus träufelte er eine Flüssigkeit in die winzige Öffnung eines Ringes. ›Zum Teufel, was machen Sie da?‹, fragte ich ihn, näher tretend. Da rief er mir in herrischem Ton zu: ›Kommen Sie nicht näher! Bleiben Sie, wo Sie sind! Es könnte mir die Hand zittern, und was ich mache, ist schwieriger und gefährlicher, als auf vierzig Schritt Entfernung auf einen Korkpfropfen mit einer platzenden Pistole zu schießen.‹ Das war eine Anspielung auf einen Vorfall, der sich kurz zuvor ereignet hatte. Wir hatten uns damit belustigt, mit den schlechtesten Pistolen zu schießen, die wir auftreiben konnten, damit sich zeigen sollte, wer der beste Schütze sei. Dabei war eins von den alten Dingern zerplatzt und hätte uns beinahe die Schädel eingeschlagen.

Schließlich hatte er die Tropfen der mir unbekannten Flüssigkeit aus dem langen Schnabel seines Fläschchens in den Ring einfließen lassen. Er schloss ihn und warf ihn in eines der Fächer seines Schreibpultes, offenbar in der Absicht, ihn schnell verschwinden zu lassen. Jetzt erst bemerkte ich, dass er eine Maske aus Glas trug. ›Seit wann‹, fragte ich leichthin, beschäftigen Sie sich mit Chemie? Und ist das ein Schutzmittel gegen Spielverluste, was Sie da gebraut haben?‹ ›Ich braue nichts‹, gab er mir zur Antwort, ›aber das da drinnen‹ – er wies auf das schwarze Fläschchen –, ›das ist ein Allerweltsmittel!‹ Und mit dem grimmigen Humor des Landes der Selbstmörder, seines Vaterlandes, fügte er hinzu: ›Die gezeichnete Karte, mit der man die Entscheidungspartie gegen das Schicksal unfehlbar gewinnt!‹

›Was ist das für Gift?‹, erkundigte ich mich, indem ich nach dem Fläschchen griff, dessen sonderbare Form mich wissbegierig machte.

›Das wunderbarste indische Gift!‹, erwiderte Karkoël, indem er die Maske ablegte. ›Es bloß einzuatmen, kann schon den Tod bringen, und wie man es auch zu sich nimmt, man stirbt, wenn auch nicht sofort. Es wirkt ebenso sicher wie unvermerkt. Es nagt ganz langsam, immerfort und rettungslos an den Wurzeln des Lebens. Indem es sie durchdringt, ruft es an der Körperstelle, auf die es sich legt, Krankheiten hervor, deren äußere Merkmale allbekannt sind und keinen Verdacht aufkommen lassen, und wenn ihn wer erhöbe, jeden Verdacht niederschlagen würde. Die indischen Fakire sollen es aus seltenen, nur ihnen bekannten Stoffen herstellen, die man auf der Hochebene von Tibet findet. Es zerreißt die Fäden des Lebens nicht, es löst sie leise. Das entspricht so recht jenen gelassenen weichlichen Gemütern, die den Tod lieben wie den Schlaf und in ihn versinken wie in ein Pfühl von Lotosblumen. Übrigens ist es höllisch schwer, sich dieses Gift zu verschaffen, ja fast unmöglich. Sie ahnen nicht, was ich gewagt habe, um das Fläschchen von einer Frau zu erlangen, die mich liebte, wie sie mir sagte. Ich habe einen Freund, Offizier in der indischen Armee wie ich und zugleich mit mir von dort zurückgekehrt. Er war sieben Jahre dort. Er hat dieses Gift gesucht mit einer tollen Leidenschaft, wie eben nur ein Engländer hinter etwas her ist. Sie verstehen das vielleicht später einmal, wenn Sie mehr erlebt haben. Es ist ihm aber nicht gelungen, es aufzutreiben. Elende Nachahmungen waren es, die er mit Gold aufwog. Nun hat er mir in seiner Verzweiflung aus England geschrieben und mir einen seiner Ringe geschickt, mit der flehentlichen Bitte, ein paar Tropfen dieser tödlichen Göttertropfen darein zu träufeln. Und dabei haben Sie mich eben angetroffen.‹

Seine Erzählung war mir nicht verwunderlich. Die Menschen haben nun einmal die Neigung, dass sie ohne irgendwelche schlimmen Pläne, ohne Mordgedanken, gern Gift im Haus haben, genauso wie man gern eine Waffe besitzt. So ein Vernichtungsmittel hütet man wie einen Schatz, wie ein Geiziger sein Gold. Mancher sagt sich: ›Wenn ich verschwenden wollte!‹ Hier wie dort dieselbe kindische Liebhaberei! Unerfahren, wie ich damals noch war, fand ich es ganz natürlich, dass Karkoël, der in Indien gewesen war, ein seltenes Gift besaß, das es anderswo gar nicht gab, und dass er unter seinen Waffen und Seltsamkeiten in seinem Feldkoffer auch das Fläschchen aus schwarzem Stein mitgebracht hatte, dieses nette Spielzeug des Todes, das ich da bei ihm sah. Nachdem ich es hin und her gewendet hatte, dieses hübsche Dingelchen, glatt wie Achat, das vielleicht eine indische Fürstin zwischen den Topaskugeln ihrer Brust getragen, legte ich es in eine Schale auf dem Kamin und dachte nicht mehr daran.

Merkwürdig, jenes Fläschchen kam mir plötzlich wieder in den Sinn. Herminens leidendes Gesicht, ihre Blässe, ihr Husten, der offenbar aus einer todkranken Lunge hervordrang, der Ring, der durch einen geheimnisvollen Zufall gerade in dem Augenblick, wo das junge Mädchen hustete, so seltsam aufblitzte wie das Frohlocken eines Mörders, die plötzlich wieder lebendig gewordene Erinnerung an einen längst vergessenen Vorfall, alles das durchflutete mein Gehirn wie ein fantastischer Strom. Dass sich in mir das Vergangene und Gegenwärtige verknüpfte, geschah unwillkürlich, unbegründet, wahnwitzig. Mir schauderte vor meinem eigenen Gedanken. Und so bemühte ich mich, ihn zu unterdrücken, das flackernde Irrlicht in mir auszulöschen, das sich in mir entzündet und meine Seele durchzuckt hatte wie der Blitz jenes Brillanten, der über das grüne Tuch des Spieltisches gefahren war. Um meinen Entschluss zu stärken und ihm die tolle und verbrecherische Eingebung eines

Augenblicks zu unterjochen, betrachtete ich aufmerksam Marmor von Karkoël und die Gräfin von Stasseville.

Er wie sie gaben mir durch Haltung und Miene die Antwort, dass das, was ich zu denken gewagt, unmöglich sei. Marmor war noch immer Marmor. Er fuhr fort, seine Carreau-Dame zu betrachten, als sei sie das Sinnbild seiner letzten Liebe, der endgültigen, der des ganzen Lebens. Und die Gräfin? Sie trug auf der Stirn, im Blick und um die Lippen die Ruhe, die sie nie verlor, selbst wenn sie eine ihrer Bosheiten entsandte, denn ihr Witz glich einer Kugel, der einzigen Waffe, die leidenschaftslos tötet, während hingegen der Degen die Leidenschaft der Hand teilt. Er und sie, sie und er, beide waren Abgründe nebeneinander, nur war der eine, Karkoël, finster und schwarz wie die Nacht und der andere, diese blasse Frau, hell und unerforschlich wie der Weltenraum. Noch immer ruhten ihre gleichgültigen Augen mit ihrem immer unwandelbaren Glanz auf ihrem Gegenüber. Nur, als der Chevalier von Tharsis kein Ende fand in der Betrachtung des Ringes, der das Geheimnis umschloss, das ich so gern ergründet hätte, da nahm sie aus ihrem Gürtel einen Strauß Reseden und sog ihren Duft mit einer Sinnlichkeit ein, der mich an einer Frau überraschte, der die verstandesferne Wollust etwas Fremdes zu sein schien. Ihre Augen schlossen sich, nachdem sie sich in unsagbarer Verzückung verdreht hatten, und mit heißer Gier erfassten ihre farblosen schmalen Lippen einige Stängel der duftenden Blumen, die ihre Zähne zermalmten, während die sich wieder öffnenden Augen voll wilder Anbetung an Karkoël hingen. War das ein Zeichen des gleichen Sinnes, eine Abmachung, wie Liebende sie unter sich pflegen, dieses stumme Zerbeißen und Verzehren der Blumen? Ehrlich gesagt, ich glaubte es. Dann, als der Chevalier den Ring genug bewundert hatte, steckte sie ihn ruhig wieder an ihren Finger, und das Whist nahm seinen Fortgang, dumpf, lautlos und düster, als hätte nichts es je unterbrochen.«

Hier hielt der Erzähler wiederum ein. Er hatte es nicht mehr nötig, sich zu beeilen. Er hielt uns alle in den Klauen seiner Erzählung. Vielleicht lag der Reiz seiner Erzählung überhaupt in der Art, wie er sie vortrug. Als er schwieg, vernahm man in der Stille des Salons das Ein- und Ausatmen der Anwesenden. Ich, der ich die Blicke über meinen Alabasterwall, den Nacken der Gräfin Damnaglia, hinübersandte, konnte sehen, wie die Erregung sich in verschiedenen Graden auf allen Gesichtern malte. Unwillkürlich suchte ich das der jungen Sibylle, des scheuen Kindes, das sich bei den ersten Worten der Erzählung aufgebäumt hatte. Gern hätte ich die flammende Angst in ihren schwarzen Augen zucken sehen, bei denen ich immer an den düsteren und verhängnisvollen Canale Orfano in Venedig denken musste, denn mehr als ein Herz wird in ihnen ertrinken. Aber sie saß nicht mehr auf dem Sofa ihrer Mutter. Aus Bange um das, was nachkommen mochte, hatte die besorgte Mutter ihrer Tochter wohl ein Zeichen gegeben, rasch zu verschwinden, und sie war hinausgegangen.

»Und was«, fuhr der Erzähler fort, »was war imstande, mich so stark zu erregen und sich in mein Gedächtnis einzuätzen wie eine Radierung in die Platte? In der Tat, die Zeit hat von dem Eindruck dieses Erlebnisses keine einzige Linie verwischt. Noch sehe ich Karkoëls Gesicht und die Miene der Gräfin, deren kristallisierte Ruhe für einen Augenblick unter dem Duft und Saft der Reseden schmolz, die sie wie mit einem Wollustschauer einsog.

Alles das ist in mir verblieben, und Sie werden erfahren, warum. Jene Vorgänge, deren innerer Zusammenhang mir nicht recht klar war, jene Vorgänge, die ich unter Selbstvorwürfen nur im undeutlichen Licht einer Ahnung durchschaute, in deren wirren Umrissen Mögliches neben ganz Unbegreiflichem lag, wurden später ein wenig mehr aufgehellt, genügend, um mir alles klarzumachen.

Ich habe Ihnen wohl schon erzählt, dass ich ziemlich spät in das Gymnasium kam. Es waren die beiden letzten Jahre meiner Erziehung, die ich dort verbrachte, ohne dass ich während dieser Zeit meine Heimat wiedersah. So erfuhr ich nur durch die Briefe der Meinen den Tod der Hermine von Stasseville, und dass sie einer schleichenden Krankheit erlegen sei, von der niemand eine Ahnung gehabt hatte, bis ganz zuletzt, wo sie unheilbar war. Bei dieser Nachricht, die man mir ohne jeden näheren Bericht mitteilte, erstarrte mein Blut genauso wie damals im Salon meines Onkels, als ich zum ersten Mal jenen Husten hörte, der nach Tod klang und urplötzlich in mir so schreckliche Ahnungen erweckte. Erfahrene Seelenkenner werden mich verstehen, wenn ich sage, dass ich auch nicht eine Frage wagte über das rasche Hinscheiden des jungen Mädchens, das der Fürsorge ihrer Mutter und den schönsten Erwartungen so jäh entrissen worden war. Ich dachte in zu schmerzlicher Weise darüber, um mit irgendjemand davon zu sprechen. Wieder zu Hause fand ich die Stadt *** sehr verändert. In wenigen Jahren verändern sich die Städte wie die Frauen; man erkennt sie oft kaum wieder. Es war nach 1830. Seit der Durchreise Karls X., der sich in Cherbourg einschiffte, lebten die meisten adeligen Familien, die ich während meiner Kindheit gekannt hatte, zurückgezogen in den nahen Schlössern. Die politischen Ereignisse hatten diese Familien schwer getroffen und aller ihrer Hoffnungen beraubt. Die kleine Stadt, der Schauplatz meiner Erzählung, war wie ausgestorben mit ihren verschlossenen Fensterläden und Haustüren, die sich nicht mehr öffneten. Die Julirevolution hatte die Engländer erschreckt. Sie hatten die Stadt verlassen, nachdem das Leben und Treiben daselbst durch den Umsturz einen so argen Stoß erhalten hatte.

Meine erste Sorge war, danach zu fragen, was aus Herrn Marmor von Karkoël geworden sei. Man gab mir den Bescheid, er wäre im Auftrag seiner Regierung wieder nach Indien gegangen. Der mir das mitteilte, war zufällig der Chevalier von Tharsis, also einer der vier Partner jener berühmten (zum Mindesten für mich berühmten) ›Brillantenpartie‹. Wie er mir das erzählte, kam es mir vor, als schaue er mich an wie einer, der näher befragt werden will, und fast unwillkürlich – denn die Seelen verstehen sich, ehe sich der Wille einmengt – stellte ich die Frage: »Und Frau von Stasseville?‹

»Sie wussten also etwas?« entgegnete er geheimnisvoll, als hätten uns hundert Ohren zugehört, während wir doch ganz allein waren. »Nein, nein«, erklärte ich, »ich weiß von gar nichts.« Er fuhr fort: »Sie ist an der Schwindsucht gestorben wie ihre Tochter, einen Monat

nach der Abreise dieses Satans Marmor von Karkoël.«
›Warum diese genaue Zeitangabe?‹, fragte ich. ›Steht
Karkoël im Zusammenhang damit?‹

›Also wissen Sie wirklich nichts?‹, antwortete er. ›So
will ich erzählen, mein Lieber. Offenbar war sie seine
Geliebte. Wenigstens munkelte man das, als man noch
leise davon sprach. Jetzt wagt man gar nicht mehr, davon zu reden. Sie war eine Erzheuchlerin, diese Gräfin.
Sie war es, wie andere blond oder braun sind. Sie war
die geborene Komödiantin. Darum handhabe sie die
Lüge so vollendet, dass sie fast zur Wahrheit ward. So
einfach und natürlich, unbefangen und ungezwungen
war sie in ihrem Lug und Trug.

Trotz dieser Verstellung, die so gründlich war, dass
man sie als solche erst in den allerletzten Zeit erkannte,
liefen Gerüchte um, die so entsetzlich waren, dass selbst
ihre Verbreiter Fragezeichen hinter sie setzten. Danach
wäre der Schotte, der nur die Karten zu lieben schien,
nicht bloß der Liebhaber der Gräfin gewesen, die ihm –
als echte Teufelin – ihre bösen Bemerkungen anhing wie
jedem anderen unter uns, sobald sich die Gelegenheit
dazu bot. Mein Gott, auch das ginge noch, aber das andere! Er wäre nicht nur der Kartenkönig, sagte man, er
wäre der Herzenskönig der ganzen Familie!

In der Tat: Die arme liebe Hermine betete ihn im Stillen
an. Fräulein Ernestine von Beaumont kann Ihnen davon
erzählen, wenn Sie es wollen. Er war ihr Dämon. Liebte
er sie? Liebte er die Mutter? Liebte er beide? Oder keine?
War ihm die Gräfin nur gut zum Spiel? Wer weiß das?
Hier ist die Geschichte sehr dunkel. Man weiß nur soviel, dass die Mutter, deren Seele ausgedörrt war wie ihr

Körper, die Tochter gehasst hat, und dass dieser Hass nicht zum wenigsten an deren Tod schuld ist.‹

›Sagt man das?‹ warf ich ein, voll Entsetzen darüber, dass meine von mir selbst angezweifelte Vermutung doch richtig gewesen war. ›Aber wer kann es wissen? Karkoël war kein eitler Schwätzer. Er war der letzte, der vertraute Dinge verraten hätte. Nie hat man etwas über sein Leben erfahren. Wie sollte er gerade hinsichtlich der Gräfin von Stasseville plauderhaft gewesen sein?‹

›Gewiss!‹, erwiderte mir der Chevalier, ›diese beiden Heuchler hielten fest zueinander. Er ist gegangen, wie er gekommen war, ohne dass einer von uns hätte sagen können: Er war mehr als Spieler. Aber so vollkommen in Ton und Haltung die makellose Gräfin auch war, die Kammerfrauen, für die es bekanntlich keine Heldinnen gibt, haben doch erzählt, dass sie sich mit ihrer Tochter stundenlang einschloss und dass sie, eine bleicher als die andere, wieder zum Vorschein kamen, die Tochter obendrein mit vom Weinen geröteten Augen.‹ ›Haben Sie keine anderen Beweise, keine anderen Anhaltspunkte, Chevalier?‹, sagte ich, um ihn anzutreiben und noch klarer zu sehen. ›Sie wissen doch, was das Gerede der Dienstboten heißen will. Von Fräulein von Beaumont könnte man wahrscheinlich mehr erfahren.‹

›Fräulein von Beaumont!‹, rief Tharsis. ›Sie mochten sich beide nicht leiden, sie und die Gräfin, denn ihr Geist war von derselben Sorte! Und so spricht die Überlebende von der Toten nur mit bösen Blicken und schändlichen Andeutungen. Zweifellos will sie den Glauben an die entsetzlichsten Dinge erwecken. Bestimmt weiß sie nur von einem, was aber nicht entsetzlich ist, von der Liebe Herminens für Karkoel.‹

›Das ist nicht viel, Chevalier‹, fing ich wieder an. ›Wenn man alles glauben wollte, was junge Mädchen einander anvertrauen, dann wäre jede Backfisch-schwärmerei eine große Leidenschaft. Und Sie werden mir zugestehen, dass ein Mann wie Karkoel alles an sich hatte, um eine jugendliche Schwärmerei zu erwecken.‹

›Das ist wahr‹, meinte der alte Tharsis, ›aber man hat mehr Beweise als bloß Mädchenbekenntnisse. Erinnern Sie sich? Aber nein, Sie waren noch zu jung! Nun, in der hiesigen Gesellschaft war es sattsam aufgefallen, dass die Gräfin von Stasseville, die sonst nichts liebte ... (Blumen nicht mehr als alles andere; ich wüsste wirklich nicht, welche Vorliebe man ihr nachsagen könnte), dass die Gräfin gegen Ende ihres Lebens öfter einen Strauß Reseden im Gürtel trug und beim Spiel und auch sonst an den Stängeln kaute, die sie davon abbrach. Das war so auffällig, dass Fräulein von Beaumont ihre Freundin Ernestine einmal spöttisch gefragt hat, seit wann ihre Mutter Vegetarianerin wäre.‹

›Ja, an diese Reseden erinnere ich mich‹, sagte ich. Und wirklich, die wilde, grausam lüsterne Art, mit der die Gräfin während jener Whistpartie, die ein Erlebnis für mich war, an den Blumen roch und nagte, hatte ich kei-neswegs vergessen.

›Hören Sie‹, fuhr der alte Herr fort, ›diese Reseden wa-ren aus einem prächtigen großen Blumentopf, der im Sa-lon der Gräfin stand, seitdem sie keine Feindin mehr vom Blumenduft war. Ehedem hatten wir beobachtet, dass sie ihn nicht ertragen konnte, und zwar, weil sie während ihres letzten Wochenbettes beinahe an einem Strauß Tuberosen gestorben wäre, wie sie uns einmal in ihrer gleichgültigen Art erzählt hat. Mit einem Male liebte sie den Blumenduft wahnsinnig. In ihrem Salon war es zum Ersticken, wie in einem Treibhaus, in dem man zu Mittag noch nicht die Fenster geöffnet hat. Zwei oder drei zartangelegte Damen gingen aus diesem Grund schließlich nicht mehr zu ihr. So änderte sich manches! Man schrieb das ihren Nerven und ihrer Krankheit zu. Wie sie dann tot war und man die Wohnung verschließen musste – denn der Vormund des kleinen Stasseville hat diesen kleinen Schwachmatikus, der nun so reich ist, wie ein dummer Kerl es nur werden kann, in das Gymnasium gesteckt – da wurden die Reseden aus dem Topf in den Garten umgepflanzt –, und bei dieser Gelegenheit fand man unten am Boden, was glauben Sie wohl?‹«

Den Erzähler unterbrach hier der unverfälschte Aufschrei einiger Damen, die sonst wahrlich dem Natürlichen so fern wie möglich standen. Seit Langem hatten sie mit der Natur nichts zu tun gehabt. Die anderen, die sich mehr in der Gewalt hatten, reckten sich nur auf, aber willenlos.

»Nicht gerade das passendste Versteck!«, scherzte der leichtfertige, immer anzügliche liebenswürdige Marquis von Gourdes, einer von denen, die noch in ihrem Sarg Witze machen.

»Von wem war das Kind?«, fuhr der Chevalier fort. »Wie kam es dorthin? War es eines natürlichen Todes gestorben? Oder getötet worden? Alle diese Fragen vermochte niemand zu beantworten. Man munkelte das

Schrecklichste. Es gibt wohl nur zwei Menschen auf der Welt, die den wirklichen Vorfall kennen, die aber vermutlich nie davon reden werden. Der eine ist Karkoel, der wieder nach Indien gegangen ist, samt all dem Geld, das er uns im Whist abgenommen hatte ...«

»Und der andere?«, fragte ein Neugieriger.

»Ja, der andere!« wiederholte der Chevalier, mit den Augen zwinkernd.

»Der andere wird gleich gar nichts sagen. Es ist der Beichtvater der Gräfin. Der dicke Abbé Trudaine, jetzt Bischof zu Bayeux.«

»Chevalier«, unterbrach ich ihn, »ich bezweifle, dass sich die Gräfin von Stasseville ihm anvertraut hat. Eine so verschlossene und verschwiegene Seele sprengt selbst der nahende Tod nicht auf. Diese Frau, würdig des Cinquecento, ist gestorben, wie sie gelebt hat. Kein Pfaffe hat Macht über sie gehabt. Sie hat ihr Geheimnis mit ins Grab genommen. Hätte sie es dem Geistlichen geoffenbart, dann hätte man in der Jardiniere sicherlich nichts gefunden.«

Der Erzähler war mit seiner Geschichte zu Ende. Mehr wusste er nicht. Alle Anwesenden verharrten in erregtem Schweigen. Ein jeder hing seinen Gedanken nach, indem er den Torso nach seinem Geschmack und nach dem Grad seiner Fantasie zu ergänzen suchte.

»Ein Roman hinter den Karten!«, meinte die alte Baronin von Saint- Alban, eine leidenschaftliche Glücksspielerin. »Übrigens haben Sie recht, Chevalier. Halb Gezeigtes regt mehr auf als ganz Enthülltes.«

»Der Mantel der Fantasie über der nackten Wirklich-keit!«, bemerkte der Doktor nachdenklich. »Es ist mit dem Leben wie mit der Musik«, sagte Sophie von Revistal schwärmerisch. »Pausen wirken tiefer als Akkorde!«

Sie schaute nach der hochmütigen Gräfin von Damnaglia, die noch immer am goldgezierten Elfenbeingestell ihres Fächers nagte. Sagte ihr das stahlblaue Auge ihrer Busenfreundin etwas? Ich vermochte es nicht zu sehen, aber ihr Nacken, auf dem leichter Schweiß perlte, verriet Erregung. Man behauptete auch von der Gräfin, dass sie Leidenschaft und Glück zu verbergen verstehe, ganz wie die Frau von Stasseville.

»Sie haben mir die Freude an meinen Lieblingsblumen auf immerdar verdorben!«, rief die Baronin von Mascranny dem Erzähler zu, und, eine harmlose Rose, die sie am Gürten getragen, zerpflückend, fügte sie versonnen hinzu: »Nie werde ich wieder Reseden tragen!«

Vom Mahle der Lästerer

Der Abend fiel über die vom Herbstnebel erfüllte Stadt *** herein, und in der Kirche dieses kleinen echt normannischen Ortes war es schon ganz dunkel. Die Nacht ist in den gotischen Kirchen immer zuerst da. Es mag dies am Gewölbe liegen, das man mit der Wipfeldecke des Waldes verglichen hat, oder daran, dass die bunten Glasfenster das Licht verzehren, oder weil die vielen hohen Pfeiler überallhin ihren Schatten werfen. Aber trotz der frühen Finsternis werden die Kirchentüren nicht geschlossen. Sie bleiben gewöhnlich bis nach dem Angelusläuten offen; manchmal sogar noch länger, besonders am Vorabend hoher Feiertage, wo in den frommen

Kleinstädten eine Menge Leute zur Beichte gehen, um sich für das Abendmahl am nächsten Morgen zu rüsten. Und überhaupt kommen in weltfernen Gegenden zu keiner Tageszeit mehr Besucher in die Kirche als um die Dämmerstunde, wo die Arbeit ruht und die Nacht anbricht, die der Christen Seelen an den Tod gemahnt. Um diese Stunde fühlt man so recht, dass der christliche Glaube ein Kind der Katakomben ist und dass ihm noch immer etwas von seiner trübseligen Wiege anhaftet. Die Dunkelheit ist aber überhaupt ein Bedürfnis für andächtige Herzen, und in ihr glaubt selbst das Weltkind noch am ehesten an die Erfüllbarkeit eines Gebetes.

Es war ein Sonntag. Die Vesper war bereits zwei Stunden vorüber, und die blaue Weihrauchwolke, die wie ein Baldachin lange am Deckengewölbe gehangen hatte, war schon fast verflogen. Die Rippen und Sterne krochen in die Falten des breiten Schattenmantels, der von den Spitzbogen herabwallte. Nur die Flammen zweier Kerzen an zwei ziemlich weit voneinander entfernten Pfeilern des Mittelschiffes und das Laternenlicht am Hochaltar, das wie ein winziger Stern aus dem Dunkel des Chores hervorstarrte, warfen durch die Nacht, die sich im Mittelschiff und in den beiden Seitenschiffen breitmachte, einen gespenstischen Schimmer. In diesem ungewissen Halbdunkel vermochte man Gestalten wohl im Umriss zu sehen; aber nicht klar zu erkennen. Hie und da hoben sich in der Dämmerung verschwommene Gruppen ab, noch dunkler als der Hintergrund, gebeugte Rücken, die weißen Hauben von knienden Frauen aus dem Volk, Gestalten in Mänteln mit heruntergeklappten Kapuzen; aber mehr war nicht zu unterscheiden. Eher hörte man mancherlei. Alle die Lippen, die leise beteten, erfüllten den weiten, stark hallenden Raum mit seltsamem Gesumm, einem Geräusch, das den Ohren Gottes wie das Gesumm eines Ameisenhaufens von Seelen tönen mag. Dieses fortwährende leise Murmeln, zuweilen von Seufzern durchklungen, dieses im Dunkel einer schweigsamen Kirche so eindringliche Lippengeräusch, ward von nichts durchbrochen als ab und zu durch das Kreischen der Haupttür in ihren Angeln beim Eintritt Kommender und durch das danach Wiederzuklappen des schweren Flügels, oder durch den hellen harten Aufschlag der Holzschuhe eines an den Seitenkapellen entlang Gehenden, oder durch den Fall eines Stuhles, gegen den jemand in der Dunkelheit angestoßen war, oder bisweilen durch ein zwei- oder dreimaliges Husten, das verhaltene Husten der Frommen, das aus Respekt vor dem heiligen Echo musiziert, geflötet wird. Aber alle diese Laute verflüchteten sich rasch, ohne die im fortdauernden Gesumm sich sammelnden Gebete zu stören.

Und darum achtete auch niemand aus der Schar der Andächtigen auf eine Mannesgestalt, die sicherlich manchen in Erstaunen gesetzt hätte, wenn es hell genug gewesen wäre, um ihn deutlich zu erkennen. Er war nämlich nichts weniger als ein eifriger Kirchengänger. Man sah ihn nie im Gotteshaus. Seit seiner Rückkehr in die Vaterstadt, von der er jahrelang fern gewesen war, hatte er sie keinmal betreten. Warum war er an diesem Abend erschienen? Welche Empfindung, welcher Gedanke, welche Absicht hatte ihn bewogen, die Schwelle zu überschreiten, an der er Tag um Tag ein paar Mal vorüberging, als wäre sie nicht vorhanden?

Er war in jeder Hinsicht ein höherer Mensch und hatte seinen Stolz wie sein Haupt beugen müssen, um durch die niedrige kleine Nebenpforte zu kommen, deren sandsteinerner Rahmen in der feuchten Luft der Normandie grün geworden war. Übrigens fehlte es seinem Feuerkopf durchaus nicht an Romantik. Beim Betreten des ihm ungewohnten Ortes berührte ihn der gruftartige Raum ganz eigentümlich. Dieser Eindruck wird gerade bei dieser Kirche von vornherein dadurch erweckt, dass der Fußboden des Schiffes tiefer liegt, als draußen der Platz, auf dem das Gebäude steht. Zu den Türen führen etliche Stufen hinab. Nur der Hochaltar ist höher angelegt. Offenbar unter diesem Eindruck, seiner selbst ungewiss und im Bann alter Erinnerungen, blieb er in der Mitte des Nebenschiffes, durch das er schritt, stehen. Offenbar fand er sich zunächst nicht zurecht. Als sich seine Augen aber einigermaßen an die Dunkelheit gewöhnt hatten und er die Umrisse der Dinge besser wahrnahm, entdeckte er eine, alte Bettlerin, die in der Ecke der Armenbank mehr hockte denn kniete und ihren Rosenkranz ableierte. Ihr auf die Schulter klopfend, fragte er sie, wo die Kapelle der Muttergottes und der Pfarrer eines Sprengels sei, den er ihr nannte. Auf den Weg gewiesen von dieser Alten, die seit einem halben Jahrhundert genauso zur Kirche gehörte wie die Fratzen der Wasserspeier, schritt der Suchende nun ohne Weiteres durch die während des Gottesdienstes in Unordnung geratenen Stuhlreihen und blieb schließlich vor dem Beichtstuhl stehen, der sich ganz hinten in der Kapelle befand. Er verschränkte die Arme, wie das Männer meist tun, die nicht zum Gebet in eine Kirche geraten sind, aber eine schickliche und würdige Haltung zur Schau tragen wollen. Einem Beobachter wäre der Mann nicht durch Unehrbietiges, aber durch das Unfromme in seiner Haltung aufgefallen.

Gewöhnlich brannte an den Beichtabenden am bändergeschmückten Sockel der Madonna eine gewundene gelbe Wachskerze, die der Kapelle Licht spendete. Aber da sich niemand mehr im Beichtstuhl einfand, hatte der Priester die Flamme ausgeblasen und seine Andacht in der Zelle im Dunkeln fortgesetzt. War es Zufall, Laune, Sparsamkeit oder irgendeine Absicht, dass dies geschehen war? Jedenfalls hatte es der unfromme Gast diesem Umstand zu verdanken, dass er unerkannt blieb, gleichgültig, ob ihm daran gelegen war oder nicht. Als ihn der Priester durch die Gittertür erblickte, öffnete er sie, ohne seinen Sitz im Beichtstuhl zu verlassen. Der Draußenstehende gab seine bisherige Haltung auf und überreichte dem Geistlichen ein Päckchen, das er aus einer Brusttasche gezogen hatte. Was darinnen sein mochte, konnte man nicht erkennen.

»Nehmen Sie das, Ehrwürden!«, sagte er mit leiser, aber vernehmlicher Stimme. »Ich schleppe es nachgerade lange genug mit mir herum.« Weiter ward nichts gesprochen. Als wüsste er, worum es sich handelte, nahm der Priester das Päckchen entgegen und schloss dann wieder die Tür seines Beichtstuhles. Vielleicht glaubte irgendein Zuschauer, der Mann werde nun hinknien und beichten; aber zu seinem Erstaunen musste er sehen, dass jener rasch die Stufen der Kapelle hinabschritt und im Seitenschiff wieder verschwand, woher er gekommen war. Und noch erstaunlicher war es, dass er mitten im Seitenschiff plötzlich von zwei kräftigen Armen umfasst wurde, unter einem lauten Auflachen, das an einem so frommen Ort arg lästerlich klang.

»Der Teufel soll mich holen! Du, Mesnil?« rief der Lacher halblaut, aber doch deutlich genug, dass man den Landsknechtsfluch ringsherum vernehmen musste. »Was hast du Narr um diese Zeit im Tempel zu suchen? Wir sind doch nicht mehr in Spanien wie Anno dazumal, wo wir den Klosterschwestern von Avila die Schleier zerknüllten!«

Der »Mesnil« Genannte machte eine zornige Bewegung.

»Schweig!«, sagte er mit gedämpfter Stimme, obgleich er den anderen am liebsten laut angegrobst hätte. »Bist du bezecht? Du fluchst hier in der Kirche wie in einer Wachtstube! Komm mit! Benimm dich! Wir wollen uns beide mit Anstand entfernen!«

Er beschleunigte seinen Schritt. Der andere folgte ihm. So schritten beide durch die niedrige kleine Pforte, und als sie im Freien waren, wo sie wieder laut sprechen konnten, begann dieser von Neuem:

»Zum Donnerwetter noch einmal, Mesnil! Willst du Kapuziner werden? Am Ende gar Abendmahlgänger! Du, der Herr von Mesnilgrand, Rittmeister von den Chambordschen Husaren, Betbruder! Pfui Deibel!« »Du warst ja selber dort«, erwiderte Mesnilgrand gelassen.

»Nur, weil ich dir nachgegangen bin. Ich sah dich hineingehen und war baff. Was sucht der Kerl in der Pfaffenscheune? Fragt' ich mich. Sitzt eine Maus im Unterrock da in dem Steinhaufen? Kurz und gut, ich wollte mich mit eigenen Augen überzeugen, ob ein Ladenmädchen oder eine Prinzessin hier deiner harre.«

»Mein Verehrtester, nur für mich war ich drinnen«, sagte Mesnilgrand, kühl und geringschätzig. Es war ihm sichtlich ganz gleichgültig, was andere über ihn dachten.

»So! Dann muss ich mich umso mehr wundern!«

»Mein Lieber«, entgegnete der Rittmeister, indem er stehen blieb. »Menschen meines Schlages sind nun einmal von jeher in der Welt, um Leute wie dich in Erstaunen zu setzen.« Ihm den Rücken wendend, ging er rasch wieder weiter, wie einer, der allein bleiben will, durch die Gisors-Gasse nach dem Thurin-Platz, an dessen einer Ecke er sein Heim hatte.

Er wohnte im Haus seines Vaters, des alten Herrn von Mesnilgrand, der als reicher Geizhals verschrien war. Selbiger lebte lange Jahre völlig zurückgezogen, bis auf die drei Monate, die sein Sohn, der in Paris lebte, alljährlich bei ihm zubrachte. Dann aber pflegte der alte Herr, zu dem sonst keine Katze kam, die alten Freunde und Regimentskameraden seines Sohnes einzuladen und auf das Üppigste zu bewirten. Die bösen Zungen der Stadt lästerten natürlich auch darüber; aber »der Tisch des alten Knickers« – wie sie sich ausdrückten – war in der Tat vorzüglich.

Der greise Vater war sehr stolz auf seinen Sohn, aber ebenso betrübt über ihn. Und dazu hatte er allen Anlass. War doch das Leben seines Jungen, wie er den Vierzigjährigen immer noch nannte, durch denselben Schlag zertrümmert worden, der das Glück des Kaisers zerbrochen hatte. Mit achtzehn Jahren war der junge Mesnilgrand Husar geworden und hatte die Feldzüge der Kaiserzeit mitgemacht. Zu den höchsten Hoffnungen berechtigt, denn er war aus dem Holz geschnitzt, von dem die Marschälle Napoleons waren, hatte das Finale von Waterloo seine ehrgeizige Laufbahn ein für alle Mal vernichtet. Er war einer von denen, die von der Restauration nicht wieder in Dienst genommen wurden, weil er wie so mancher der Besten während der Hundert Tage im alten Bann den neuen Eid vergessen hatte. Und so kam es, dass er, der bis zum Eskadronchef in einem Regiment von geradezu fabelhafter Tapferkeit gebracht hatte, und obgleich man von ihm sagte: »Man kann tapfer wie Mesnilgrand sein, aber unmöglich tapferer!« – dass er nun zusehen musste, wie Kameraden von ihm, deren Führungsliste sich in keiner Weise mit seiner messen konnte, Oberste und Kommandeure von Garderegimentern wurden. Er kannte keinen Neid, aber er ärgerte sich doch grässlich darüber.

Mesnilgrand war ein zügelloser Draufgänger gewesen. Nur die soldatische Zucht einer beinahe römischen Zeit hatte es vermocht, den Sturm und Drang in ihm einigermaßen einzudämmen. Das Gerücht seiner leidenschaftlichen Abenteuer war bis in seine biedere Vaterstadt gedrungen, die sich darob arg entsetzte, zumal als er sich – vor nunmehr achtzehn Jahren – durch sein tolles Leben ein schweres Rückenmarksleiden zuzog, das er nur durch einen ungeheuerlichen ärztlichen Eingriff und dank seiner eisernen Natur überwand.

Diese besaß er wirklich, sodass er nach dieser höllischen Kur allen den Mühsalen und Wunden des Krieges von Neuem zu trotzen imstande war. Dieser ehrgeizige

Kraftmensch, der im besten Mannesalter seinen Säbel an den Nagel hängen musste, war fortan zum Nichtstun verdammt, ohne Aussichten und ohne Hoffnungen. Er raste vor Wut. Obgleich nur der Sohn eines schlichten niedernormannischen Krautjunkers, ähnelte er, durch geheimnisvollen Zufall Karl dem Kühnen, dem Herzog von Burgund, den die Geschichte auch »den Schrecklichen« genannt hat. Er besaß dessen nie nachlassende wilde Leidenschaftlichkeit und bitterlich bösen Ingrimm.

Als der »verkrachte Rittmeister« – wie ihn die alles herabwürdigende Allgemeinheit nannte – heimkam, glaubte man zunächst, er werde sich umbringen oder den Verstand verlieren. Aber er beging weder Selbstmord, noch wurde er verrückt. Letzteres ging nicht, denn er war es schon immer, meinten die Spötter. Dass er bei seiner Natur am Leben blieb, war verwunderlich, indessen er war nicht der Mann, der sich vom Geier das Herz auffressen ließ, ohne den Versuch zu machen, dem Geier den Schnabel zu zerbrechen. Der unglaublich willensstarke Vittorio Alfieri, der nichts verstand als wilde Pferde zuzureiten, hat mit vierzig Jahren noch die Sprache Homers zu lernen begonnen und es so weit gebracht, dass er griechische Verse geschrieben hat. Nach diesem Vorbild warf sich Mesnilgrand auf die Malerei, das heißt auf etwas, was ihm am fernsten lag, denn er hatte zunächst keine Ahnung von den handwerksmäßigen Erfordernissen dieser Kunst. Er arbeitete, stellte in Paris seine Bilder aus, fand keine Beachtung, verzichtete auf die öffentliche Anerkennung, zerstörte seine Werke und schuf wieder neue mit immer gleichem Feuereifer.

Dieser Offizier, der bis dahin nur seinen Säbel zu handhaben verstanden und auf seinem Gaul ganz Europa durchquert hatte, verbrachte sein Leben fortan vor der Staffelei. Sein Widerwille vor dem Krieg und seinem alten Beruf, der Groll eines heimlich Liebenden war so groß, dass er nur Landschaften malte, also Dinge, die er ehedem verwüstet hatte. Beim Malen rauchte er stets, und seinem Tabak mengte er Opium bei. Aber kein Betäubungsmittel war imstande, das grimmige Ungeheuer einzuschläfern, das er seinen »Drachen am Brunnen« nannte. Leute, die ihn nur oberflächlich kannten, hielten ihn für einen Carbonaro; aber wer ihn besser kannte, wusste, dass er ein viel zu selbstständiger Denker war, als dass er dem Freisinn jener Zeit verfallen konnte, der im Grunde nur hohles und dummes Geschwätz war.

Trotz seiner maßlosen und unsinnigen Leidenschaftlichkeit wahrte sich Mesnilgrand doch den nüchternen klaren Sinn für das Wirkliche, der den Bewohnern der Normandie eigentümlich ist. Er war alles andere denn Umstürzler. Das Demokratentum, auf das sich die Bonapartisten während der Restauration stützten, war ihm stark zuwider. Mesnilgrand war durch und durch Aristokrat. Er war es nicht nur nach Geburt, Stand und Rang, sondern von Natur. Er war eben er, und wenn er der ärmste kleine Mann gewesen wäre: ein Herrenmensch, das Gegenstück zum Spießbürger. Äußerliche Auszeichnungen, auf die der Emporkömmling soviel Wert legt, verachtete er. Seine Orden pflegte er nicht zu tragen. Sein Vater hatte ihm vor dem Zusammenbrach des Kaiserreichs, als seine Ernennung zum Stabsoffizier bevorstand, ein Majorat gegründet, sodass er berechtigt war, den Barontitel zu tragen; aber auf seinen Besuchskarten wie für alle Welt blieb er »Le Chevalier de Mesnilgrand«.

Es gibt in allen Jahrhunderten fahrende Ritter. Heutzutage kämpfen sie für das, was sie als recht und richtig ansehen, und gegen das, was sie hassen, nicht mehr mit Lanze und Schwert, sondern mit Spott und Hohn. Mesnilgrand war ein solcher Ritter. Er besaß die dazu nötige geistige Überlegenheit. Die war übrigens nicht die einzige Gabe, die ihm der Gott der Kraft verliehen hatte. Wie in allen Männern der Tat herrschte bei ihm der starke Wille vor; nur stand dem ein scharfer Verstand zur Seite, eine Macht für ihn gegen die anderen. Wahrscheinlich wäre er als glücklicher Mann nicht besonders geistreich gewesen, aber als Nichtglücklicher hatte er das Feuer der Verzweifelten, und, wenn er gute Laune hatte, auch den Galgenhumor solcher Menschen. Dazu war ihm eine ungewöhnliche Beredsamkeit eigen. Was man von Mirabeau sagte: Man muss ihn gehört haben! – das galt auch von ihm. Byron begann damals, in die Mode zu kommen. Wenn sich Mesnilgrand einigermaßen beherrschte, glich er den Helden der Dichtungen des Lords. Er besaß nicht die regelmäßige Schönheit, die den kleinen Seelen gefällt. Er war sogar grundhässlich. Aber sein blasses verlebtes Gesicht, dazu das jugendlich gebliebene kastanienbraune Haar, seine früh durchfurchte Stirn, gleich der des Lara oder des Korsaren, seine Leopardennase, seine grün schimmernden Augen, die ein wenig blutrot durchädert waren wie die feuriger Rassepferde, verliehen ihm einen Ausdruck, der selbst die größten Spötterinnen der Stadt beunruhigte. In sei-

ner Gegenwart mäßigten die schlimmsten ihr Mund-
werk. Groß, stark, gut gewachsen, nur ein wenig vorgebeugt in seiner Haltung, als bewege er sich in einer zu
schweren Rüstung, hatte Mesnilgrand die in unseren
Tagen so selten gewordene stattliche Herrenhaftigkeit,
die wir aus den Bildnissen der alten Zeit kennen. »Er ist
ein wandelndes Ahnenbild!«, sagte einmal eine junge
Dame von ihm, als sie ihn zum ersten Male im Salon ein-
treten sah. Überdies krönte er alle diese Vorzüge durch
einen, der in den Augen der Frauen unübertrefflich ist.
Er war immer tadellos angezogen. War dies die letzte Eitelkeit eines *homme à femmes*, dessen Persönlichkeit ein
abgetanes Stück Leben überdauerte, wie die unterge-
hende Sonne den Saum der Wolken durchglüht, hinter
denen sie versunken ist? War dies ein Überbleibsel des
fürstlichen Aufwandes, den die Eroberer Europas sich
ehedem geleistet hatten, wo Mesnilgrand eine Paradede-
cke aus Tigerfellen unter dem Sattel trug, die seinem Vater, dem Geizhals, zwanzigtausend Franken gekostet
hatte? Wie dem auch sei, kein junger Mann in Paris oder
London konnte diesen Menschenfeind, der die große
Welt verlassen hatte, in der Erlesenheit seiner Kleidung
übertreffen.

Während der drei Monate, die er in *** zuzubringen
pflegte, machte er nur wenige Besuche; den Rest des
Jahres keine. Wie in Paris lebte er auch in seiner Vaterstadt bis in die späte Nacht nur seiner Malerei. Manchmal erging er sich ein wenig in der sauberen, anmutigen
kleinen Stadt, die etwas Verträumtes an sich hatte, als
sei sie für Dichter da, obwohl wahrscheinlich kein Einziger in ihr hauste. Wenn er durch die Straßen ging, flüs-

terten die Leute einander zu: »Das ist der Herr Rittmeister von Mesnilgrand!« Und wer ihn einmal gezeigt bekommen hatte, der vergaß ihn sein Leben lang nicht wieder. Er machte Eindruck auf die Leute, wie alle Menschen, die nichts mehr vom Leben verlangen. Wer das nicht mehr tut, der steht immer über ihm; und dann ist es das Leben, das sich uns hündisch zu Füßen legt. Mesnilgrand ging nicht in das Kaffeehaus, zu den anderen Offizieren, die von der neuen Regierung aus der Rangliste gestrichen waren; aber auf der Straße verfehlte er nicht, wenn er einen traf, ihm die Hand zu drücken. Die kleinstädtischen Kaffeehäuser waren nichts für ihn, den Aristokraten. Eines zu betreten, wäre ihm ein Verstoß gegen den guten Geschmack gewesen. Es nahm ihm dies niemand übel. Seine Kameraden konnten ihn ja jederzeit im Haus seines Vaters aufsuchen. Die üppigen Gastmähler, die er ihnen, wie schon erwähnt, gab, nannten sie in Anlehnung an die Bibel, in der sie nie lasen, die »Belsazar-Mähler«.

Bei diesen Tafeleien saß der Vater dem Sohn gegenüber, und trotz seines Alters merkte man gar wohl, dass auch er ein ganzer Mann gewesen, würdig seines Sohnes, auf den er so stolz war. Groß und hager, gerade gewachsen wie ein Mastbaum, beugte er sich dem Alter lange noch nicht. Er ging stets im schwarzen Gehrock, in dem er noch größer erschien, als er ohnehin war. Er sah ernst aus wie ein nachdenklicher Mensch, der aller Eitelkeit der Welt entsagt hat. Seit Jahren pflegte er immer eine veilchenblaue gestrickte Zipfelmütze zu tragen, ohne dass sich der Spott an diese herkömmliche Kopfbedeckung des »Eingebildeten Kranken« gewagt hätte. Über die Jugend dieses Geronten wusste niemand etwas. Sie lag zu weit zurück, als dass man sich hätte daran erinnern können. Er hatte zu den Umstürzlern gehört, sagte man, obwohl er ein Vetter von Vicq d'Azir war, dem Arzt der Königin Marie Antoinette. Aber das dauerte nicht lange. Der Mann der Wirklichkeit, der Besitzende, der Gutsherr, war schließlich doch stärker als der Mann der Idee. Nur war er aus der Umsturzzeit, in die er als Ungläubiger in kirchlichen Dingen geschritten war, auch als Ungläubiger in Staatsdingen hervorgegangen. Dieser doppelte Unglaube ergab einen Erzzweifler, vor dem Voltaire erschrocken wäre. Übrigens verhielt er sich bei den zu Ehren seines Sohnes von ihm veranstalteten Gastmählern ziemlich schweigsam; nur wenn er auf Wahlverwandtschaft stieß, ließ er sich Meinungen und Gedanken entlocken, die das rechtfertigten, was man in der Stadt über ihn munkelte. Für die Frommen und Adligen, von denen es am Ort wimmelte, war er der alte Ketzer, mit dem man nicht verkehren konnte und der sich selber verdammte, indem er sich von der Welt abschloss.

Er führte ein sehr einfaches Leben. Niemals ging er aus. Die Grenze seines Hofes und seines Gartens waren für ihn die Grenzen der Welt. Im Winter saß er vor dem großen Kamin in der Küche, in einem hohen Lehnstuhl mit rotbraunem Utrechter Samt, stumm inmitten seiner Dienstboten, die, von seiner Gegenwart bedrückt, kaum zu flüstern wagten. Im Sommer befreite er sie von diesem Zwang und blieb im Esszimmer, wo es kühl war, las in den Zeitungen oder in irgendeinem alten Buch aus einer Klosterbibliothek, die er bei einer Versteigerung erstanden hatte, oder ordnete Geschäftspapiere an einem kleinen Schreibtisch aus Ahornholz mit Messingbeschlägen, den er sich aus dem Oberstock hatte herunterschaffen lassen, um nicht hinaufgehen zu müssen, wenn einer seiner Pächter kam, obwohl dies Möbelstück gar nicht in ein Esszimmer passte. Ob ihn noch andere Dinge als seine Geschäfte bewegten, wusste kein Mensch. Sein fahles, von Blatternarben zerrissenes Gesicht mit der kurzen, ein wenig aufgestülpten Nase, verriet nichts von seinem Innern. Es war rätselhaft wie das einer am Herd schnurrenden Katze. Infolge der Blattern hatte er gerötete Augen und nach innen gekehrte Wimpern, die ab und zu gestutzt werden mussten. Er blinzelte infolgedessen, und wenn er mit jemandem sprach, legte er die eine Hand an die Brauen, um das Licht zu dämpfen, wobei er den Kopf etwas zurückbog. Dies verlieh ihm den Anschein von Dünkel und Hochmut. Der Gebrauch eines Augenglases, um schärfer zu sehen, hätte nicht so anmaßend gewirkt. Seine Stimme, die eines Mannes, der an das Recht des Befehlens gewohnt ist, war mehr eine Kopf- als eine Bruststimme, gleichsam ein Zeichen, dass er selbst mehr Hirn als Herz hatte. Aber er machte selten von ihr Gebrauch. Er war mit seinen Worten genauso sparsam wie mit seinen Talern. Wenn er sprach, geschah dies in der knappen Art des Tacitus. Er drechselte an seinen Worten, und so hatte seine Rede Wert und Wucht. Seine Witzworte trafen wie Steinwürfe.

Ehedem hatte er über die großen Ausgaben und die tollen Streiche seines Sohnes gejammert, wie dies alle Väter tun, aber seit Mesnil – wie er ihn nannte – unter den Trümmern des Kaiserreiches begraben war wie ein Titan, hatte er vor ihm die Achtung des Weisen, der das Leben auf der Goldwaage der Verachtung wägt und gefunden hat, dass es im Grunde nichts Schöneres gibt als vom sinnlosen Schicksal zerbrochene Menschenkraft. Er bewies ihm dies auf seine Art. Wenn sein Sohn das Wort hatte, leuchtete die vollste Aufmerksamkeit in seinen Zügen. Der größte Beweis, wie viel er ihm galt, lag übrigens darin, dass er während seiner Anwesenheit, wie schon bemerkt, seinen Geiz völlig vergaß.

Die Gelage in seinem Haus waren in der ganzen Stadt berüchtigt. Man raunte sich zu, es ginge dabei gottlästerlich her. Und wirklich, echte Gottesleugner und wütende Pfaffenfeinde waren sie alle miteinander, die da versammelt saßen. Die Gottlosen der damaligen Zeit waren von ganz besonderer Art. Es war das Heidentum von Kraftmenschen und Männern der Tat, die alle Gräuel des Umsturzes und alle Kriege der Kaiserzeit durchgemacht hatten. Das war eine völlig andere Gottlosigkeit als die des achtzehnten Jahrhunderts, aus der sie hervorgegangen war. Diese war von Wahrheitsliebe und Geistesfülle durchdrungen. Sie war scharfsinnig, grüblerisch, gespreizt und vor allem frech, aber nicht so roh wie die der Königsmörder von 1793, wie die der Landsknechte des Kaisers. Auch wir, die wir eine neue Zeit vorstellen, haben unser Heidentum, ein eisiges, gelehrtes, innerlich starkes, unerbittliches, unduldsames und zielbewusstes Heidentum. Aber weder dieses noch sonst eines vermag einen Begriff zu geben von der leidenschaftlichen Gottlosigkeit der Männer zu Anfang des neunzehnten Jahrhunderts in Frankreich. Und so war es Tatsache, dass nach drei oder vier Stunden des Schlemmens und Zechens das Esszimmer im Haus am Thurin-Platz von den gottlosesten Reden dröhnte.

Die Teilnehmer an diesen schändlichen Gelagen sind tot, und reichlich tot; aber damals waren sie am Leben, und zwar auf der Höhe ihres Lebens. Die ist nicht dort, wo die Kräfte abzunehmen beginnen, sondern dort, wo das Ungemach am größten wird. Alle diese Freunde Mesnilgrands, alle die Gäste im Haus seines Vaters, waren im Besitz ihrer ganzen Kraft, umso mehr, da sie diese geübt und erprobt hatten, als sie in maßloser Gier noch am vollen Fass der ungezügelten Lebensfreuden saßen, ohne dass sie am berauschenden Trank zugrunde gegangen waren. Aber so krampfhaft ihre Hände den Becher umklammerten und ihre Zähne in ihn bissen, um nicht von ihm zu lassen: Er war ihnen doch entrissen worden. Die Umstände hatte sie vom Quell verjagt, an dem sie geschlürft hatten, ohne sich satt zu trinken; und nun waren sie umso durstiger, weil sie davon getrunken hatten. Sie hatten wie Mesnilgrand ihre »schlimme Zeit«, aber es fehlte ihnen die Seelengröße dieses rasenden Rolands, dessen Ariost, wenn er einen gefunden hätte, ein Shakespeare hätte sein müssen. Für ihre Seelen, ihren Geist und ihre Sinne war das Leben schon vor dem Tod zu Ende. Noch waffenfähig, waren sie entwaffnet. Alle jene Offiziere sahen sich nicht nur an als Verabschiedete der Loire-Armee, sondern auch als Verabschiedete des Lebens und der Hoffnung. Nachdem das Kaiserreich vernichtet, nachdem die Revolution getilgt war durch die Reaktion, die sie nicht niederzuhalten vermochten wie der Erzengel Michael den Drachen, waren sie, ihrer Stellung, ihrer Ämter, ihres Ehrgeizes und der Ernte ihrer Vergangenheit beraubt, in ihre Vaterstadt heimgekehrt, machtlos, arm und gedemütigt, um dort – wie sie grimmig sagten – gleich Hunden zu verrecken. Im Mittelalter wären sie Wegelagerer, Freibeuter oder Entdecker geworden. Aber man kann sich sein Jahrhundert nicht aussuchen; und da sie an den Ketten der Gesittung hingen, die alles in Schranken und Gesetzen hält, so mussten sie stillhalten, in die Kandaren beißen, auf der Stelle treten, sich selbst verzehren und den Unmut darüber hinunterschlucken. Höchstens konnten sie ihren Blutdurst in Zweikämpfen austoben.

Man kann sich danach einen Begriff machen, wie das Vaterunser gelautet hat, das diese Haudegen zum Himmel emporsandten, wenn die Rede auf den lieben Gott kam. Wenn sie selber auch nicht an ihn glaubten, so glaubten doch andere Leute an ihn, ihre Feinde; und das genügte ihnen, um in ihren Reden alles, was auf Erden für hoch und heilig gilt, zu verlästern, zu verspotten und niederzutreten.

Wie allwöchentlich hatte sich also auch am Freitag nach jenem Sonntag, an dem Mesnilgrand von seinem alten Kameraden zu dessen Verwunderung und Ärger in der Kirche angehalten worden war, die Tafelrunde im Mesnilgrandschen Hause pünktlich eingestellt. Jener alte Kamerad war der Rittmeister Rançonnet, ehemaliger 8. Dragoner. Er erschien diesmal als einer der ersten, weil er sich vorgenommen hatte, den Freund, den er die ganze Woche nicht wiedergesehen, um Aufklärung über den Vorfall zu ersuchen und über die Art, wie er dort von ihm behandelt worden war. Dies sollte in Gegenwart aller Gäste geschehen, um sie zu unterhalten.

Rançonnet war durchaus nicht der Schlimmste der Schlimmen an der Freitagstafel. Aber er war ein Polterer und ein allzu urwüchsiger Feind der Kirche. Wenn nicht geradezu ein Narr, so war er hierin ein Tor. Der Gottesbegriff ärgerte ihn wie eine Fliege auf der Nase. Im Übrigen war er vom Scheitel bis zur Sohle ein Offizier seiner Zeit, mit allen Fehlern und Vorzügen, einer, der den Krieg um des Krieges willen liebte, ein echter Säbelrassler. Von den fünfundzwanzig Zechkumpanen war er wohl der, der den Rittmeister Mesnilgrand am liebsten hatte; nur war er ihm seit dem Vorfall in der Kirche unverständlich geworden.

Es braucht kaum gesagt zu werden, dass die fünfundzwanzig Gäste in der Mehrzahl Soldaten waren. Aber es waren auch einige Ärzte, große Realisten, darunter sowie etliche ehemalige, nicht im besten Ruf stehende Geistliche, Altersgenossen des alten Mesnilgrand und als Krone des Ganzen ein Volksvertreter aus der Umsturzzeit, der für die Hinrichtung des Königs gestimmt hatte. Es waren also Landsknechte oder Jakobiner, leidenschaftliche Bonapartisten oder eingefleischte Volksmänner, alle bereit, aufeinander loszugehen und sich gegenseitig zu vernichten, alle nur in einem gleich gesinnt: in der Missachtung Gottes und der Kirche.

Der Rittmeister von Mesnilgrand hob sich von diesem Kreis in jeder Weise glänzend ab. Die anwesenden Offiziere, die einstigen Dandys der Kaiserzeit, waren zweifellos schöne und fesche Männer, aber ihre Schönheit war Mittelware, Alltagsgut; körperlich rein oder unrein, entbehrte sie des Seelischen, und ihre Eleganz war zu kommissig. Man sah ihnen noch in ihrer jetzigen Bürgertracht das Steife der abgelegten Uniform an. Die anderen Kumpane, die ärztlichen Weltverächter und die entgleisten Pfaffen, hielten nicht auf ihr Äußeres; sie sahen beinahe verkommen aus. Nur Mesnilgrand war, wie die Frauen sich ausdrückten, adorabel angezogen. Da noch Vormittag war, trug er einen entzückenden schwarzen offenen Gehrock (von der Firma Staub in Paris), eine Krawatte von mattgelber Seide mit winzigen, kaum erkennbaren, handgestickten, goldenen Sternchen, dunkle, ins Bläuliche schimmernde Tuchhosen, eine unauffällige Weste aus schwarzem Kaschmir, durchbrochene seidene Strümpfe und – da er im eigenen Hause war, keine Schuhe, sondern – tief ausgeschnittene Halbschuhe mit hohen Absätzen, wie sie Chateaubriand bevorzugte, der bestbeschuhte Kavalier seiner Zeit nach dem Großfürsten Constantin; an Schmuck nichts aus Gold, nur – über den breiten Falten seiner nicht verschlungenen, militärisch schlichten Krawatte – eine kostbare antike Kamee mit einem Alexanderkopf. Man brauchte nur das Erlesene dieser Kleidung zu sehen, um sofort zu wissen, dass der Künstler über den Soldaten gekommen war und ihn gewandelt hatte und dass ihr Träger von anderer Art war als alle übrigen, obwohl er sich mit den meisten auf du stand.

Punkt zwölf Uhr mittags begann die Tafel. Auch darin lag Spott. In der Normandie herrscht nämlich der Glaube, der Papst setze sich um diese Zeit an seine Tafel und wünsche dabei der ganzen Christenheit: Gesegnete Mahlzeit. Dieses Benedicite sollte lächerlich gemacht werden. Wenn es vom Doppelturm der Stadtkirche Mittag zu läuten begann, versäumte es der alte Herr von

Mesnilgrand nie, unter voltairischem Lächeln mit seiner schrillen Stimme zu rufen: »Zu Tisch, meine Herren! So fromme Christen wie wir dürfen sich des römischen Segens nicht berauben!« Und dies war gleichsam das Losungswort für alle die Lästereien, die nun das Tischgespräch bildeten. Was an einer Tafelrunde von Männern geredet wird, ist immer leichtfertig, noch dazu von solchen Männern wie hier. Man kann wohl sagen, alle Herrenessen, bei denen keine Dame den Vorsitz hat, Einklang schaffend und Milde ausströmend, arten, selbst wenn geistreiche Köpfe zusammen sind, in ein schreckliches Handgemenge aus, wie die Gelage der Lapithen und Kentauren, bei denen es vermutlich auch keine Frauen gab. Bei solchen Festmählern verlieren die gesittetsten und besterzogenen Männer etwas von ihrer Höflichkeit und Vornehmheit. Das ist nicht weiter verwunderlich; fehlt doch die Galerie, der sie gefallen wollen. Sie verfallen einer gewissen Nachlässigkeit, die beim geringsten Anprall, beim geringsten Widerstreit der Meinungen, ins Gröbliche geht. Wenn dies schon bei den Gelagen der edelsten alten Athener geschah, so musste es erst recht der Fall sein bei den Gastmählern im Hause Mesnilgrand, deren Teilnehmer immer ein wenig im Kasino oder in der Kantine wenn nicht an ärgeren Orten zu sein dünkten.

Beim dritten Gang ging es bereits hoch her. Man hatte erst über politische Dinge geredet, voller Hass gegen die Bourbonen; dann war man zu den Frauen übergegangen, dem unerschöpflichen Gesprächsstoff, besonders in Frankreich, dem geckenhaftesten Lande der Erde.

Man begann, Abenteuer zu erzählen. Jeder wollte den anderen überbieten. Die teuflischen Beichten wurden immer gepfefferter. Der ehemalige Abbé Reniant, ein Kurpfuscher, der in den Wirren der Umsturzzeit aus einem Priester ohne Glauben ein Arzt ohne Wissenschaft geworden war, kam an das Wort. Nachdem er noch einmal bedächtig aus seinem Glas geschlürft hatte, begann er:

»Es war schon eine Weile her, dass ich meine Kutte an den Nagel gehängt hatte. Die Revolution war im schönsten Gange. Es war um die Zeit, Bürger Lecarpentier, als Sie sich auf Ihrer Rundreise als Volksvertreter hier in *** aufhielten. Erinnern Sie sich an ein junges Mädchen aus Hémevès, das Sie eines Tages einsperren ließen? Ein übergeschnapptes Frauenzimmer. Eine Epileptikerin.«

Der Volksmann vermochte sich nicht zu entsinnen.

»Man nannte sie die Tesson«, begann der ehemalige Abbé wieder. »Josefine Tesson, wenn ich mich nicht irre. Ein großes dickbackiges Frauenzimmer. Die Chouans und die Pfaffen hatten ihr den Kopf verdreht. Sie machte es sich geradezu zur Lebensaufgabe, diese Kerle zu verstecken, diese gottverdammten Pfaffen. Wo es galt, so einem Halunken das Leben zu retten, trotzte sie Tod und Teufel. Sie verschaffte ihnen die unglaublichsten Zufluchtsorte; versteckte sie, wenn's sein musste, in ihrem Bett, unter ihrem Unterrock. Wäre es gegangen, so hatte sie einen dort versteckt, wo sie die Büchse mit den Hostien trug, zwischen ihren Brüsten ...«

»Potztausend!« warf Rançonnet ein, den die Geschichte in Wallung versetzte.

»Bloß zwei!«, scherzte Reniant. »Dafür aber von anständigem Kaliber ...«

Es erhob sich allgemeines Gelächter.

»Ein sonderbares Ciborium«, meinte der Doktor Bleny verträumt, »so ein Weiberbusen!«

»Das Ciborium der Not!«, erklärte Reniant, dessen Erregung sich inzwischen gelegt hatte. »Alle die heimatlosen, verfolgten und gehetzten Priester, denen sie sich verbergen half, vertrauten ihr die Hostien an, die sie in ihrem Busen überall dahin trug, wo sie benötigt wurden. Man setzte das größte Vertrauen in sie und redete ihr ein, sie sei eine Heilige. Das stieg ihr zu Kopf. Am liebsten wäre sie eine Märtyrerin geworden. Unerschrocken eilte sie mit der Hostienbüchse hin und her, bei Tag und Nacht, bei Wind und Wetter, über Stock und Stein, zu den verborgenen Priestern, um Sterbenden das Viatikum zu verschaffen.

Eines Abends erwischten wir das Frauenzimmer, ich und ein paar brave Burschen der Teufelskompanie von Rossignol, in einem Bauernhof, wo ein Chounan abfahren wollte. Einer von uns, der durch ihre strammen Vorgebirge Appetit auf sie gekriegt hatte, karessierte ¹ sie ein bisschen. Aber es bekam ihm schlecht. Die Katze schlug ihm ihre zehn Krallen in die Visage, so fest, dass er zeitlebens an sie denkt. Trotzdem ließ der Kerl nicht locker. Ein kecker Griff förderte die Herrgottsbüchse zutage. Wir zählten ein Dutzend Hostien, die ich in Gegenwart des schreienden und uns wie eine Rasende anfallenden Weibstückes vor die Säue werfen ließ ...«

Er hielt inne und brüstete sich wie der Hahn auf dem Mist.

»Abbé, das war wohl das letzte Mal, dass Sie das Abendmahl gereicht haben?«, fragte der alte Herr von Mesnilgrand im Fistelton.

»Die lieben Tierchen werden sich doch den Magen nicht verdorben haben?«, spottete einer der Tafelrunde.

Nach diesen groben Lästereien herrschte eine kleine Weile Stille.

»Und du, Mesnil?«, rief Rançonnet seinem Kameraden zu. Dem darauf Lauernden dünkte es eine gute Gelegenheit, auf den Kirchgang zu kommen. »Sagst du gar nichts zu dieser famosen Geschichte des trefflichen Abbé?«

Mesnilgrand sagte in der Tat nichts. Den Kopf in die Hand gestützt, saß er am Tisch und hörte ohne Abscheu, aber auch ohne Vergnügen, den Scheußlichkeiten zu, die seine verrohten Genossen vorbrachten. Er hatte sich über all das hinausgelebt. Es berührte ihn nicht. Er hatte schon zu viel davon hören und sehen müssen, in den vielen Jahren und in der Umgebung, in der er lebte. Die Umwelt ist das Schicksal des Menschen. Im Mittelalter wäre Mesnilgrand ein begeisterter Kreuzritter geworden; im neunzehnten Jahrhundert konnte er nichts anderes als napoleonischer Soldat werden. Namentlich während des Feldzuges in Spanien hatte er Gräueltaten miterlebt, die denen der Landsknechte des Konnetabel von Bourbon bei der Einnahme Roms kaum nachstanden. Zum Glück ist die Umgebung nur für gemeine Geister und Gemüter ein böses Verhängnis. In starken Seelen lebt und webt etwas, das nicht verdirbt. Und dies war in Mesnilgrand untilgbar.

Müde, fast schwermütig erwiderte er dem Frager:

»Was soll ich dazu sagen? Herr Reniant hat da keine Heldentat vollbracht. Hätte er im Glauben, dass es einen Gott gäbe, einen lebendigen Gott, einen Gott der Rache, das Wahrzeichen dieses Gottes den Säuen vorgeworfen, auf die Gefahr hin, auf der Stelle vom Blitz erschlagen zu werden und in die Hölle zu kommen, ja, dann läge zum Mindesten Bravour darin, dem Tod und noch Schlimmerem zu trotzen. Denn wenn es einen Gott gäbe, hätte er ihn zu ewigen Martern verdammen können. Sinnlos war die Tat in jedem Fall, aber dann wäre sie immerhin tapfer gewesen. Doch dieser gewisse Reiz an der Sache fehlt völlig. Der Abbé glaubt nicht an Gott, und der Glaube an das Symbol ist ihm nur lächerlicher Aberglauben. Er war somit von der Gefahrlosigkeit seines Tuns überzeugt. Für ihn war es nichts Mutigeres, als hätte er den Inhalt einer Schnupftabaksdose in den Koben geschüttet.«

»Ja, ja!«, ließ sich der alte Herr von Mesnilgrand vernehmen, indem er sich in seinem Stuhl zurücklehnte und seinen Sohn unter dem Schild seiner vorgehaltenen Hand betrachtete. Er hatte stets Verständnis für das, was sein Sohn sagte, mochte er der nämlichen oder anderer Meinung sein. Hier war er übrigens derselben Ansicht. Er wiederholte darum auch seinen Ausruf: »Ja, ja!«

Mesnilgrand fuhr fort:

»Was ich aber an der Geschichte schön finde, und zwar wunderschön, mein lieber Rançonnet, und was ich mir zu bewundern erlaube, obgleich auch ich an nichts besonders viel glaube, das ist dieses Mädel, diese Tesson, wie Sie sie nennen, Herr Reniant. Indem sie das, was sie für ihren Gott hielt, an ihrem jungfräulichen Busen durch alle Gefahr und Gemeinheit der Welt zuversichtlich und kühn trug, machte sie ihre Brust zum Tabernakel ihres Gottes und sich selbst zum Altar, der jeden Augenblick mit ihrem eigenen Blut übergossen werden konnte. Meine Herren, wir, wir Offiziere – du, Rançonnet! Du, Mautravers! Du, Sélune! – wir, die wir das Kreuz der Ehrenlegion tragen, erworben in so vielen blutigen Schlachten, haben wir nicht mit diesem Symbol den Kaiser auf unserer Brust getragen? Und hat es nicht so manches Mal unsern Mut erhöht, dass wir ihn so trugen? Gibt es einen Unterschied zwischen dem und jenem? Bei meiner Ehre, ich finde die Tat des Mädchens einfach erhaben! Ich möchte wissen, was aus ihr geworden ist. Vielleicht ist sie tot. Vielleicht lebt sie, armselig irgendwo in einem Winkel. Und wenn ich Marschall von Frankreich wäre und sie begegnete mir barfuß, im Schmutz, um ein Stück Brot bettelnd, ich würde von meinem Pferd steigen und den Hut vor ihr abnehmen, vor diesem edlen Wesen, als trüge es wirklich einen Gott im Herzen.« Er stützte sein Haupt nicht mehr auf die Hand. Er hatte den Kopf nach rückwärts geworfen, und während er diese demütigen Worte sprach, wuchs er in die Höhe wie die Braut von Korinth in Goethes Gedicht. Ohne dass er aufgestanden wäre, überragte er alle die andern um sich herum.

»Geht die Welt aus ihren Fugen?«, rief Mautravers, indem er mit der Faust auf einen Pfirsichkern schlug und ihn, wie mit einem Hammer zertrümmerte. »Husaren-rittmeister und Frontsoldaten ducken sich vor Bet-schwestern?«

Da erhob Rançonnet seine Stimme:

»Schließlich sind das nicht die schlechtesten Liebsten, die bei jeder Freude, die sie uns spenden oder wir ihnen, der ewigen Verdammnis zu verfallen wähnen. Aber, verehrter Mautravers, es gibt etwas Schlimmeres, als Betschwestern zu Bettschwestern zu machen. Und das ist, wenn einer, der den Säbel geführt, selber zum Bet-bruder herabsinkt. Wisst ihr, wo ich den Rittmeister von Mesnilgrand erst am vorigen Sonntag gegen Abend an-getroffen habe?«

Niemand gab eine Antwort. Alle aber waren nachdenk-lich geworden, und alle schauten nach dem Rittmeister Rançonnet hin.

»Bei meinem Säbel«, fuhr dieser fort. »Angetroffen ist falsch ausgedrückt; denn ich hüte meine Reiterbotten vor dem Staub der Kapellen. Ich sah zufällig, wie er durch das Nebenpförtchen in den Tempel hineinschlich. Starr vor Erstaunen fragte ich mich: Donnerwetter, seh' ich Gespenster? War das nicht Mesnils Gestalt? Aber was hat der in der Kirche zu suchen? Mir schossen die verliebten Abenteuer mit den Satansweibern der spani-schen Klöster durch den Schädel. Also auch hier? Dachte ich bei mir. Er kann die Unterröcke noch nicht lassen? Der Teufel soll mich holen! Ich muss sehen, welche Far-be der hat! Und so trat ich in den Gebetsladen. Es war verflucht duster drinnen. Ich stieg und stolperte über ein Dutzend alter Weiber, die ihren Rosenkranz ableierten.

Schließlich aber erwischte ich meinen Mesnil, gerade als er durch das Seitenschiff wieder hinauswollte. Aber – glaubt ihr mir? – er hat mir nicht eingestanden, was er im Pfaffenzwinger zu suchen hatte. Und das ist es, warum ich ihn hier vor euch festnagle. Er soll uns jetzt Rede und Antwort stehen!«

»Na also, Mesnil! Rede! Sprich! Rechtfertige dich!« erklang es von allen Seiten.

»Mich rechtfertigen?« wiederholte Mesnilgrand belustigt. »Ich brauche mich nicht zu rechtfertigen, wenn ich tue, was mir Vergnügen macht. Ihr, die ihr die Inquisition in Grund und Boden verdammt, am Ende seid ihr selber Inquisitoren. Ich bin am vergangenen Sonntag in der Kirche gewesen, weil es mir so beliebte.«

»Und warum hat es dir beliebt?«, fragte der Rittmeister Mautravers.

»Das möchtet ihr wohl gern wissen?«, meinte Mesnilgrand lachend. »Ich bin hineingegangen – wer weiß, vielleicht um zu beichten? In jedem Fall bin ich an einem Beichtstuhl gewesen. Na, Rançonnet, du wirst nicht behaupten können, dass meine Beichte lange gedauert habe.« Sie merkten, dass er sich über sie lustig machte; aber es lag etwas Geheimnisvolles in der ganzen Sache, das die Tafelrunde reizte.

»Deine Beichte!«, sagte Rançonnet betrübt, denn er nahm die Worte seines Kameraden ernst. »Himmelkreuzdonnerwetter! So bist du also für uns verloren!« Aber schon schreckte er vor seinem Gedanken zurück wie ein bodenscheues Pferd vor seinem eigenen Schatten. Er bäumte sich auf und rief: »Hol mich der Henker!

Das ist ganz unmöglich! Nein, keiner von uns allen hier kann sich das vorstellen: der Eskadronchef Mesnilgrand wie ein altes Weib, die Knie auf dem Betschemel, die Nase am Gitter vor dem Schilderhaus eines neugierigen Pfaffen! Dieses Bild will: nicht in meinen Schädel! Hunderttausend Granaten sollen mich treffen!«

»Du bist sehr gütig. Ich danke dir«, sagte Mesnilgrand voll drolliger Nachsicht.

»Scherz beiseite!«, meinte Mautravers. »Mir geht es wie Rançonnet. Ich kann auch nicht an die Kapuzinade eines Mannes von deinem Schlag glauben. Die Sorte macht selbst in der Todesstunde nicht den Froschsprung ins Weihwasserbecken!«

»Was andere in ihrer Todesstunde tun, das weiß ich nicht«, erwiderte Mesnilgrand langsam. »Aber was mich anbelangt, so liegt mir daran, ehe ich zur Ewigen Armee abreite, mein Packzeug fix und fertig zu haben.«

Dies Soldatenwort ward so ernst ausgesprochen, dass Stille eintrat. Mesnilgrand fuhr fort:

»Lassen wir das! Aber da Rançonnet um jeden Preis wissen will, warum ich am Sonntag in der Kirche war, ich, der ich vielleicht ein ebenso großer Heide bin wie mein alter Kamerad, so soll die Geschichte erzählt werden. Eine Geschichte steckt nämlich dahinter. Wenn er sie vernommen hat, ist sein ungläubiges Gemüt vielleicht imstande, meinen Kirchgang zu begreifen.« Er machte eine Pause, wie um der Geschichte, die jetzt anhob, eine gewisse Weihe zu geben. Dann begann er:

»Rançonnet, du erwähntest vorhin Spanien. Just in diesem Lande hat sich meine Geschichte zugetragen. Mancher von euch hat wie ich den unseligen Feldzug von 1808 mitgemacht. Es war der Anfang vom Ende des Kaiserreichs und all unseres Missgeschicks. Wer dort gefochten hat, der wird diesen Krieg nie vergessen. Vor allem du nicht, Sélune!«

Der Major Sélune saß dem Erzähler gegenüber, neben dem alten Herrn von Mesnilgrand. Er war ein Mann von stattlichem soldatischem Äußeren. Bei einem Vorpostengefecht in Spanien hatte er einen Säbelhieb bekommen, quer über das Gesicht, von der linken Schläfe mitten durch die Nase bis zum rechten Ohr. Die gewaltige Wunde war schlecht geflickt worden, in der Eile und aus Ungeschicklichkeit des Feldschers. Wenn der Major erregt wurde und ihm das Blut in den Kopf stieg, flammte die grässliche Narbe auf, und es sah aus, als liefe um sein sonnenbraunes Gesicht ein breites blutrotes Band.

»Wir haben dort manches Grauenhafte gesehen«, fuhr Mesnilgrand fort, »und manchmal auch, selber begangen. Aber das Ärgste, was ich wohl erlebt habe, das will ich jetzt erzählen!«

»Jawohl«, sagte der Major Sélune mit der Selbstgefälligkeit eines hartgesottenen Kriegsmannes, den nichts mehr rührt. »Gesehen und erlebt! Ich erinnere mich, einmal Zeuge gewesen zu sein, wie man achtzig Nonnen übereinander in einen tiefen Brunnen warf, alle halb tot, nachdem sie von den Leuten zweier Schwadronen der Reihe nach vorgenommen worden waren ...«

»Vieherei von Mannschaften!«, sagte Mesnilgrand. »Hier aber handelt es sich um die barbarische Tat eines Offiziers.« Er nippte an seinem Glas, ließ den Blick über die Tafelrunde schweifen und fragte: »Hat einer der Herren den Major Ydow gekannt?«

Nur Rançonnet antwortete:

»Ich zum Beispiel! Den hab' ich gut gekannt. Er stand mit mir bei den achten Dragonern.«

»Da du ihn also gekannt hast«, fuhr Mesnilgrand fort, »so wirst du auch noch jemanden gekannt haben. Als er zum Regiment kam, brachte er ein Frauenzimmer mit ...«

»Die Rosalba!« ergänzte Rançonnet. »Sein berühmtes Verhältnis. Ein Saumensch!«

»Gewiss. Sie verdient die übelste Bezeichnung ...« Mesnilgrand sann nach. Dann begann er von Neuem: »Der Major brachte sie aus Italien mit, wo er vordem gewesen war, bei einem Reservekorps, als Hauptmann. Da ihn von den Anwesenden nur Rançonnet kennt, muss ich ihn näher schildern, damit sich auch die andern Herren ein Bild von diesem Teufelskerl machen, dessen Ankunft bei den achten Dragonern mit einem Frauenzimmer im Gefolge großes Aufsehen erregte.

Er war wohl kein Franzose – ein Umstand, bei dem Frankreich nicht viel verliert. Ich weiß nicht mehr, woher er stammte. Aus Böhmen oder Illyrien. Ich habe es vergessen. Aber wo er auch geboren sein mag, er war ein sonderbarer Mensch. Er war sichtlich ein Gemisch verschiedener Rassen, und er selber sagte, er sei von griechischer Abkunft. Seine Schönheit stützte diese Behauptung. Er war, weiß der Teufel, fast zu schön für einen Soldaten. Die Furcht, seine hübsche Larve verschandelt zu bekommen, soll einen Kriegsmann nicht bedrücken. Er ging ins Feuer wie alle andern und tat seine Pflicht, wenn auch nie einen Zoll mehr; aber das, was der Kaiser das heilige Feuer genannt hat, besaß er nicht. Im Grunde fand ich sogar seine Schönheit unangenehm. Später, als ich die Bekanntschaft mit der Antike machte, einer dem Feldsoldaten unbekannten Sache, da habe ich den Grundzug seines Gesichts wiedergefunden, in den Antinousbüsten. Besonders eine hat eine überraschende Ähnlichkeit mit ihm, eine aus Marmor, der ihr Schöpfer aus verrückter Laune oder aus schlechtem Geschmack Smaragde als, Augensterne eingesetzt hat. Solche meergrünen Augen hatte der Major, die zu seinem klassisch geschnittenen Gesicht mit dem warmen Oliventon in seltsamem Widerspruch standen. Sie schimmerten wie wehmütige Abendsterne, aber es war nicht Endymion, dessen Wollust darin schlummerte. Ein Tiger lauerte dahinter. Und eines Tages sollte ich den kennenlernen.

Ydow war braun und blond zugleich. Sein Haupthaar lockte sich dicht und dunkel um die schmale Stirn mit ihren eingedrückten Schläfen, während sein langer seidiger Schnurrbart fuchsrot war. Man pflegt zu sagen, Kopfhaar und Bart von verschiedener Farbe seien ein Zeichen von Verrat und Tücke. Vielleicht wäre der Major später ein Verräter wie so manch andrer geworden – am Kaiser. Das Schicksal hat es nicht dazu kommen lassen. Er war vielleicht gar nicht falsch und tückisch. Wie dem auch sei, vermutlich trug diese Äußerlichkeit bei, dass Ydow unter seinen Kameraden allgemein unbeliebt war. Sehr bald, nachdem er ins Regiment gekommen war, hasste man ihn.

Er war damals fünfunddreißig Jahre alt, und ihr könnt euch denken, dass ein so schöner Mann von den Frauen schrecklich verwöhnt und in jeder Beziehung verdorben wurde. Er gefiel auch den Unnahbarsten. Er war ein lasterhafter Mensch. Aber genug! Wir waren alle miteinander keine Tugendbolde. Wir liefen den Weibern nach und waren überdies Säufer, Verschwender, Spieler, Duellanten und mitunter große Spitzbuben. Er war in tausend Händel verstrickt. Er galt als der Allerschlimmste, und er hatte wohl auch Dinge getan, deren wir andern doch nicht fähig waren. Ihm traute man alles zu. Dabei war er ein grässlicher Streber, ein widerlicher Kriecher vor seinen Vorgesetzten. Man verdächtigte ihn aus Hass. Zweimal kam es zum Zweikampf. Er schlug sich brav, aber das änderte unsre Meinung über ihn keineswegs. Er blieb für uns ein zweifelhafter Kavalier. Glück im Spiel hatte er übrigens dem bekannten Sprichwort zum Trotz auch. Mit einem Wort, er war ein gefährlicher Kumpan. Es ließe sich noch viel über ihn sagen, aber ich denke, meine Schilderung genügt.«

»Das denke ich auch!« bemerkte Rançonnet ungeduldig. »Zum Kuckuck! Was hat der verdammte Major von den achten Dragonern samt seinem Luder von einem Weibsbilde, für die er am liebsten alle Dome Spaniens und der gesamten Christenheit geplündert hätte, mit dem Kirchgang am verflossenen Sonntag zu tun?«

»Prell nicht immer vor und warte ab!«, wies ihn Mesnilgrand zurecht. »Du bist und bleibst der unverbesserliche Hitzkopf. Erst müssen die Personen meiner Geschichte sozusagen aufmarschieren!«

»Na denn lass sie aufmarschieren! Galopp marsch!« sagte der alte Draufgänger und stürzte zu seiner Beruhigung ein Glas Picardan hinunter.

Mesnilgrand fuhr fort:

»Wenn der Major Ydow ohne die Frau, die nicht seine Gattin, nur seine Geliebte war, zum Regiment gekommen wäre, wäre er wahrscheinlich von den Offizieren ziemlich geschnitten worden. Aber dieses Frauenzimmer, das den Major wer weiß, wie an sich gefesselt hatte, verhinderte, dass dies dem Major widerfuhr. Das Weib ist der Magnet des Teufels. Die Herren, die mit ihm nur die unvermeidliche dienstliche Berührung gehabt hätten, verkehrten kameradschaftlich mit ihm – dieser Frau wegen. Wäre der Major unbeweibt gewesen, so hätte ihm im Kaffeehaus, wo sich alle Offiziere trafen, keiner einen Kognak angeboten. Aber man tat es mit dem Hintergedanken, einmal zu ihm eingeladen zu werden und mit ihr zusammenzukommen. Es ist eine alte Wahrheit: Ist man nicht der erste Liebhaber einer Frau, so ist man der zehnte! Und in der Tat, es dauerte nicht lange, da wusste man bei den achten Dragonern, dass diese Hoffnung keinen betrog. Rosalba war die Schlimmste der Schlimmen. Ich übertreibe nicht. Rançonnet, der gewiss einer der vielen Glücklichen war, wird mir das zugeben. Er weiß auch, dass sie eine blendende Sünderin war, dass sie alle Reize wie alle Laster des Weibes in sich einte.

Wo hatte der Major sie aufgegabelt? Woher stammte dies junge Geschöpf? Man fragte zunächst nicht danach. Es war nichts Ungewöhnliches, dass Offiziere ihre Geliebten beim Regiment hatten. Die Hauptsache war, dass sich der Betreffende den Aufwand leisten konnte. Die Kommandeure drückten angesichts dieser Ungehörigkeit schon ein Auge zu. Oft begingen sie sie selber. Eine Frau aber von der Art der Rosalba hatten wir noch nicht bei uns gesehen.

Hübsche Mädel fanden wir überall die Menge. Sie waren beinahe alle von derselben Sorte: abenteuerliche, schneidige, kaum noch weibliche, recht freche Frauenzimmer, fast durchweg Brünetten, mit mehr oder weniger Feuer, angezogen wie junge Burschen, in herausfordernden Fantasieuniformen, die ihnen ihre Liebhaber hatten machen lassen. Wenn sich schon die wirklichen und anständigen Offiziersdamen durch ein gewisses ganz besonderes Etwas von anderen Frauen abhoben, so war das noch mehr bei den Offiziersgeliebten der Fall. Diesen Soldatendirnen glich die Rosalba nicht im geringsten- Zunächst hatte man ein schlankes blasses Mädchen vor sich, mit auffällig reichem blondem Haar. Das war nichts weiter Verblüffendes. Sie besaß eines jener Kameengesichter, die durch ihre Gleichförmigkeit und Unbeweglichkeit gerade leidenschaftliche Gemüter stark erregen. Aber auch das ist nichts Besonderes. Alles in allem war sie gewiss eine schöne,Frau. Aber ihr Zauber auf die Männer hatte nichts mit der Schönheit zu schaffen. Der entquoll einer andern Quelle. Sie war ein Ungeheuer an Schamlosigkeit im Widerspruch zu ihrem Namen Rosalba und noch mehr zu ihrem Spitznamen: Pudika – die Keusche ...«

»Virgil hat sich auch den Keuschen genannt«, warf der ehemalige Abbé ein, der gern mit seiner lateinischen

Bildung protzte, »was ihn nicht abgehalten hat, gewisse kleine Sanskulotterien zu schreiben!«

»Eigentlich war es gar keine Ironie«, fuhr Mesnilgrand fort, »dass wir die Rosalba Pudika nannten, denn dieser Name stand ihr auf der Stirn. Die Schöpfung hatte ihn mit Rosenschrift darauf geschrieben. Sie machte nicht nur in Anbetracht dessen, was die doch war, einen zum Verwundern keuschen Eindruck. Es schien, als hätte sich die Natur in ihr den Scherz gewagt, Wollust und Keuschheit zu mischen und mit dieser himmlischen oder teuflischen Mischung die höchste Sinnenfreude, die ein Weib einem Mann zu gewähren vermag, in die Welt zu setzen. Es war keine Heuchelei dabei. Die Rosalba war keusch, wie sie wollüstig war, und das Allermerkwürdigste: Sie war beides zugleich. Sie konnte die gewagtesten Dinge sagen oder tun, es war etwas entzückend Verschämtes in ihrem Wesen, etwas in hohem Grade Rätselhaftes. Das ist mir unvergessbar. Sie ging aus dem tollsten Bacchanal hervor wie Eva vor dem ersten Sündenfall. Dieses nach grenzenloser Hingabe kaum mehr lebende, zu Tod erschöpfte Weib war dann wieder die unberührbare Jungfrau, voll von Neuem Zauber holdester Verwirrung und rosiger Schamhaftigkeit. Dieser Wandel machte einen rasend vernarrt in sie. Die Sprache hat nicht die Mittel, dies in die rechten Worte zu fassen.«

Der Erzähler machte eine nachdenkliche Pause. Keiner der ganzen Tafelrunde brach das Schweigen.

»Ihr könnt euch denken«, fuhr Mesnilgrand fort, »dass diese Seltsamkeit erst nach und nach bekannt wurde. Zunächst sah man an ihr nichts als ein hübsches junges

Mädchen. Hätte der Major, als er zum Regiment kam, sie uns als seine rechtmäßige Frau oder als seine Tochter vorgestellt, so hätten wir es ihm ruhig geglaubt. >Ein verteufelt schönes Weib!< flüsterten die Weiberkenner. >Aber eine Zierpuppe !< Damals lagen wir an der Grenze zwischen Spanien und Portugal. Wir waren hinter den Engländern her und rasteten in Orten, die unserem König Joseph nicht ganz feindselig waren. Der Major und die Rosalba lebten wie in einer heimatlichen Garnison.

Gewiss erinnert ihr euch, mit welcher Erbitterung der Krieg in Spanien geführt wurde, dieser langwierige Krieg, dem kein anderer glich. Aber zwischen den heißen Kämpfen und blutigen Schlachten gab es doch Zeiten, wo wir uns mitten in dem halb eroberten Lande damit belustigten, den nicht ganz >Afrancesadas< unserer Standorte Feste zu geben. In jenen Tagen war es, wo die Rosalba, die längst die Aufmerksamkeit auf sich gelenkt hatte, allgemein berühmt wurde. Sie leuchtete unter den dunkelhäutigen Schönheiten des Landes wie ein Diamant in einem Diadem von Similisteinen, wie eine echte Perle an einer Perlmutterkette. Und es dauerte nicht lange, so waren alle Offiziere in sie verschossen, vom jüngsten Leutnant bis zum Divisionsgeneral. Sie war mit einem Male zum Mittelpunkt eines Kreises zügelloser Männer geworden. Wie ein Sultan warf sie ihr Taschentuch dem zu, der ihr gefiel – und es gefielen ihr viele. Der Major tat, als sähe er nichts von alledem. War er zu selbstgefällig, um eifersüchtig zu sein, oder schmeichelte es ihm, seine Kameraden, die ihn, wie er wohl wusste, verachteten oder hassten, unter dem Bann dieses Weibes zu sehen, deren Herr und Gebieter er war? Manchmal sprühte dunkles Feuer in seinen smaragdgrünen Augen, wenn sie sich auf einen unter uns richteten, von dem man gerade munkelte, er sei der Auserkorene seiner Gefährtin. Und da man immer das Niederträchtigste annahm, so legte man seine Gleichgültigkeit oder Blindheit in der für ihn übelsten Weise aus. Man meinte, sie sei weniger das Aushängeschild seiner Eitelkeit als vielmehr ein Köder, den sein Ehrgeiz auswarf. Dies und ähnliches ward gesagt, wie derlei eben gesagt wird. Er wusste davon nichts. Mir, der ich Anlass hatte, ihn zu beobachten, war die unerschütterliche Haltung dieses Mannes, der Tag für Tag von seiner Geliebten betrogen wurde, ein Rätsel.

Bei der Zügellosigkeit, die sie in die Arme so vieler in Liebesdingen nichts weniger als heiklen Offiziere trieb, war Rosalba sehr bald im ärgsten Ruf, aber vor der Welt vergab sie sich nichts. Man gestatte mir diesen spitzfindigen Unterschied.

Wenn sie einen Geliebten hatte, war dies für sie ein Geheimnis ihres Schlafzimmers. Ob ihres Benehmens vor der Welt hatte der Major nicht den geringsten Anhalt, der Rosalba Vorwürfe zu machen. Wenn sie gewollt hätte, wäre es ihr wohl möglich gewesen, ihr Geschick an einen andern zu ketten. Einmal war ein Marschall so vernarrt in sie, dass er ihr aus seinem Marschallstock einen Sonnenschirmstock machen ließ. Aber wie die Frauen nun einmal sind. Die Karpfen sehnen sich nach ihrem Schlamm zurück, sagt Frau von Maintenon. Die Rosalba brauchte sich gar nicht erst zurückzusehnen. Sie blieb gleich drin, und ich sprang auch hinein ...«

»Bis dahin aber?« warf Mautravers wissbegierig ein.

»Wahrlich, da gibt es nicht viel zu berichten. Ihr kennt alle das schöne Lied aus der Regentschaft:

> Quand Boufflers parut à la cour,
> On crut voir la reine d'amour.
> Chancun s'empressait à lui plaire,
> Et chacun lavait... à son tour.

Eines Tages kam auch ich an die Reihe. Ich hatte bis dahin schon Weiber gehabt die schwere Menge. Das kann ich wohl sagen. Aber dass es solche wie die Rosalba gab, hatte ich mir nicht träumen lassen. Der Schlamm war ein Paradies. Ich bin kein Romanschreiber. Also kann ich es euch nicht bis ins Einzelne schildern. Ich war ein Mann der Tat, der die Weiber nahm wie der Graf Almaviva – brutal. Ich war auch bei der Rosalba kein Romantiker. In dem Glück, das sie mir gewährte, spielten Seele, Geist, Eitelkeit nicht die geringste Rolle. Und doch hatte auch diese Liebe ihre Tiefe. Den Abgrund der Sinnlichkeit. Wie soll ich das deutlicher machen? Ich finde kein einigermaßen passendes Bild.

Ihr könnt euch vorstellen, dass ein Weib, das schon bei dem flüchtigsten Blick erglüht, vor Wollust lodert, wenn man es nicht bloß mit den Augen reizt. Ihr Leib war im Genuss ein Erlebnis. Und mit diesem, Leibe bereitete sie mir eines Abends ein Fest. Sie hatte die Kühnheit, mich zu empfangen, angetan nichts als ein durchsichtiges Gewand aus indischem Musselin. Ihr Körper schimmerte durch diesen Schleier, der zart wie ein Hauch war, dem Beben, mit seinen reinen Linien, mit dem Rosenrot der Scham und der Wollust. Sie sah in ihrer wolkigen

Hülle aus wie ein lebendiges Bildwerk aus mattem Korall. Seitdem habe ich keinen Gefallen mehr an der weißen Haut der andern Weiber. Sie reizen mich nicht ...«

Er warf eine Orangenschale, mit der er gespielt hatte, mit der Gebärde der Geringschätzung von sich.

»Unser Verhältnis dauerte einige Zeit«, fuhr Mesnilgrand fort, »ohne dass ich es satt bekam. Man kriegt solch ein Weib nicht satt. Sie verstand es, in das Erdenhafte etwas Überirdisches zu bringen. Trotzdem gab ich sie auf. Aus Selbstachtung. Aus Verachtung ihres Stolzes, der sogar in der tollsten Raserei jedwede Liebe und Achtung zu mir leugnete. Sie war eine Sphinx. Ein unerforschbares Rätsel. Aber eine glühende Sphinx. Ihre Doppelnatur reizte und verdross mich. Überdies hatte ich die Gewissheit, dass sie sich gleichzeitig noch andere Seitensprünge erlaubte. Das alles gab mir die Kraft, mit einem Ruck die Zügel zu zerreißen, durch die mich diese Sirene an sich gefesselt hatte. Ich verließ sie, oder besser gesagt, ich ging nicht mehr zu ihr. Ich mied sie mit der Überzeugung, dass es kein zweites Weib wie sie gab. Das feite mich vor allen Weibern. Erst jetzt ward ich Soldat im eigentlichen Sinne. Ich lebte nur noch für den Krieg. Die Rosalba hatte mir das Wasser der Vergessenheit gereicht ...«

»Und so bist du ein Achill geworden!«, sagte der alte Mesnilgrand voll Stolz vor sich hin.

»Ein paar Monate, nachdem ich mit ihr gebrochen hatte«, erzählte der Rittmeister weiter, »setzte sich der Major Ydow im Kaffeehaus an meinen Tisch, und ich erfuhr von ihm beiläufig, dass seine Geliebte Gefährtin einem gewissen Ereignis entgegensah. Die Herren, die mit am Tisch saßen, blickten einander bedeutungsvoll an. Man lächelte. Aber der Major merkte es nicht oder wollte es nicht bemerken. Als er gegangen war, fragte mich einer meiner Regimentskameraden: ›Ist das dein Kind?‹ Heimlich hatte ich mir bereits die nämliche Frage vorgelegt. Ich getraute mir weder laut noch leise eine Antwort. Die Rosalba hatte mir nie eine Andeutung davon gemacht, auch nicht in der vertrautesten Stunde, und so konnte das Kind von mir, vom Major, von wer weiß wem sein ...«

»Das Kind des Regiments!« warf Mautravers dazwischen.

Mesnilgrand fuhr fort:

»Wie schon gesagt, die Rosalba war eine Sphinx, die ihre Geheimnisse wahrte. Sie in anderen Umständen zu wissen, machte einen merkwürdigen Eindruck auf mich. Ein paar Tage dachte ich an nichts anderes als daran: Ist dies Kind von mir? Schließlich aber legte sich diese kleine väterliche Beunruhigung. Es kamen Dinge, die mich stärker in Anspruch nahmen als der Zustand der Rosalba. Wir schlugen uns bei Talavera. Der Eskadronchef Titan fiel, und ich übernahm seine Schwadron.

Das wüste Gemetzel jener Tage steigerte die Feindseligkeit des Landes auf das Äußerste. Wir kamen keinen Augenblick zur Ruhe. Die Rosalba folgte dem Regiment auf einem der Gepäckwagen, und dort kam auch ihr Kind zur Welt. Wenige Tage alt starb es. Der Major, der das kleine Geschöpf abgöttisch liebte – er glaubte offenbar, es sei unbedingt sein Kind –, war tief betrübt darüber und zeigte seinen übertriebenen Schmerz derartig aller Welt, dass man das Lächerliche daran übersah. Man vergaß, dass er unbeliebt war. Man bedauerte ihn. Die Rosalba hatte nichts an ihrer Schönheit eingebüßt. Sie trotzte jedwedem Angriff des Lebens. Bei dieser ihrer Natur hätte sie uralt werden können ...«

»Sie ist also nicht uralt geworden, die Landstürzerin?«, unterbrach ihn Ranconnet, den das Schicksal dieser Frau in Spannung versetzt hatte. Die Begegnung in der Kirche hatte er für den Augenblick vergessen. »Und du weißt etwas von ihrem Ende?«

»Etwas, ja!«, erwiderte der Rittmeister mit eigentümlicher Betonung, wie um darauf zu deuten, dass er jetzt zum Kern seiner Geschichte gelange.

»Alle Welt hat geglaubt, und du auch, dass sie zusammen mit dem Major in den wilden Tagen von Talavera umgekommen sei. Es sind damals so viele verschollen. Aber das Schicksal der Rosalba war besonders seltsam. Ich will es erzählen.«

Mesnilgrand stützte die Ellbogen auf den Tisch. Der Rittmeister Ranconnet umfasste mit der Rechten den Stängel seines Weinglases wie den Griff seines Säbels.

Mesnilgrand begann von Neuem:

»Der Krieg nahm kein Ende. Die wütenden Spanier, die fünfhundert Jahre darauf verwendet haben, die Mauren aus dem Lande zu vertreiben, hätten die gleiche Zeit auch uns gewidmet, wenn es hätte sein müssen. Wir drangen nur schrittweise vorwärts. Die eroberten Ortschaften mussten wir sofort befestigen und als Wall gegen den Feind verwenden. So kamen wir in den kleinen

Ort Alcudia und blieben dort eine Zeit lang. Das große Kloster ward zur Kaserne verwandelt. Die Offiziere des Regiments lagen in den Häusern. Der Major beim Dorfschulzen. Da das Haus geräumig war, kamen die anderen Herren manchmal hin. Mit den Einwohnern verkehrten wir nicht. Der Franzosenhass war zu toll geworden.

Die Rosalba war an diesen Empfangsabenden die Dame des Hauses und bewirtete uns mit einem Glas Punsch in ihrer unnahbaren Haltung, die mich immer ein Witz des Teufels dünkte. Draußen krachten die Schüsse der Vorposten.

Ich kümmerte mich nicht darum, wer meine Nachfolger in ihrer Gunst waren. Ich hatte mich völlig von ihr befreit und empfand weder Groll noch Eifersucht noch die Bitternis der verletzten Eitelkeit. Ich war Zuschauer geworden. So scheute ich auch nicht das Haus des Majors. Die Rosalba unterhielt sich mit mir im Kreise der ändern, als hätten wir einander nie nahegestanden. Der Sinnenrausch von ehedem war verweht. Mitunter aber verspürte ich doch leise Sehnsucht nach dem Nocheinmal, ähnlich wie vor einem letzten Glas Sekt, das man schon beiseitegeschoben hat, das man aber doch wieder ergreifen möchte, weil irgendein Lichtschimmer den Rest verlockend durchfunkelt.

Dies sagte ich ihr eines Abends, als ich einmal allein mit ihr war. Früher denn sonst hatte ich das Kaffeehaus verlassen, wo die Offiziere zusammensaßen beim Billard- und Kartenspiel. Es war ein heißer, beinahe afrikanischer Abend. Die glühende Sonne wollte sich nicht losreißen vom Himmel. Ich fand die Rosalba, kaum bekleidet, mit nackten Schultern, die schönen Arme bloß. Das Haar fiel ihr schwer in den Nacken, der in der Abendbeleuchtung erdbeerfarben schimmerte. Sie war verführerisch wie eine Teufelin.

So halb nackt saß sie am Tisch und neigte sich über einen Brief, den sie schrieb. Wenn sie etwas zu schreiben hatte, war es natürlich an einen Liebhaber zwecks erneuter Untreue. Als ich eintrat, war der Brief gerade fertig. Rosalba siegelte ihn zu und hielt eben die blaue silbergesprenkelte Siegellackstange in die Flamme einer vor ihr brennenden Kerze. Ich sehe alles das noch deutlich vor mir. Warum, das werdet ihr nun hören. ›Wo ist mein Mann?‹, fragte sie mich, in jener merkwürdigen Verwirrung, in die sie stets geriet, wenn sie in Gegenwart eines Mannes war.

›Beim Jeu. Er spielt wieder einmal wie wahnsinnig‹, berichtete ich ihr, die goldige Locke in ihrem Nacken betrachtend, die ich so oft geküsst hatte, und fügte scherzend hinzu: ›Irgendeine Tollheit ergreift an solch einem Abend jeden ...‹

Sie verstand mich, ohne davon überrascht zu sein. Sie war an die Lüsternheit der Männer genugsam gewöhnt. ›Torheit!‹, erwiderte sie langsam, während sich das heiße Rot ihrer Wangen zu Purpur wandelte. ›Ihre Tollheit ist vorüber.‹ Während sie dies sagte, drückte sie das Siegel auf das siedende Wachs, das alsbald erstarrte. ›Sehen Sie da‹, fuhr sie im Ton der Herausforderung fort. ›Ein Gleichnis Ihres Herzens! Im Augenblick noch siedend heiß und gleich darauf starr und kalt!‹

Damit drehte sie den Brief um und wollte die Aufschrift beginnen. Ich war wahrlich nicht eifersüchtig, aber doch begehrte ich zu wissen, an wen der Brief gerichtet sei. Ich beugte mich von rückwärts über sie. Indem ich sie dabei berührte, lehnte sie sich zurück und sah mich ver- wirrt-lüstern an, wie einen die Rosalba anzusehen pflegte, mit halb geöffneten Lippen ...

Da hörten wir den Major die Treppe heraufkommen.

Die Rosalba sprang auf.

›Er wird uns eine schreckliche Szene machen! Sicherlich hat er viel verloren, und dann ist er immer eifersüchtig und heftig. Schnell! Verstecken Sie sich in dem Schrank da!‹

Sie öffnete einen großen Kleiderschrank und drängte mich ohne Weiteres hinein. Was sollte ich tun? Übrigens glaube ich, es gibt kaum Männer, die nie in ihrem Leben in einem Kleiderschrank oder in etwas Ähnlichem gesteckt haben, um dem Ehegatten oder dem rechtmäßigen Eigentümer eines weiblichen Wesens zu entgehen ...« »Ich hab' einmal in einen Kohlenkasten kriechen müssen!« warf Selune lachend ein. »Ich war damals weißer Husar. Man stelle sich vor, wie ich ausgesehen habe, als ich wieder heraus durfte.« »Ja«, nahm der Rittmeister Mesnilgrand wieder das Wort. »Unter gewissen Umständen sind die verwegensten Kerle Feiglinge, einer zitternden Frau zuliebe. Wenn ich an den Schrank denke, wird mir noch heute übel, nach so vielen inhaltsreichen Jahren. Den Säbel an der Seite, in einem Kleiderschrank zu stecken, das ist der Gipfelpunkt der

Lächerlichkeit! Noch dazu eines Frauenzimmers wegen, die gar keine Ehre zu verlieren hatte!

An derlei zu denken, hatte ich natürlich keine Zeit. Der Major war inzwischen in die Stube getreten. Die Rosalba hatte richtig vorausgesehen. Ydow befand sich in rasender Stimmung. Seine Anfälle von Eifersucht waren umso maßloser, gerade weil er sie vor uns zu verbergen ängstlich bemüht war. Offenbar fiel sein erster Blick auf den Brief, der auf dem Tisch liegen geblieben war und dank unserer verliebten Anwandlung noch keine Aufschrift trug. ›Was ist das für ein Brief?‹, fragte er mit rauer Stimme. ›Ein Brief nach Italien!‹ gab die Rosalba gelassen zur Antwort. Mit diesem Bescheid gab er sich nicht zufrieden. ›Das ist nicht wahr!< rief er grob. Seine Gemeinheit trat zutage. An diesem kurzen Wortwechsel erkannte ich den Ton, der zwischen den beiden Eheleuten herrschte. Sie hatten tagtäglich derartige Auftritte. Ich in meinem Schrank sah nichts, hörte aber alles. Ich vernahm sozusagen aus ihren Worten ihre Gesten, aus dem Klang ihrer Stimmen den Ausdruck ihrer Wut. Der Major verharrte dabei, den Brief lesen zu wollen, aber Rosalba weigerte sich hartnäckig, ihn herzugeben. Nun wollte er ihn mit Gewalt entreißen. Die Tritte der Füße und das Rascheln der Kleider zeigten mir an, dass sie miteinander rangen. Natürlich war der Major stärker als sie. Er entwand ihr den Brief und las ihn. Er ersah daraus, dass sie einen Liebhaber zu einem Stelldichein einlud, dass der Betreffende bereits beglückt worden war und dass er abermals von Neuem beglückt werden sollte. Nur war der Name des Geliebten nicht genannt. Maßlos neugierig wie alle Eifersüchtigen war der Major auf den Namen dessen erpicht, mit dem er betrogen wurde. Aber umsonst. Das war die Vergeltung für den rohen Raub des Briefes und die vielleicht blutige Misshandlung der Hand, die ihn festhalten wollte. Rosalba hatte im Kampf geschrien: ›Lump, du reißt mir die Hand ab!‹ In Ungewissheit gelassen, vernarrt, verhöhnt durch diesen Brief, der ihm nichts verriet, als dass Rosalba einen Liebhaber hatte – einen mehr –, geriet der Major in rasende, würdelose Wut und überschüttete seine Geliebte mit gemeinen Schimpfworten, mit groben Landsknechtsflüchen. In den rohesten Worten warf er ihr vor, sie sei – nun, was sie ja war. Er fand kein Maß. Auf alles das antwortete sie als echtes Weib, das keine Rücksicht mehr nimmt, das den Mann, an den sie gekettet ist, bis in die Eingeweide kennt und das längst weiß, dass in der Tiefe solch tierischen Zusammenhalts der ewige Krieg lauert. Sie war nicht so gemein wie er in seiner Wut, dafür aber grausamer, höhnischer. Sie lachte mit dem wahnsinnigen Lachen des erbittertsten Hasses und warf ihrem Beschimpfer Worte entgegen, wie sie die Frauen zu finden wissen, wenn sie einen Mann um den Verstand bringen wollen, Worte, die in die Fülle seines Ingrimms einschlagen wie Handgranaten in ein Pulverhaus. Mit eiskalten Worten schrie sie ihm ins Gesicht, sie liebe ihn nicht, habe ihn nie geliebt:

›Nie! Nie! Nie!‹ rief sie ihm zu, wild und frohlockend, als tanze sie auf seinen Nerven.

Der Gedanke, dass dies wahr sein könne, war ihm das Schrecklichste, das Grausamste, das ihn am tiefsten Verwundende, denn im Grunde war seine Leidenschaft nichts als Eitelkeit. ›Und unser Kind!‹ warf er ein, als müsse dies ein Beweis ihrer Liebe zu ihm sein.

›Ach, unser Kind!‹, rief sie aus und begann höhnisch aufzulachen. ›Das war nicht von dir!‹

Der Major fauchte wie eine wilde Katze. Ich konnte mir deutlich vorstellen, wie unheimlich seine grünen Augen dabei funkeln mussten. Er stieß einen tollen Fluch aus und fragte:

›Na, von wem denn? Ich will den Kerl wissen, du verdammte ...‹

In seiner Stimme klang nichts Menschliches mehr.

Sie lachte von Neuem auf wie eine Hyäne.

›Das wirst du nicht erfahren!‹ erklärte sie und wiederholte diese Worte immer wieder. Und als sie ihn genugsam damit verhöhnt und gepeitscht hatte, begann sie eine lange Reihe von Namen aufzuzählen, deren Träger allesamt ihre Liebhaber gewesen waren. Jedem fügte sie den vollen Titel bei. Es war das ganze Regiment.

›Alle diese Herren habe ich gehabt! Aber keinen habe ich geliebt. Nur einen einzigen. Und von dem war mein Kind, das du so töricht bist, für deins zu halten! Den einen habe ich geliebt! Vergöttert! Hast du es nicht geahnt? Weißt du nicht, wer es ist?‹

Sie log. Nie hatte sie einen geliebt. Aber sie wusste, dass dieses falsche Bekenntnis den eitlen Major wie ein Dolchstoß treffen musste. Sie stieß ihm die grausame Waffe tiefer und tiefer in den Leib, und zuletzt drehte sie sie gleichsam in der Wunde noch um, indem sie ihm die Worte zuzischte:

›Du Esel, da du es nicht herauskriegst, will ich's dir gestehen. Es war der Mesnilgrand!<</p>

Nach diesem angeblichen – oder wirklichen? – Geständnis trat Totenstille ein.

›Hat er sie als stumme Antwort einfach erdrosselt?‹, fragte ich mich.

Da vernahm ich das Klirren von Glas, das in tausend Scherben bricht, mit aller Macht zu Boden geschleudert.

Wie schon erzählt, hielt der Major das Kind der Rosalba für das seine. Er hatte es maßlos geliebt und war über seinen Tod tief betrübt. Da es ihm im Bewegungskrieg, wo man jeden Tag an einem anderen Ort lebt, unmöglich war, dem Kind ein Grabmal zu errichten, um aber doch eine Art Totenkult zu treiben, hatte er das Herz des kleinen Toten einbalsamieren lassen und führte es in einer kleinen Glasurne überall herum. Es pflegte in einer Ecke des Schlafzimmers seinen Platz zu haben.

Diese Urne war in Scherben gegangen.

›Es war also nicht mein Kind!‹, schrie er. ›Du verruchte Metze!‹

Ich hörte, wie er mit seinen schweren Reiterstiefeln über die knirschenden Scherben trat. Er zertrat das Herz, das sein Abgott gewesen. Wahrscheinlich wollte Rosalba es der Vernichtung entreißen und es retten. Ich vernahm, dass die beiden abermals wild gegeneinander rangen. Ich hörte Schläge fallen.

Dann erscholl wieder die raue Stimme des Majors: ›So, wenn du ihn haben willst, hier hast da deinen Wechselbalg, alte Kokotte!«

Damit warf er ihr das Herz, das einst zärtlich geliebte, an den Kopf. Rosalba tat offenbar das nämliche. Eine Schandtat erzeugt die andere. Etwas Unerhörtes! Ein Vater und eine Mutter, die sich einander das Herz ihres toten Kindes in das Gesicht warfen!

Der ruchlose Kampf dauerte einige Minuten. Er war so erschütternd, dass ich zu keinem Entschluss kam. Ich hätte mich gegen die Schranktür stemmen, sie aufsprengen und in den Auftritt eingreifen können. Da erscholl ein Schrei, wie ich nie einen vernommen, und Sie, meine Herren, gewiss auch nicht – und wir haben doch genug Entsetzliches auf den Schlachtfeldern gehört! Jetzt hatte ich die Kraft, aus dem Schrank hervorzubrechen, und ich sah ... Unglaubliches! Die Rosalba war bezwungen über den Tisch gefallen, an dem sie ihren Brief geschrieben hatte. Der Major hielt ihren aller Hülle beraubten nackten Körper mit der einen Hand nieder. Sie wand sich unter dem ehernen Griff hin und her. Und was tat er mit der ändern Hand? Der Schreibtisch, die brennende Kerze und die Siegellackstange daneben hatten ihn auf den satanischen Einfall gebracht; sich mit diesen Dingen zu rächen: die Untreue zu besiegeln, wie sie den Brief gesiegelt hatte! In tollem Eifer vollzog er die entsetzliche Rache!

›Du Hure verdienst keine andere Strafe«, rief er aus, ›als an deiner gottverdammten ...‹

Der Major bemerkte mein Erscheinen nicht. Über sein verstummtes Opfer gebeugt, drückte er eben den Säbelknauf als Siegel auf die Stelle mit dem siedenden Wachs. Ich ging auf ihn los und stieß ihm meinen Säbel von hinten in den Rücken, tief hinein, bis zum Korb, ohne ihn vorher anzurufen.«

»Das hast du recht gemacht!«, rief Sélune. »So ein Kerl verdient es nicht anders!«

»Die umgekehrte Geschichte von Abälard und Heloise!«, spottete der Ex-Pfaffe.

»Ein ebenso merkwürdiger wie seltener Fall!«, bemerkte der Doktor Bleny. Ohne darauf, einzugehen, fuhr Mesnilgrand in seiner Erzählung fort: »Der Major sank tot auf die Ohnmächtige. Ich riss ihn weg und warf ihn zu Boden. Inzwischen war die Dienerin herbeigekommen, ebenfalls auf den grellen Schrei hin.

›Holen Sie sofort den Feldscher!‹, rief ich ihr zu.

Ich hatte aber nicht die Zeit, sein Erscheinen abzuwarten. Das Alarmsignal erklang. Ich musste zu meiner Schwadron. Der Feind hatte den Ort überfallen. Die Posten waren meuchlings niedergestochen.

Ehe ich zu meinen Pferden ging, warf ich einen letzten Blick auf den schönen starren misshandelten Weibeskörper und hob das Herz auf, das im Staub lag. War es doch das Herz meines Kindes! Ich steckte es in die Feldbinde.«

Mesnilgrand hielt inne. Es klang etwas wie leise Rührung aus seiner weltmännischen Stimme.

»Und die Rosalba?«, fragte Ranconnet.

»Ich habe nie wieder etwas von ihr gehört«, erwiderte der Rittmeister.

»Ist sie daran gestorben? Ist sie am Leben geblieben? Hat der Feldscher noch kommen können? Ich weiß es nicht. Nach dem Gefecht – es war der Überfall von Alcudia, der uns so verhängnisvoll ward! – suchte ich ihn, vermochte ihn aber nicht zu finden. Er wurde vermisst wie damals so viele andre. Unser Regiment hatte schlimme Verluste.«

»Die Geschichte ist famos!«, erklärte Mautravers. »Schade, dass sie zu Ende ist! Aber gestatte eine Frage! Sie wäre eigentlich Sache Ranconnets; aber ich sehe, er sitzt traumverloren hinter seinem Humpen. Sage einmal, in welchem Zusammenhang steht deine Geschichte nun zu deinem Beichtgang am vergangenen Sonntag? Das möchten wir doch alle gern wissen.«

»Gewiss! Das soll nicht vergessen werden!« antwortete Mesnilgrand. »Also hört! Jahrelang habe ich das Herz bei mir herumgeschleppt wie eine Reliquie. Ich war abergläubisch. Seit ich aber nach Waterloo nicht mehr Soldat bin, wollte ich immer und immer das schon arg geschändete Herz nicht länger schänden. Doch es verging Zeit um Zeit. Schließlich hab' ich mich hier an einen Priester gewandt und hab' es ihm am vergangenen Sonntag in seinen Beichtstuhl gereicht. Er wird es in geweihter Erde zur Ruhe bestattet haben.«

Der Rittmeister Ranconnet blieb still und stumm. Auch die andern hatten nichts zu fragen. Dachten sie insgeheim nach, wie gut und schön es wäre, wenn die Kirchen keinen andern Zweck hätten, als dann und wann ein totes oder auch ein lebendiges Herz in ihrem Dämmerdunkel aufzunehmen, das sonst nirgends in der Welt eine Zufluchtsstätte fände?

»Der Kaffee soll aufgetragen werden!«, befahl der alte Herr von Mesnilgrand mit dürrer Stimme. »Wenn er wie deine Geschichte so stark ist, wird er gut sein!«